민들레 와인

환상문학전집 ● 13

민들레 와인
Dandelion Wine

레이 브래드버리

조애리 옮김

DANDELION WINE
by Ray Bradbury

Copyright © 1957, renewed 1985 by Ray Bradbury
Introduction Copyright © Ray Bradbury 1975
All rights reserved.

Korean Translation Copyright © Minumin 2009, 2016

 Korean translation edition is published by arrangement with
Ray Bradbury Living Trust c/o Don Congdon Associates, Inc. through EYA.

이 책의 한국어판 저작권은 EYA를 통해
Don Congdon Associates, Inc.와 독점 계약한 ㈜민음인에 있습니다.
저작권법에 의해 한국 내에서 보호를 받는 저작물이므로 무단 전재와 무단 복제를 금합니다.

● ● ● 차례

|서문| 이 세상에 있는 비잔티움　　7

　　　　민들레 와인　　17

|역자 후기| 사라져 간 순간의 아름다움　　372

| 서문 |

이 세상에 있는 비잔티움

　내 책이나 단편들이 대부분 그렇지만, 이 책 역시 뜻밖의 선물이었다. 이런 놀라운 선물을 얻는 법을 나는 아주 젊어서 배웠다. 그전에는 여느 초보자나 마찬가지로 나 역시 두들기고, 때리고, 도리깨질해야 괜찮은 생각이 떠오른다고 믿었다. 하지만 실제로 그렇게 하면 설사 그럴싸한 생각이 떠올라도 그것은 앞발을 들고 벌렁 누워 영원에 시선을 고정시킨 채 죽어 버렸다.

　그러다가 20대 초반에 단어 연상을 하게 된 것은 정말 운 좋은 일이다. 나는 매일 아침 일어나자마자 책상으로 걸어가 앉아 머리에 떠오르는 대로 단어들을 쓴다. 그 다음에는 써 놓은 단어에 반대 또는 찬성하기 위해 무장한다. 그 단어를 가늠하고 그것이 내 인생에서 지닌 의미를 보여 주기 위해 다듬어 가다 보면 작중 인물이 생겨난다. 놀랍게도 한두 시간 후면 새로운 이야기가 완성되곤 했다. 놀라울 정도로 완벽하고 사랑스러운 선물이었다. 앞으로도 계속 이런 식으로 작업해야 한다는 걸 나는 곧 깨달았다.

처음에는 개인적인 악몽, 밤에 대한 두려움, 어린 시절을 묘사할 단어를 찾아 헤매었다. 그게 이야기의 출발점이었다. 그러고 나서 초록색 사과나무, 내가 태어난 낡은 집, 조부모가 살고 있던 옆집, 내 사춘기의 여름마다 보던 잔디밭을 응시했다. 그리고 그것을 묘사하기에 적합한 단어를 찾기 시작했다.

이 책에서 독자가 읽게 된 것은 그런 세월에서 따 모은 민들레들이다. 계속 되풀이되는 와인의 비유는 특히 내 마음에 꼭 들었다. 살아오는 동안 내내 나는 이미지를 모아 먼 곳에 쌓아 두고는 잊어버렸다. 과거로 돌아가 어떻게 해서든 기억을 되살려야 했다. 이때 단어들이 촉매 역할을 했다.

기억을 살리기 위해 스물네 살에서 서른여섯 살까지 하루도 빠트리지 않고 일리노이 주 북부에 있는 할아버지 댁 잔디밭을 거닐었다. 옛날에 쓰다 버린 반쯤 탄 불꽃놀이 용품이나, 녹슨 장난감이나, 어린 시절 내 자신에게 쓴 편지 조각 따위를 우연히 발견하길 바라서였다. 나는 어른이 되어서 어린 시절의 과거, 삶, 사랑, 기쁨 그리고 큰 슬픔을 회상하게 되길 바라며 그 편지를 썼다.

그러면서 한 가지 게임에 푹 빠졌다. 민들레 자체나, 아버지, 동생과 함께 야생 포도를 딴 일을 기억해 내는 게임, 혹은 퇴창 옆에 모기가 서식하는 빗물 통을 다시 발견하는 게임, 아니면 우리 집 뒤 현관의 포도 정원 주위에 매달려 있는 황금색 벌들의 냄새를 찾아내는 게임들 말이다. 벌들은 독특한 냄새를 띤다. 설령 벌에게서 냄새가 나지 않더라도 마찬가지다. 벌의 발에는 수백만 송이의 꽃에서 채취한 꽃가루 덩이가 달려 있기 때문이다.

그리고 또 협곡이 어떤지를, 특히 론 채니의 멋진 「오페라의 유령」을 본 날 밤늦게 가로질러 갔던 협곡을 기억해 내고 싶었다. 내 동생 스킵은 앞장서서 뛰어가 '외로운 남자'처럼 계곡 다리에 숨어 있다가 내가 가면 확 뛰쳐나오며 소리를 질렀다. 그러면 난 집으로 오는 내내 아무 말이나 떠들어 대며 뛰다 넘어지고 다시 뛰었다. 그건 멋진 일이었다.

단어 연상을 하는 도중에 만나고 부딪친 것 중 하나는 진실하고 오랜 우정이다. 이 책에 나오는 나의 친구 존 허프는 애리조나 주에서 보낸 어린 시절에 사귀었던 친구가 모델이다. 애리조나 주의 그를 동부의 그린타운으로 옮겨 놓은 것은 제대로 작별 인사를 하고 싶어서였다.

그러면서 나는 죽은 지 한참 된 사랑하던 사람들과 함께 아침 식탁에 앉았고 점심도, 저녁도 그들과 함께했다. 난 부모와 조부모와 동생을 사랑했다. 때로 동생이 날 못 본 척할 때조차도 진정으로 그를 사랑했다.

나는 지하에서 아버지가 시키는 대로 와인 압착기를 조이기도 하고, 독립 기념일 밤에는 현관에 서서 바이언 아저씨가 손수 만든 황동 대포를 장전한 후 쏘는 걸 보기도 했다.

이렇게 나는 경이로운 일을 하게 되었다. 덧붙이건대, 아무도 내게 경이로운 일을 하라고 하지 않았다. 나는 사전 지식 없이 실험을 통해 유서 깊고 가장 좋은 글쓰기 방법을 터득했고, 총 쏘기 전 덤불에서 튀어나오는 메추라기처럼 진실이 툭 튀어나오는 것을 보고 놀랐다. 나는 걸음마를 배우는 어린아이처럼 맹목적으로 창조하는 일에 몰입했다.

진실을 품은 이야기가 나오는 건 내 감각과 과거에 맡겼다.

그렇게 나는 집 옆 빗물 통으로 뛰어가 국자로 깨끗한 빗물을 퍼 오는 소년이 되었다. 푸면 풀수록 물은 더 많이 고였다. 계속 고였다. 일단 그 시절로 되돌아가는 것을 배우게 되자 일거리는 사라지고 무수한 추억과 감각이 눈앞에 펼쳐졌다. 『민들레 와인』은 바로 어른 속에 숨어 있던 소년이 하느님의 들판인 그해 8월의 잔디밭에서 뛰논 이야기이다. 그해 8월 그 소년은 자라기 시작했고(즉, 늙어 가기 시작했고), 어둠이 나무 아래서 욕망을 심어 주기 위해 기다리고 있는 것을 감지하기 시작했다.

수년 전 『민들레 와인』과 보다 사실적인 싱클레어 루이스의 소설을 비교한 비평을 보았는데, 재미있기도 하고 좀 놀랍기도 했다. 소설 속에서 그린타운이라고 이름 붙인 워키건에서 태어나고 자랐으면서도 나는 그 항구가 얼마나 추하며 시내 훨씬 아래쪽에 있는 석탄 부두와 철도변이 얼마나 음울한지 눈치 채지 못했다. 묘한 일이다.

물론 나도 그 시내와 부두를 보기는 했지만, 마법사 기질을 타고난 나는 그 아름다움에 매료되었다. 기차와 화물차와 석탄불 냄새는 어린아이에게는 추하지 않았다. 추함이란 나중에 자의식이 생긴 후 갖게 되는 개념이다. 소년들에게는 화물 차량의 수를 세는 게 최고의 놀이였다. 어른들은 기차가 지나가 방해가 되면 초조해하고 짜증을 내고 냉소하지만, 소년들은 행복하게 차량의 수를 세면서 이름을 외친다.

다시 말해 남들이 추하다고 하는 그 철도변이 내겐 축제의 장소였다. 그곳으로 서커스는 코끼리를 싣고 왔고, 그 코끼리는 새벽 5시면 시큼한 물을 세차게 뿌려서 벽돌 길을 청소했다.

부두에서 오는 석탄에 대해 말하자면, 가을마다 나는 그 관 달린 트럭이 오길 기다리며 지하실로 내려갔다. 덜컥거리며 관이 내려오면 거기서 1톤이나 되는 아름다운 유성이 쏟아져 나왔다. 먼 우주에서 우리 창고로 쏟아져 내리는 그 검은 보물이 우리를 파묻어 버릴 것 같았다.

다르게 표현하면, 시인인 소년에게는 말똥도 꽃일 수 있다. 물론 말똥이 무엇인지가 늘 문제이기는 하다.

아마 내 삶의 모든 여름이 한 권의 책이 된 데 대해서는 내 시가 더 잘 설명해 줄 것이다.

그 시는 이렇게 시작된다.

비잔티움, 난 거기서 오지 않았네.
다른 시간, 다른 장소에서 왔다네.
그곳 사람들은 단순하고 성실하며 진실하다네.
소년인 나를
일리노이에 떨어뜨렸지.
그 이름 사랑스럽지도 우아하지도 않은
워키건, 난 거기서 왔네.
친구여, 비잔티움에서 온 게 아니라네.

그 시는 이어서 평생에 걸친 나와 고향의 관계를 묘사한다.

하지만 아직도 되돌아보면 보인다네,
저 멀리 있는 나무 꼭대기에

예이츠가 진실로 발견한 땅만큼이나
밝고 사랑스러운 초록색 대지가.

그 후에도 종종 워키건을 방문해 봤지만, 그곳은 중부의 여느 소도시에 비해 더 소박하지도 더 아름답지도 않다. 그 도시는 초록색이 많고 길 가운데쯤에서 울창한 나무들이 서로 닿기도 한다. 내 고향 집 앞길은 아직도 빨간 벽돌로 포장되어 있다. 그렇다면 이 도시는 어떤 식으로 특별한가? 내가 거기서 태어났기 때문에 특별한 것이었다. 그것은 나의 인생이었다. 나는 그 도시에 대해 내가 본 대로 써야 했다.

우리는 신화 속의 사자들과 함께 자랐네,
중서부의 빵을 들고서
늙은 신들의 빛나는 마멀레이드를 발랐네,
피너츠 버터 색 차양 아래 쉬면서
거기 있는 우리의 하늘이 마치
아프로디테의 허벅지인 양…….
높은 현관 난간에 조용히 서 계시는
할아버지, 진정한 신화인 그는
플라톤을 능가하셨네,
그의 단어는 완벽한 지혜, 그의 시선은 순금.
할머니는 안락의자에 앉아
구겨진 소매를 정성스레 꿰매고
귀하고 빛나는 빙수를 시원하게 갈아서

여름밤에 겨울을 맛보게 해 주셨네.
아저씨들은 모여 담배를 피우며
농담인 양 지혜를 내뿜었네,
델피의 처녀들만큼이나 현명한 아주머니들은
예언을 담은 레모네이드를 나누어 주었네,
미사 때의 복사처럼 무릎 꿇고 있는 소년들과
여름밤 그리스 현관에 모인 이들에게.
그러고 나서 잠자리에 들어, 참회했네,
순수한 사람들이 저지른 별것 아닌 악행을.
귀에서 윙윙대는 사소한 죄들을
밤마다 해마다 말했지,
일리노이도 워키건도 아니고
더 유쾌한 하늘과 더 유쾌한 태양이라고.
우리 모두의 운명이 시시하지만
예이츠처럼 총명한 사람은 아니지만
여전히 아직도 우리는 자신을 안다네. 그 총합은?
비잔티움.
비잔티움.

워키건, 그린타운, 비잔티움.
그런데 그린타운이 존재했나?
그럼, 물론, 그렇고 말고.
정말 존 허프란 소년이 있었나?

있었다. 정말 그런 이름의 소년이 있었다. 다만 그가 내게서 멀리 떠난 게 아니다. 멀리 떠난 사람은 오히려 나였다. 하지만 결말은 행복하다. 그는 42년이 지난 지금도 아직 살아 있고 우리의 우정을 기억한다.

'외로운 남자'는 있었는가?

있었다. 그리고 정말 그렇게 불렸다. 내가 여섯 살 꼬마이던 시절 그가 밤마다 돌아다녀 모든 사람을 공포에 질리게 했으며 끝까지 잡히지 않았다.

가장 중요한 것으로, 할아버지, 할머니, 하숙생들, 아저씨, 아줌마가 살던 그 큰 집이 정말 있었던 건가? 그에 대해서는 이미 대답을 했다.

협곡은 정말 있고 밤의 협곡은 그렇게 깊고 어두운가? 과거에도 그랬고, 지금도 그렇다. 몇 년 전 딸을 데리고 그곳에 가 보았다. 혹시 협곡이 얕아졌으면 어떡하나 하는 내 걱정과 달리 협곡은 다행히 더 깊고 더 어둡고 더 신비스러워져 있었다. 지금도 「오페라의 유령」을 본 다음에는 협곡을 지나 집으로 가고 싶지 않다.

이 책은 이렇게 생겨난 것이다. 워키건은 그린타운이고 비잔티움으로 비잔티움이 의미하는 행복과 슬픔 모두를 지니고 있다. 거기 있는 사람들은 신이며 동시에 난쟁이로 자신들이 언젠가는 죽으리라는 걸 알고 있었다. 그래서 난쟁이들은 신이 놀랄까 봐 키 큰 사람인 양 걸었고 신들은 작은 난쟁이들을 편안하게 해 주려고 웅크리고 있었다. 다른 사람의 등 뒤로 가서 머리 안으로 들어가 그 안에 있는 지독하게 어리석은 기적들을 내다보며 '아 너는 그렇게 보는구나!' 할 수 있는 것, 그것이 인생이 아니겠는가? 자, 이제 그것을 기억해야 한다.

이런 점에서 나는 축복받았다. 삶뿐 아니라 죽음, 빛뿐 아니라 어둠,

젊음뿐 아니라 나이듦, 영리함뿐 아니라 아둔함, 완전한 공포뿐 아니라 완벽한 환희의 축복을 누렸다. 한때 나무에 거꾸로 매달려 있던 소년, 박쥐 복장을 하고 사탕 송곳니를 끼우던 소년, 열두 살 때 나무에서 떨어져서 장난감 타이프라이터를 발견하고 마침내 첫 '소설'을 쓴 소년, 그 소년이 이 책을 쓴 것이다.

마지막 추억.

불 풍선.

요즈음에는 거의 불 풍선을 볼 수 없다. 아직도 어떤 나라에선 그걸 만든 다음, 풍선 아래 작은 불을 피워서 데운 공기로 풍선을 채운다고 한다.

하지만 1925년의 일리노이 주에는 불 풍선이 있었다. 그리고 할아버지에 대한 나의 마지막 기억은 48년 전인 7월 4일의 마지막 시간에 대한 것이다. 그때 할아버지와 나는 잔디밭으로 걸어가서 작은 불을 피우고 배 모양의 빨강, 하양, 파랑 줄무늬 종이 풍선을 더운 공기로 채웠다. 그리고 마지막 순간에 이르면 아저씨, 아주머니, 사촌, 아버지, 어머니가 모두 현관 앞에 일렬로 서 있었다. 그러면 인생이며 빛이며 신비인 그 풍선이 아주 부드럽게 우리 손가락을 빠져나가서 여름의 밤하늘로 올라가, 잠들기 시작한 집 위 별들 사이로 멀리 사라져 갔다. 그것은 인생처럼 연약하고, 경이롭고, 상처받기 쉽고, 사랑스러웠다.

할아버지가 둥둥 떠가는 이상한 빛을 올려다보며 고요히 생각에 잠기시는 모습이 보였다. 나는 나를 본다. 눈물을 글썽였는데, 모든 게 끝났기 때문이다. 밤은 끝났고 이제 더 이상 이런 밤이 오지 않으리라는 것을 알았다.

모두들 아무 말도 하지 않았다. 우리 모두 하늘만 쳐다보았다. 숨을 내쉬고 들이마시면서 우리 모두 똑같은 생각을 했다. 그러나 아무도 말을 하지 않았다. 마침내 누군가가 말을 꺼내야 했다. 그렇지 않은가? 그리고 그 누군가가 바로 나였다.

민들레 와인은 아직도 지하 창고에서 기다리고 있다.

나의 사랑하는 가족은 아직도 어두운 현관에 앉아 있다.

불 풍선은 아직 잊혀지지 않은 여름 밤하늘을 떠다니며 여전히 타오르고 있다.

왜, 어떻게 그럴 수 있느냐고?

내가 그렇다고 말하기 때문이다.

레이 브래드버리
1974년 여름

✷ 1 ✷

조용한 아침이었다. 마을은 어둠에 잠겨 있고 침대 속은 편안했다. 바람은 완연한 여름 느낌이었다. 세상은 천천히 따뜻한 숨을 길게 내쉬고 있었다. 일어나서 창밖을 보라. 이때야말로 최초로 진정 자유롭고 생생한 시간이 펼쳐진다. 여름 아침이 열릴 것이다.

열두 살인 더글러스 스폴딩은 이제 막 잠에서 깨어났다. 이른 아침에 흘러 들어온 여름이 그의 곁에 빈둥대고 있었다. 3층 다락방 침실에 누워 있자니 6월의 바람을 타고 이 도시의 가장 높은 탑 위로 올라온 느낌이었다. 밤이면 나무들이 모두 함께 몸을 씻었다. 그럴 때면 그는 등대에서 신호를 보내는 것처럼 눈을 반짝이며 무성한 느릅나무, 참나무, 단풍나무 위를 내려다보았다. 지금은…….

"자."

더글러스가 속삭였다.

이제 하루하루 달력을 넘기면 그만큼 여름이 다가온다. 이제 곧 여행 책에 나오는 시바의 여신처럼 도처에 손을 뻗어 시큼한 사과, 복숭아, 자두를 따리라. 나무와 덤불과 강으로 옷을 지어 입으리라. 기꺼이 꽁꽁 얼어 흰 서리가 낀 얼음 창고 문이 되리라. 행복한 할머니의 부엌에 선 닭이 만 마리라도 구워지리라.

그러나 이젠 늘 하는 일을 할 차례였다.

매주 한 번 그는 밤에 아버지, 어머니, 동생 톰이 잠들어 있는 작은 집을 나와 바로 옆집인 이곳으로 달려온다. 나선형 계단을 올라 할머니 댁 다락방으로 올라간다. 이 마술사의 방에서 온갖 환상에 빠져 잠들었다가, 우유병의 유리 부딪히는 소리가 나기 전에 깨어서 자신만의 마술을 부린다.

아직 어둡지만 그는 열린 창가에 서서 심호흡을 했다.

검은 케이크 위에 꽂은 촛불들처럼 가로등이 꺼졌다. 더글러스는 숨을 내쉬고 또 내쉬었다. 별들이 사라지기 시작했다.

더글러스는 미소를 지었다. 그는 손가락으로 가리켰다.

저기 그리고 저기. 자, 바로 여기 그리고 여기…….

서서히 이 집, 저 집에서 불이 켜지고 아침 대지 위로 노란 광장이 희미하게 드러났다. 새벽 도시의 창문 여기저기서 일제히 환하게 불이 켜졌다.

"모두 하품을 해. 모두 일어나."

아래층에서 사람들이 움직였다.

"할아버지, 물컵에서 틀니를 꺼내세요!"

그런 다음 점잖게 잠시 기다린다.

"할머니, 증조할머니, 핫케이크를 구우세요!"

바람이 잘 통하는 거실로 따뜻한 버터 냄새가 흘러나오자 하숙생들, 고모들, 삼촌들, 방문 중인 사촌들이 일어났다.

"노인들이 사는 거리여, 깨어나라! 헬렌 루미스 할머니, 프리라이 대령님, 벤틀리 할머니! 기침을 하세요, 일어나 약을 드세요, 돌아다니세요! 조너스 씨, 고물 마차를 끌고 나와 말에 매세요!"

이 도시 골짜기 건너편에 있는 황량한 대저택들이 독살스러운 눈을 사납게 부라렸다. 아래쪽에서는 곧 아침이 되면 두 할머니가 전기 잔디 깎는 기계를 밀면서 보이는 개들에게 하나하나 손짓을 할 것이다.

"트리든 씨, 차고로 달려가세요!"

곧 강처럼 흐르는 벽돌 길 위로 푸른 불꽃을 활활 태우며 시내버스가 항해하리라.

"존 허프, 찰리 우드먼, 준비됐어?"

더글러스는 아이들이 사는 길에 대고 속삭였다. 축축한 잔디밭에 깊숙이 묻혀 있는 야구공과 나무에 매달린 빈 그네에 대고 속삭였다.

"준비! 엄마, 아빠, 톰, 일어나."

희미하게 자명종 소리가 울렸다. 법원 시계 소리가 크게 울려 퍼졌다. 마치 그가 그물이라도 던진 것처럼 새들이 나무 위로 솟아오르며 지저귀기 시작했다. 더글러스는 오케스트라를 지휘하면서 동쪽 하늘에 대고 손짓을 했다.

해가 떠오르기 시작했다.

그는 팔짱을 끼고 마술사의 미소를 지었다. 그래, 내가 소리치면 모두 펄쩍 뛸 거야, 모두 달릴 거야. 좋은 계절이 될 거야.

마지막으로 그는 시내를 향해 손짓을 했다.
쾅 하고 문이 열렸다. 사람들이 걸어 나왔다.
1928년 여름이 시작되었다.

2

그날 아침 잔디밭을 지날 때 얼굴에 거미줄이 걸렸다. 보이지 않는 공중의 거미줄 하나가 눈썹에 닿더니 소리 없이 끊어졌다.

더할 나위 없이 미묘한 느낌이 들면서 오늘은 전혀 다른 하루가 되리라는 예감이 들었다. 아버지가 열 살 된 동생 톰과 자신을 태우고 시내를 빠져나와 시골로 가면서 설명한 대로, 완전히 향기로 가득 찬 날이었다. 세상이 한쪽 코로 숨을 들이마시고 다른 쪽 코로 숨을 내쉬는 날이었다. 아버지는 이야기를 멈추지 않았다. 어떤 날은 우주의 나팔소리만 들리고, 어떤 날은 모든 감각이 동시에 다 깨어난다고 했다. 더글러스는 고개를 끄덕였다. 오늘은 향기를 맡을 수 있는 날이구나. 주인 모를 과수원이 하룻밤 새 언덕 너머까지로 커져서 눈앞의 대지를 온통 따뜻하고 풋풋한 향기로 채운 것 같았다. 공기가 비처럼 느껴졌다. 하지만 하늘엔 구름 한 점 없었다. 한순간 낯선 사람이 숲 속에서 웃는 것 같더니 적막이 감돌았다…….

더글러스는 스쳐가는 대지를 유심히 살펴보았다. 과수원의 향기도 전혀 나지 않고 비가 올 기미도 없었다. 사과나무나 구름이 없으면 향기가 나지도 비가 오지도 않을텐데. 그렇다면 깊은 숲 속에서 울려 퍼지던 낯선 사람의 웃음소리는……?

하지만 여전히 더글러스의 몸이 떨렸다. 오늘은 왠지 모르지만 특별한 날이었다.

차는 조용한 숲 한가운데 멈춰 섰다.

"자, 얘들아, 얌전히 있어야지."

그들은 팔꿈치로 서로를 밀치는 중이었다.

"알았어요."

그들은 차에서 나와 파란 양동이를 들고 외진 흙길을 따라 비 냄새가 배인 숲 속을 걸어갔다.

"벌을 찾아봐라."

아버지가 말했다.

"벌들은 포도 주위에 날아다닌단다. 남자 아이들이 부엌에서 어정대는 것처럼 말이다. 더그?"

더글러스는 휙 고개를 돌려 아버지를 올려다보았다.

"왜 그렇게 멀리까지 가니?"

아버지가 말했다.

"정신 바싹 차려. 같이 가야지."

"알았어요."

그리고 그들은 숲을 가로질러 갔다. 더글러스는 키가 무척 큰 아버지의 그림자를 밟으며 걸었다. 키가 작은 톰은 형의 그림자를 밟으며 종종 걸음을 쳤다. 그들은 작은 언덕에 도착해서 앞을 내다보았다.

"여기다, 여기. 보이니?"

아버지가 가리키는 곳에는 잔잔하게 여름 바람이 불고 있었다. 바람은 유령 고래 같았다. 모습을 드러내지 않은 채, 초록색 심연을 지나쳐 가는 고래.

더글러스는 잽싸게 주위를 둘러 보았으나 아무것도 보이지 않았다. 할아버지처럼 계속 수수께끼를 내는 아버지에게 속은 느낌이었다. 그러나…… 그러나, 아직도……. 더글러스는 걸음을 멈추고 들었다.

그래, 무슨 일인가가 일어나려고 해. 난 알고 있어!

"여기 공작고사리가 있구나."

아버지가 걸어갔다. 아버지가 들고 있는 양동이가 딸그락거렸다.

"만져 볼래?"

그는 흙을 팠다.

"백만 년 전에 생긴 아주 좋은 부엽토야. 그 사이에 얼마나 많은 가을이 지났을지 생각해 보렴."

"형, 난 인디언처럼 걸어."

톰이 말했다.

"소리가 하나도 안 나지?"

더글러스는 청각과 시각을 곤두세운 채 흙 속 깊숙이 손을 넣었다. 그러나 흙이 만져지지 않았다. 우리는 포위되었어! 그는 생각했다. 그 일이 일어날 거야! 무슨 일? 그는 멈추었다. 나와라. 어디에 있는 것이든, 무엇이든 간에! 그는 마음속으로 외쳤다.

그의 앞에는 톰과 아버지가 조용히 걷고 있었다.

"아주 멋진 레이스가 있구나."

아버지가 가만가만 말했다.

아버지가 가리킨 윗쪽을 보니, 나무들이 하늘을 가로질러 레이스를 짠 것도 같고, 하늘이 나무들 사이로 끼어든 것도 같았다. 어느 쪽이 옳은지는 확실치 않았다. 하지만 거기에 레이스가 있었다. 아버지는 미소를 지었다. 숲에서 윙윙거리는 베틀 소리가 들리는 것으로 미루어 초록색과 파란색을 섞어 가며 레이스 짜는 일이 계속되고 있었다. 아버지는 편안하게 서서 이런저런 말을 하고 있었다. 아버지 입에서 술술 말이 나왔다. 말이 신이 나 술술 흘러나왔다. "난 침묵을 듣는 게 좋아."라고 아버지가 말했다.

"침묵을 들을 수만 있다면 말이다."

아버지는 계속 말을 이어 갔다.

"가만히 있으면 벌이 휘저어 놓은 공기 속에 야생화 꽃가루가 떠다니는 소리가 들려. 정말이야, 벌이 공기를 휘저어 놓거든! 들어 봐라! 저 나무들 너머에서 새소리가 폭포 소리처럼 들리지!"

자, 더글러스는 생각했다. 그것이 이리로 오네! 달려오네! 보이지 않네! 달려오네! 거의 덮치려고 하네!

"야생 포도다!"

아버지가 말했다.

"오늘은 운이 좋구나. 여기 봐라!"

"하지 마세요!"

더글러스는 헐떡였다.

그러나 톰과 아빠는 아랑곳하지 않고 허리를 구부려 포도송이가 달린 덤불 깊숙이 손을 넣었다. 마술은 깨졌다. 그 끔찍한 부랑자, 그 멋진 달리기 선수, 그 높이뛰기 선수, 영혼을 뒤흔들던 그는 사라졌다.

더글러스는 멍해져 어쩔 줄 몰라 하며 주저앉았다. 그는 푸른 그늘 속으로 손가락을 넣었다 꺼냈다. 숲을 자른 뒤 그 상처 속에 손을 넣은 것처럼 손가락이 물들어 있었다.

"점심 먹자, 얘들아!"

야생 포도와 산딸기로 반쯤 찬 양동이 뒤를 벌들이 따라왔다. "정말 사방에서 소곤대며 윙윙대는구나."라고 아버지가 말했다. 그들은 초록 이끼가 낀 통나무 위에 앉아 샌드위치를 먹으면서 아버지처럼 숲의 소리를 들으려고 애썼다. 더글러스는 아버지의 시선을 느끼고 말은 안 했지만 기분이 좋아졌다. 언뜻 생각난 듯 뭔가를 말하려다 말고 아버지는 다시 샌드위치를 한입 베어 문 채 생각에 잠겼다.

"야외에서 먹는 샌드위치는 더 이상 샌드위치가 아니야. 집에서 먹을 때와는 맛이 정말 다르네. 알겠니? 더 매운 것도 같고, 박하와 소나무 수액 맛이 나는 것도 같네. 엄청나게 식욕이 나는걸."

더글러스는 망설이며 혀로 빵과 매운 햄을 맛보았다. 아닌데…… 아닌데…… 그냥 샌드위치인데.

샌드위치를 입에 문 톰이 고개를 끄덕였다.

"아빠, 무슨 뜻인지 알겠어요!"

더글러스는 그 일이 일어날 뻔했는데 하고 생각했다. 뭐든 간에 그건 굉장해, 정말, 굉장해! 뭔가에 겁을 먹고 도망간 거야. 지금 어디로 갔지? 저 덤불 뒤! 아니야, 내 뒤! 아니야, 여기야…… 거의 여기야……. 그는 남몰래 배를 주물렀다.

기다리면 돌아올 거야. 날 해치진 않을 거야. 어쨌든 해치려는 건 아니야. 그럼 뭐지? 뭐지? 뭐지?

"올해, 작년에, 재작년에, 얼마나 야구 경기를 많이 했는지 알아?"

느닷없이 톰이 말했다.

더글러스는 톰의 입이 움직이는 걸 지켜보았다.

"써 봐! 1568게임이야! 10년 동안 내가 몇 번이나 이를 닦았는지 알아? 6만 번이야! 손은 1500번 씻었어. 잠은 4만 번쯤 잤어, 낮잠은 빼고 말이야. 복숭아는 600개 먹었어. 사과는 800개, 배는 200개 먹었어. 배는 별로야. 뭐든지 대 봐. 그러면 숫자를 댈게! 내가 10년 동안 한 일을 몽땅 합하면 10억의 100만 배야."

더글러스는 생각했다. 이제 그것이 다시 다가오고 있다. 왜지? 톰이 말을 해서? 그렇지만 왜 톰이지? 톰은 입에 샌드위치를 가득 문 채 계속 떠들어 댔다. 아버지는 살쾡이처럼 경계를 늦추지 않고 통나무 위에 앉아 있었다. 그리고 톰은 소다 거품처럼 말을 쏟아 내고 있다.

"책은 400권 읽었어. 내가 본 조조 영화는 벅 존스 40번, 잭 헉시스 30번, 톰 믹시스 45번, 후트 깁슨스 39번, 고양이 필릭스 만화 영화 192번, 더글러스 페어뱅크스 10번, 「오페라의 유령」에서 론 체니는 8번이나 보았고, 밀튼 실시스는 4번, 사랑에 대한 「아돌프」는 1번 보았는데 그 허튼 소리가 끝나길 기다리느라고 극장 화장실에서 90시간이나 있었어. 그게 끝나야 「고양이와 카나리아」나 「박쥐」를 볼 수 있었거든. 그러면서 막대 사탕 400개, 투씨 롤 300개, 아이스크림 콘 700개……."

톰은 그 후 5분 동안이나 계속 조용히 숫자를 읊어 댔다. 그때 아버지가 말했다.

"지금까지 산딸기는 몇 개나 땄니, 톰?"

"정확하게 216개요."

톰이 즉시 대답했다.

아버지는 웃었다. 점심은 다 먹었다. 그들은 다시 그늘 쪽으로 가 허리를 구부리고 야생 포도와 작은 산딸기를 찾았다. 그들 세 사람 모두 손을 넣었다 꺼냈다 하는 사이에 양동이가 무거워졌다. 더글러스는 숨을 죽이고 생각에 잠겼다. 그래, 그래, 다시 가까이 왔어! 거의 내 목 뒤에서 숨 쉬고 있어! 보지 마! 일해. 양동이 가득 산딸기를 따기만 해. 쳐다보면 겁먹고 도망갈지도 몰라. 이번에 놓치면 안 돼. 하지만 어떻게 이쪽으로 오게 하지? 여기선 똑바로 쳐다볼 수 있는데. 어떻게? 어떻게?

"성냥갑에 눈송이를 넣었어."

톰이 손에 낀 포도용 장갑을 바라보며 웃으면서 말했다.

닥쳐! 더글러스는 소리치고 싶었다. 그러나 아니야. 소릴 지르면 메아리가 울리고 그러면 그것이 멀리 달아날 거야!

그래, 기다리자……. 톰이 이야기를 하면 할수록 그것은 점점 더 다가왔다. 그것은 톰을 겁내지 않았다. 톰이 숨을 쉴 때마다 더 가까이 왔다. 톰은 그것의 일부가 되었다!

톰이 낄낄댔다.

"작년 2월에, 눈보라가 칠 때 성냥갑을 들고 나가 눈 하나를 그 안에 받았어. 그러곤 성냥갑을 닫고 집 안으로 달려가 그걸 얼음 상자 속에 숨겨 뒀지!"

가까이, 아주 가까이 다가오고 있구나. 더글러스는 오물대는 톰의 입술을 바라보았다. 그는 펄쩍 뛰고 싶었다. 숲 뒤에서 거대한 파도가 밀려왔다. 그 파도는 순식간에 그들을 덮쳐 영원히 삼켜 버릴 것이다…….

야생 포도를 따면서 톰이 생각에 잠겨 말했다.

"그렇잖아? 여름에 눈을 가지고 있는 사람은 일리노이 주를 통틀어 나밖에 없을걸. 다이아몬드처럼 귀한 거야. 내일 열어 볼 거야. 더그 형에게도 보여 줄게……."

다른 날이었으면 더글러스는 코웃음을 치고 말도 안 되는 소리 말라고 면박을 주었을 것이다. 하지만 지금은 그 거대한 것이 몰려와 청명한 대기를 뚫고 머리 위로 떨어지고 있었다. 그는 눈을 감은 채 고개를 끄덕일 수밖에 없었다.

이상하다고 생각한 톰은 포도를 따다 말고 몸을 돌려 형을 바라보았다. 몸을 숙인 더글러스는 이상적인 목표물이었다. 톰은 소리를 지르며 펄쩍 뛰었다가 땅으로 떨어졌다. 그들은 넘어져서 내동댕이쳐진 후 계속 굴러 갔다.

아니야! 더글러스는 마음의 문을 굳게 닫았다. 아니야! 그러나 갑자기…… 그래, 맞아! 그래! 두 사람이 끌어안고 굴러도 깊은 숲 속의 풀잎을 휩쓸고 밀려와 부서지는 이 파도를 막을 순 없었다. 튀어나온 나무 뿌리에 입이 부딪쳤다. 따뜻한 피에서 녹슨 맛이 났다. 그는 톰을 끌어내 꼭 붙든 후 함께 조용히 누워 있었다. 가슴은 두근거리고 코에서는 씩씩거리며 김이 났다. 더글러스는 아무것도 없으면 어쩌지 하다가 마침내 천천히 눈을 떴다.

모든 것이, 모든 것이 완벽하게 거기에 있었다.

도리어 어마어마하게 큰 눈동자를 이제 막 떠 두리번대며 모든 것을 보려는 것처럼 세상이 그를 응시하고 있었다. 그는 자신을 덮치고 도망도 가지 않은 게 무엇인지 그 정체를 알았다.

난 살아 있어. 그는 생각했다.

붉은 피가 묻은 손가락이 떨렸다. 그것은 보이지 않다가 이제야 발견된 낯선 나라 국기 같았다. 어느 나라 국기, 아니면 연합군 국기인지 궁금했다. 더글러스는 톰을 꼭 붙잡고, 손으로 피를 만졌다. 마치 그 피가 벗겨서 들고 뒤집어 볼 수 있는 것이라도 되는 양. 톰을 놓아 주고 누운 채 하늘 높이 손을 뻗었다. 그의 눈은 경비병처럼, 팔을 다리라도 되는 것처럼 건넌 후 낯선 성의 쇠창살 같은 손가락 위에 우승기처럼 빛나는 피를 보았다.

"형, 괜찮아?"

톰이 물었다. 그의 목소리는 푸른 이끼 낀 우물 바닥에서 울리는 것 같았다. 어딘가 멀리서, 물 밑에서 은밀하게 퍼지는 소리 같았다.

몸 아래서 풀잎이 속삭였다. 그는 팔을 늘어뜨려서 풀잎의 솜털을 어루만졌다. 그리고 저 아래 신발 안에서 발가락이 꼼지락대고 있었다. 바람이 그의 동그란 귀 위로 한숨을 쉬며 스쳐갔다. 세상이 그의 눈앞에 어른대며 수정 구슬 속의 활활 타는 불꽃처럼 미끄러져 갔다. 꽃들은 태양이었다. 여러 개의 태양이 숲에 흩어져 불타고 있었다. 하늘이라는 거대한 둥근 연못에는 새들이 물수제비 뜨는 돌처럼 가물거렸다.

숨결이 씩씩대며 이 사이로 샜다. 들이마실 때는 얼음인 숨결이, 내쉴 때는 불꽃이었다. 곤충들은 대기를 감전시켜 충격을 주었다. 수만 개의 머리카락 하나하나가 그의 머리에서 백만 분의 일만큼씩 자랐다. 심장 두 개가 귀를 가득 메우며 두근대고 목에서 제3의 심장이 두근댔다. 그의 손목에서 팔딱대고 가슴에서 진짜 심장이 마구 두근대는 소리가 들렸다. 그의 몸속에 있는 수백만 개의 숨구멍이 열렸다.

난 정말 살아 있구나! 그는 생각했다. 전에는 이 사실을 전혀 몰랐다. 아니, 알았는지 모르지만 지금은 전혀 기억이 나지 않아!

그는 소리를 내지 않고 고함을 질렀다. 열두 번이나! 생각해 봐, 생각해 봐! 열두 살이 된 이제야! 이제야 이 귀한 세상을 발견하다니! 이제야 나무 아래 누워서 몸부림치며 70년 동안 보증된 황금빛 시계를 발견하다니!

"형, 괜찮아?"

더글러스는 톰을 붙들고 고함을 지르며 굴렀다.

"형, 미쳤어?"

"미쳤냐고!"

그들은 피를 흘리며 언덕 아래로 굴렀다. 그들은 입 안에 가득 태양을 머금었고, 태양은 눈 속에서도 부서진 레몬 빛 유리처럼 빛나고 있었다. 그들은 둑에 던져진 송어처럼 헐떡이며 눈물이 나올 때까지 웃었다.

"형, 미친 거 아냐?"

"아니야, 아니야, 아니야, 아니야, 아니야!"

더글러스는 눈을 감은 상태에서도 어둠 속에서 표범의 발자국을 보았다.

"톰!"

그러고 나서 조금 더 나지막이 말했다.

"톰…… 이 세상 사람이 모두…… 살아 있다는 걸 아니?"

"물론이지. 그럼!"

그 표범은 보이지 않는 깜깜한 대지 속으로 조용히 사라졌다.

"사람들이 살아 있다는 걸 알면 좋겠어."

더글러스가 속삭였다.

"오, 사람들이 알면 좋겠어."

더글러스는 눈을 떴다. 초록빛 하늘을 배경으로 웃으며 엉덩이에 손을 댄 채 아버지가 내려다보고 있었다. 아버지와 눈이 마주쳤다. 더글러스는 기운이 났다. 아버지는 아신다는 생각이 들었다. 모두 계획된 일이구나. 아버지가 일부러 여기로 데려왔고 그래서 이런 일이 일어난 거야! 아버지가 꾸민 일이야. 다 알고 계셔. 그리고 이제 내가 알게 되었다는 걸 아시는 거야.

아버지가 손으로 그를 붙잡았다. 그는 아버지와 톰의 부축을 받아 휘청대며 일어섰다. 몸에는 멍이 들고 머리는 헝클어져 있었다. 더글러스는 당혹스러웠지만 경외감에 차 혹이 난 팔꿈치를 살살 펴고 상처가 난 입술을 핥았다. 그러고 나서 아버지와 톰을 보았다.

"양동이는 모두 제가 들게요."

그가 말했다.

"이번만은 제가 모두 들게요."

그들은 의아했지만 미소를 지으며 양동이를 건넸다.

그는 손에 힘을 주어 시럽과 숲으로 가득 찬 무거운 양동이를 든 다음 살짝 흔들었다. 난 느낄 수 있는 것이면 무엇이든 모조리 느끼고 싶어. 지치도록 느낄 거야. 자, 지치도록 느낄 거야. 잊으면 안 돼. 난 살아 있어. 살아 있다는 걸 아는걸. 오늘 밤이나 내일이나 모레가 되어도 잊으면 안 돼.

벌들이 따라왔다. 야생포도와 노란 여름도 그의 뒤를 따라왔다. 그는 반은 취한 상태로 양동이를 들고 걸었다. 이상하게 손가락이 얼얼하고 팔이 마비되면서 다리가 휘청거렸다. 그러자 아버지가 그의 어깨를 붙들었다.

"아니에요."

더글러스가 중얼거렸다.

"전 괜찮아요. 전 좋아요……."

풀, 뿌리, 돌, 이끼 낀 통나무 껍질의 감각이 사라졌다가 반 시간이 지나서야 돌아왔다. 그가 이런 느낌을 곰곰히 생각하고 그 느낌이 몸을 빠져나와 미끄러져서 사라져 버리게 하는 동안 아버지와 동생은 말없이 뒤에서 따라오고 있었다. 그들은 읍내로 가는 그 멋진 고속도로로 나 있는 길을 그가 혼자 찾아가게 내버려 두었다.

3

그들은 늦게서야 시내에 도착했다.

하지만 또 다른 추수가 기다리고 있었다.

할아버지는 넓은 현관에 서 있었다. 꼼짝 않고 서서 죽어 버린 계절의 고요를 둘러보는 대장 같았다. 바람, 드높은 하늘, 더글러스와 톰이 서 있는 잔디를 찬찬히 살피고 있었다. 할아버지에게 더글러스와 톰이 물었다.

"할아버지, 준비되셨어요? 지금 할까요?"

할아버지는 턱을 만졌다.

"500, 1000, 2000 좋아. 그래, 그래, 아주 많구나. 이젠 따도 좋다, 모조리 따거라. 압착기로 나를 때마다 한 자루당 10센트를 주마!"

"야!"

소년들은 웃으면서 몸을 숙였다. 그들은 노란 꽃을 땄다. 이 세상을 가득 채운 꽃, 잔디밭에서 흘러넘쳐 벽돌 길에까지 핀 꽃은 그 깊은 창고 유리문에 부딪혀 부드럽게 떨렸다. 그러자 태양이 사방으로 휘황찬란하게 퍼졌다.

할아버지가 말했다.

"해마다 마구 피어나지. 그래도 난 그냥 내버려 둔단다. 그래, 아무도 돌보지 않는 평범한 잡초긴 하지. 하지만 우리에게는 소중한 민들레인걸."

조심스럽게 딴 민들레는 자루에 담겨 지하실로 운반되었다. 민들레가 들어오자 어두운 지하 창고가 환해졌다. 차가운 와인 압착기는 입을 벌리고 있었다. 꽃을 쏟아 붓자 압착기가 따뜻해졌다. 할아버지가 다시 압착기를 매만진 후 나사를 조여 주자 거기서 부드럽게 민들레 즙이 나왔다.

"거기…… 그래서……."

이 아름다운 계절의 진수인 황금 물결이 압축기 아래에 있는 주둥이에서 쏟아져 나왔다. 술통을 채운 민들레 와인의 거품을 걷고, 깨끗한 케첩 병에 넣은 다음, 빛나는 와인을 창고의 어둠 속에 나란히 줄지어 세워 두었다.

민들레 와인.

이렇게 말하는 순간 곧 여름이 되었다. 와인은 병에 가둔 여름이었다. 더글러스는 자신이 살아 있음을 절감했다. 세상을 보고 만지고 싶었다. 그래서 새로운 지식 중 일부, 와인을 만든 이 특별한 날을 밀봉해 따로 떼어 두었다. 그것은 옳은 일이었고 또 적절한 일이기도 했다. 1월 어느 날, 줄기차게 눈이 와 몇 주고 몇 달이고 해가 뜨지 않을 어느 날 그 와인 병을 열어 볼 것이다. 아마 그때쯤에는 기적 중 일부는 이미 잊혀져서 다시 되살릴 필요가 있을 것이다. 예측하지 못한 경이로움으로 가득 찬 여름이 와인 병에서 살아날 것이다. 그는 이 병들을 한데 모아 이름을 붙여 두고 싶었다. 그러면 언제든 해 질 녘에 살금살금 지하로 내려와 만질 수 있을 것이다.

그러면 거기에, 일렬로 늘어선 민들레 와인이 엷게 덮인 먼지를 뚫고 아침에 피는 꽃 특유의 부드러운 빛으로 6월의 햇살을 빛내며 있을 것이다. 겨울날 민들레 와인 속을 자세히 보라. 풀잎 위에 눈은 녹고, 나무에는 다시 새가 찾아오고, 나뭇잎이 돋아나고, 바람결에 수많은 나비가 흔들리는 것처럼 보이는 꽃이 피어 있을 것이다. 그리고 민들레 와인을 통해 회색 하늘이 파랗게 보일 것이다.

여름을 유리잔, 물론 아주 작은 유리잔에 따른 후, 아이들에게는 입만 축일 정도로 아주 조금만 줘 보라. 입에 유리잔을 가져다 대고 여름을 기울인 순간 혈관 속에서 계절이 바뀌리라.

"자, 이제 준비되었다. 빗물을 부어라!"

이 맑은 물만 부으면 완성이었다. 이것은 먼 곳의 호수와 새벽 들판의 이슬이 모여 하늘로 올라가, 1400킬로미터나 움직인 다음 바람에 씻기고 고압으로 충전된 후 차가운 대기 중에서 응축된 물이었다. 비가 되어 떨어진 이 맑은 물 속에는 하늘이 모여 있었다. 동풍과 서풍과 북풍과 남풍에서 뭔가를 가져와 물이 비가 되고 그 비가 이렇게 의식을 치른 후 와인이 된 것이리라.

더글러스는 국자를 가지고 뛰었다. 그는 빗물 통 깊숙이 국자를 넣었다.

"자, 간다."

그것이 연파랑 비단 빛의 맑은 물로 입 안에 흘러들어가자 입술과 목과 가슴이 부드러워졌다. 이 물을 국자로 퍼 양동이에 담은 후 지하 창고로 가져간 다음 거기서 민들레 위에 부어야 했다. 강물과 계곡물 맛이 나는 와인이 될 것이다.

마구 눈보라 쳐, 세상이 어지럽고 유리창이 안 보이고 바람이 쌩쌩 부는 2월 어느 날 할머니까지도 가쁜 숨을 몰아쉬며 창고로 사라지곤 했다.

그 거대한 집의 위층에는 기침 소리, 재채기 소리, 코 푸는 소리, 아이들의 열, 정육점의 고기처럼 벌개진 목, 병에 든 버찌처럼 빨간 코, 몰래 들어온 세균이 사방에 퍼져 있었다.

그러면 할머니가 지하 창고로부터 6월의 여신처럼 올라왔다. 털실로 짠 숄 속에 감추었지만 그게 무엇인지는 분명했다. 아래층과 위층의 불행한 방마다 이 향기로운 맑은 술이 들어가면 깨끗한 잔에 부어 모두 쭉 들이킬 것이다. 다른 시간에서 온 약, 햇볕이 쨍쨍 쬐는 나른한 8월 오후의 향기, 얼음 마차가 벽돌 길을 지나가는 희미한 소리, 밀려오는 유성의 불꽃, 잔디 깎는 기계가 개미 나라 사이를 움직이면 거기서 솟구치는 잔디, 이 모든 것이 한 잔의 와인 안에 담길 것이다.

그래, 할머니마저도 겨울 창고에 끌려 6월의 모험을 감행하러 갈 것이다. 그곳에서 할머니는 영혼과 정신을 모아 은밀하게 기도를 하며 혼자 조용히 서 있을 것이다. 할아버지와 아버지와 버트 삼촌, 혹은 하숙생 몇 사람이 그랬던 것처럼 오래전에 지나간 세월의 마지막 감촉, 즉 소풍과 따뜻한 비, 밀밭, 새 옥수수, 잡초의 냄새와 교감할 것이다.

할머니마저도 아름다운 황금의 단어들을 되풀이하고 또 되풀이할 것이다. 꽃들이 압착기 속으로 들어가는 지금 떠오르는 그 단어를, 온 세상이 하얀 겨울이 되어도 되풀이할 것이다. 입속에서 그 단어를 자꾸자꾸 되풀이할 것이다. 미소처럼, 갑자기 어둠 속에서 빛나는 햇빛처럼.

민들레 와인. 민들레 와인. 민들레 와인.

4

 그들이 오는 소리는 들리지 않았다. 멀어져 가는 소리도 거의 들리지 않았다. 풀잎은 고개를 숙였다가 다시 들었다.
 그들은 구름 그림자처럼 아래쪽으로 달려갔다……. 여름의 소년들은 달려갔다.
 뒤에 처진 더글러스는 길을 잃었다. 헐떡이면서 그는 협곡의 가장자리, 부드럽게 흔들리는 심연의 가장자리에 섰다. 여기서 그는 사슴처럼 귀를 쫑긋 세우고 수십억 년 동안 숨어 있는 위험의 냄새를 맡았다. 도시는 협곡을 중심으로 두 동강 나 있었다. 여기서 문명이 멈추었다. 여기서는 시시각각 대지가 늘어나고 수백만 명이 죽고 또 부활한다.
 그리고 여기에는 이미 길이 나 있기도 하고, 아직 나지 않은 길도 있었다. 이 길들은 늘 어디론가 떠나려는 소년들의 욕망을 말해 주었다.
 더글러스는 돌아섰다. 음침한 겨울을 먹고 사는 얼음 창고 쪽으로 꾸불꾸불한 먼지투성이 길이 나 있다. 이 길은 7월 호숫가의 뜨거운 모래사장으로도 나 있었다. 소년들이 나무 사이에 숨어 시큼하고 아직 덜 익은 야생 사과처럼 자라는 곳으로 나 있는 길이기도 하다. 복숭아 과수원, 포도밭, 햇볕을 쬐다 잠든 느려 터진 고양이 같은 수박들이 널부러져 있는 수박 밭을 지나기도 한다. 이 길은 확 꺾어져 학교로도 나 있다! 물론 여름에는 아무도 안 다니지만. 이 길은 화살처럼 똑바로 토요일 카우보이 영화관으로 나 있으며 계곡물을 타고 도시를 지나 황야로 이어진다.

더글러스는 곁눈질을 했다.

도시나 황야가 어디서 시작되는지 누가 말할 수 있겠는가? 어느 쪽이 무엇을 소유할지 누가 알겠는가? 영원히 서로 싸우던 도시와 황야 중 이기는 쪽이 그 계절에 가로수 길, 작은 골짜기, 계곡, 나무, 덤불을 소유하는 그런 애매한 장소가 있었다. 풀잎과 꽃의 거대한 파도가 저 멀리 떨어진 시골에서부터 밀려와 도시를 야트막하게 둘러싸기 시작해서 여름이 깊어갈수록 도시 안으로 밀려 들어왔다. 밤마다 황야와 초원과 외딴 시골이 계곡물을 타고 협곡을 통과하여 도시에 이르러 풀 냄새와 물 냄새를 풍겼다. 그러면 도시는 텅 비고 죽어 버려 흙으로 돌아갔다. 그리고 아침이 오면 협곡은 조금 더 도시로 뚫고 들어와 물 새는 보트처럼 주차장을 침수시키고 고물차를 삼키려고 위협했다. 비가 들이칠 때도 방치해 두어 이미 녹이 슨 고물차를.

"헤이! 헤이!"

존 허프와 찰리 우드먼이 협곡과 도시와 시간의 신비 속을 달렸다.

"헤이!"

더글러스는 천천히 길을 따라갔다. 협곡에는 삶의 양면, 인간의 방식과 자연의 방식 둘 다가 있었다. 마을은 결국 커다란 배일 뿐이었다. 그 배를 가득 채운 생존자들이 끊임없이 움직이며 풀을 밖으로 내다 버리고 녹을 청소한다. 가끔 모함 옆에 있던 구명정, 즉 오두막이 오랜 세월에 걸쳐 고요한 폭풍에 시달리다가, 조용한 불개미와 개미의 물결에 휩쓸려 협곡 속으로 사라진다. 후텁지근한 잡초들 사이에서 마른 종이처럼 사각대는 여치 소리가 희미하게 들린다. 거미줄 낀 오두막은 먼지 속에 방치되어 있다가 마침내 천둥소리와 함께 번개가 치면 활활 타 사라진다. 번쩍이는 번갯불에 순간적으로 황야의 승리라는 사진이 찍힌다.

바로 이 신비, 오랜 세월에 걸쳐 인간이 대지를 장악하지만 다시 대지가 인간을 장악하는 신비가 더글러스를 사로잡았다. 그는 도시가 결코 이기지 못하리라는 것, 도시는 단지 고요한 위험 속에 존재할 뿐이라는 것을 알았다. 도시는 잔디 깎는 기계, 살충제, 절단기로 무장하고 문명이 허용하는 한 끊임없이 둥둥 떠 흘러가고 있지만 집마다 이미 언제라도 초록 물결에 영원히 가라앉을 태세였다. 그때가 되면 마지막 인간이 멈추고 그의 잔디 깎는 기계와 모종삽은 모두 녹이 슬어 시리얼처럼 부서져 버릴 것이다.

도시, 황야, 집, 협곡. 더글러스는 앞뒤를 둘러보며 눈을 깜박였다. 그러나 어떻게 이 둘을 연관시키고 둘의 상호작용을 이해하지?

그는 땅을 바라보았다. 여름의 첫 의식, 민들레 따기와 와인 만들기가 끝났다. 이제 두 번째 의식이 그를 기다리고 있었다. 그러나 그는 가만히 서 있었다.

"더그…… 이리 와…… 더그……!"

달려가는 소년들이 사라져 갔다.

"난 살아 있어."

더글러스는 말했다.

"그래 봐야 뭐 해? 나보다 쟤들이 훨씬 더 살아 있는걸."

그러고는 혼자 서서, 움직이지 않은 자신의 발을 내려다보다가, 답을 알아냈다.

5

 그날 밤 늦게 어머니, 아버지, 동생 톰과 함께 영화를 보고 집으로 가는 길에 더글러스는 환하게 불이 켜진 유리창에 테니스화가 진열되어 있는 걸 보았다. 그는 얼른 딴 곳을 보았다. 그러나 발목이 잡혀 발길이 떨어지지 않았다. 그러고는 달려갔다. 지구가 돌았다. 달려 나간 그의 몸이 운동화 가게 캔버스 차양에 쾅 부딪쳤다. 그의 양편에서 어머니와 아버지와 동생이 조용히 걸었다. 더글러스는 걸으면서 계속 뒤돌아보았다. 한밤중 유리창에 진열되어 있는 운동화에서 눈을 떼지 못했다.
 "영화가 아주 좋았어."
 어머니가 말했다.
 더글러스는 중얼댔다.
 "그래요……."
 6월이라 운동화를 살 시기는 한참 지난 때였다. 보도에 떨어지는 여름비처럼 소리가 나지 않는 그 특별한 운동화로 인해 대지는 생기로 가득 찼고 사방에서 만물이 살아 움직였다. 시골에서부터 풀이 밀려와 보도를 에워싸고 집에도 뿌리를 내렸다. 도시는 언제라도 뒤집히고 가라앉아 흔적도 없이 토끼풀과 잡초들 사이로 사라질 것이다. 그리고 여기 더글러스가 서 있었다. 그는 죽은 시멘트와 빨간 벽돌 길에 발목이 붙잡혀 거의 움직일 수가 없었다.

"아빠!"

그가 불쑥 말했다.

"저 뒤쪽 창문 말이에요. 저 '크림 - 스펀지 패러라이트푸트' 신발 말이에요……."

아버지는 돌아보지도 않았다.

"새 운동화가 필요해? 왜 그런지 말해 봐."

"저……."

그해 들어 처음 신발을 벗고 풀밭 위를 뛸 때 여름이 느껴지기 때문에 새 운동화가 필요했다. 새 운동화의 느낌은 두꺼운 겨울용 가죽 구두를 벗고, 열린 창문으로 불어오는 찬 바람을 쐰 후 오랫동안 그렇게 있다가 다시 가죽 구두 속으로 발을 넣을 때의 느낌, 눈을 집어넣은 느낌이었다. 그것은 매년 천천히 흐르는 계곡 물에 발을 담그고 아래를 보면 물속에 잠긴 발이 굴절되어 물 위의 발보다 1.5센티미터쯤 앞으로 더 나간 것처럼 보일 때의 느낌과 같았다.

"아빠,"

더글러스가 말했다.

"설명하긴 힘든데요."

어쨌든 운동화를 만든 사람들은 소년들이 무엇을 필요로 하고 원하는지 잘 알고 있었다. 그들은 운동화 바닥에 마시멜로(녹말, 시럽, 설탕, 젤라틴으로 만든 과자 — 옮긴이) 용수철을 넣었다. 나머지는 황야의 풀을 태워 표백해 만든 게 틀림없었다. 그 신발의 찰흙처럼 부드러운 부분 어딘가 깊숙이 숫사슴의 가늘고 단단한 힘줄이 숨겨져 있는 게 분명했다. 그런 신발을 만든 사람들은 나무 사이로 부는 바람과 호수로 흘러가는 강을 많이 본 게 틀림없었다. 뭐가 되었건 그게 다 운동화에 있었다. 그리고 그것은 여름이었다.

더글러스는 이 모두를 말로 표현하려고 애썼다.

아버지가 말했다.

"그래, 작년 신발은 뭐가 잘못됐니? 벽장에서 그걸 꺼내서 신을 수 없다는 거야?"

음, 그는 일년 내내 운동화를 신는 캘리포니아 소년들을 동정했다. 그런 아이들은 발에서 겨울을 벗어 버리는 느낌, 눈과 비로 가득 찬 투박한 가죽 구두를 벗어 버리고 하루 종일 맨발로 달리다가 그 다음에 새 운동화를 신는 느낌, 맨발보다 훨씬 더 좋은 그 느낌을 모를 것이다. 새 운동화 속에는 언제나 마술이 있었다. 그 마술의 밤은 9월 1일이면 사라질 것이다. 그러나 늦은 6월인 지금은 아직도 얼마든지 마술을 맛볼 수 있고 이런 운동화면 나무, 강, 집을 뛰어넘을 수 있다. 그리고 원하기만 하면 울타리, 보도, 개들도 뛰어넘을 수 있을 것이다.

"아시잖아요?"

더글러스가 말했다.

"작년 운동화는 신을 수가 없어요."

작년 운동화는 벽장 안에서 죽었기 때문이다. 처음 신었을 때는 작년 운동화도 좋았다. 그러나 매년 여름이 끝날 무렵에 이르면 그 운동화로는 더 이상 강이나 나무나 집들을 뛰어넘을 수 없다는 걸 알게 된다. 그 운동화는 죽은 것이다. 그러나 이제는 새해고 이번에 이 새 운동화만 신으면 무엇이든 정말 무엇이든, 다 할 수 있다는 느낌이 들었다.

그들은 집에 도착해 계단을 올라갔다. 아빠가 말했다.

"저금을 하렴. 5주나 6주면……."

"여름이 끝날 거예요!"

불이 꺼지고 톰은 잠들었다. 그러나 더글러스는 침대에 누워 자신의 발을 바라보고 있었다. 침대 끝에 투박하고 무거운 신발을 벗어 버린, 겨울의 커다란 덩어리를 멀리 떨쳐 버린 발이 달빛을 받고 있었다.

"이유, 새 운동화를 사야만 하는 이유를 생각해야 해."

자, 누구나 다 알듯이, 날씨가 더워지자 마을 주변 언덕에는 친구들이 마구 뛰어다니며 난리다. 그들은 햇볕이 쨍쨍 내리쬐도 마구 달리고 살갗이 달력처럼 벗겨져도 아랑곳하지 않는다. 이런 친구들을 따라잡으려면, 여우나 다람쥐보다 훨씬 더 빨리 달려야 한다. 마을에는 더 위로 짜증난 적들이 우글거렸다. 그는 겨울의 싸움과 모욕을 기억하고 있었다. 친구를 찾고, 적들을 따돌려라! 이것이 '크림-스펀지 패러라이트푸트'의 모토였다. 세상이 너무 빨리 달리는가? 따라잡고 싶은가? 날쌔고 싶고, 또 계속 날쌔길 원하는가? 그러면 라이트푸트를 신어라! 라이트푸트를 신어라!

그는 저금통을 들어 보았다. 그러자 희미하게 딸랑대는 소리가 들렸다. 돈의 무게는 가벼웠다.

무엇을 원하든 간에 방법이 있으리라는 생각이 들었다. 자, 오늘 밤 안에 숲을 빠져나갈 길을 찾아 보자…….

시내 상점의 불들이 하나씩 하나씩 꺼졌다. 창문으로 바람이 불어왔다. 바람은 하류로 흘러가는 강물 같았다. 그의 발도 물결을 따라 흘러가고 싶어 했다.

꿈속에서 그는 따뜻하고 무성한 풀밭에서 뛰고, 뛰고, 또 뛰는 토끼를 보았다.

운동화 가게에는 늙은 샌더슨 씨가 있었다. 마치 애완동물 가게 주인이 세계 각지에서 온 개를 한 마리, 한 마리 쓰다듬듯이, 그는 가게를 돌아다니며 창에 진열된 운동화를 한 켤레, 한 켤레 쓰다듬었다. 그에게 운동화 몇 켤레는 고양이 같고, 몇 켤레는 강아지 같았다. 그는 한 켤레, 한 켤레를 정성껏 매만지고, 운동화 끈을 조절한 후 가지런히 정렬했다. 그런 다음 카펫 한가운데 서서 주변을 둘러보며 고개를 끄덕였다.

천둥소리가 점점 더 크게 들렸다.

샌더슨 씨의 신발 가게 입구에는 아무도 없었는데 다음 순간 더글러스 스폴딩이 쭈빗대며 나타났다. 그는 자신의 가죽 신발을 바라보고 있었다. 마치 그 무거운 신발이 시멘트에 들러붙은 것 같았다. 그의 신발이 멈추자 천둥소리도 멈추었다. 그는 손에 꼭 쥐고 있는 돈을 보면서 이제 고통스러울 정도로 천천히 토요일 정오의 밝은 햇빛을 빠져나와 가게로 들어왔다. 다음 말을 어떻게 움직이느냐에 따라 승패가 좌우되는 체스를 두는 사람처럼 조심스럽게 그는 1센트, 10센트, 25센트를 카운터 위에 쌓았다.

"아무 말도 하지 마라!"

샌더슨 씨가 말했다.

더글러스는 꼼짝도 하지 않았다.

"우선, 난 네가 뭘 사고 싶어 하는지 잘 알아."

샌더슨 씨는 말을 이었다.

"둘째, 오후마다 네가 창가에 서 있는 걸 봤어. 내가 보는 걸 너도 알았지? 틀렸어. 셋째, 분명히 말하자면, 넌 '로얄 크림 - 스펀지 패러라이트푸트' 운동화를 사고 싶은 거지? 발에 박하를 바른 것처럼 시원한 운동화 말이야! 넷째, 외상을 달라는 거지?"

"아니에요!"

더글러스는 꿈속에서 밤새 뛰어다니기라도 한 것처럼 허덕였다.

"외상보다 더 나은 거예요! 그 말씀을 드리기 전에, 샌더슨 씨, 제 질문에 대답해 주셔야 해요! 언제 마지막으로 라이트푸트를 신으셨는지 기억나세요?"

샌더슨 씨의 얼굴이 어두워졌다.

"오, 10년, 20년, 한 30년쯤 된 것 같은데. 왜 그래?"

"샌더슨 씨, 고객을 이해하기 위해서는 잠깐이라도 그 운동화를 신어 보세요. 그러면 고객들이 어떻게 느끼는지 아시게 될 거예요. 계속 신지 않으면 느낌 자체를 잊어버리세요. 유나이티드 담배 가게 주인은 시가를 피우잖아요, 그렇죠? 사탕 가게 주인은 샘플을 먹잖아요. 그래서……."

"난 구두를 신고 있잖아."

그 노인이 말했다.

"하지만 운동화는 아니잖아요! 운동화에 대해 제대로 설명도 못하시면서 어떻게 운동화를 팔려고 하세요? 운동화에 대해 모르면서 어떻게 운동화에 대해 말하려고 그러세요?"

샌더슨 씨는 한 손으로 턱을 고이고 열이 오른 소년에게서 약간 거리를 두었다.

"저……"

"샌더슨 씨."

더글러스가 말했다.

"제게 파세요. 그러면 저도 그만한 가치가 있는 것을 드릴게요."

"운동화를 팔려면 꼭 운동화를 신어야 할까?"

노인이 물었다.

"그러셔야 해요!"

노인은 한숨을 쉬었다. 잠시 후 그는 숨을 고르고 앉더니 좁고 길다란 발에 운동화를 신어 보았다. 그 운동화는 그의 검은 정장과 전혀 어울리지 않고 아래쪽에 뚝 떨어져 있는 것 같았다. 샌더슨 씨가 일어섰다.

"느낌이 어떠세요?"

소년이 물었다.

"어떠냐고? 아주 좋아."

그가 앉았다.

"제발!"

더글러스가 손을 내밀었다.

"샌더슨 씨, 이제 발을 탁탁 앞뒤로 치며 걸어다녀 보세요. 얼마나 푹신푹신한지 느껴 보세요. 펄쩍펄쩍 뛰어 보세요. 그 사이 제가 말씀 드릴게요. 제가 있는 돈을 다 드릴 테니까, 제게 그 신발을 주세요. 그러면 1달러를 빚지게 될 거예요. 하지만 샌더슨 씨, 제가 저 신발을 신자마자 무슨 일이 일어날지 아세요?"

"무슨 일이 일어나는데?"

"그래요! 제가 운동화 배달을 하고, 운동화를 골라 주고, 커피를 가져다 드리고, 쓰레기도 태울게요. 그리고 우체국이든, 전신국이든, 도서관이든 어디든 심부름을 갈게요! 잠시도 쉬지 않고 들랑거릴게요. 샌더슨 씨, 운동화를 느껴 보세요. 그 신발을 신어 보시면 제가 얼마나 빨리 뛰어다닐지 짐작하실 거예요. 안쪽에 있는 스프링이 느껴지세요? 저절로 달리는 느낌이 드세요? 발을 단단히 감싼 운동화가 움직이라고 부추기는 게 느껴지세요? 거기 가만히 서 있는 걸 얼마나 싫어하는지 느껴지세요? 샌더슨 씨, 귀찮은 일을 제가 얼마나 빨리하는지 보실래요? 시원한 가게에 앉아만 계시면 제가 온 동네를 뛰어다닐게요! 하지만 실은 제가 아니고 운동화가 다니는 거예요. 운동화가 미친 듯이 골목 아래로 달려가 모퉁이를 돌아가 일을 마치고 올 거예요! 자 출발합니다!"

샌더슨 씨는 그가 쏟아 내는 말에 놀라 가만히 서 있었다. 쏟아져 나오는 단어의 물결에 그가 실려 갔다. 그는 운동화 속 깊이 발을 넣고 유연하게 발가락을 굽혔다 폈다 한 후 발목을 시험하기 시작했다. 그는 열린 문 사이로 불어오는 미풍에 맞추어 부드럽게 앞뒤로 움직였다. 운동화는 조용히 카펫 속으로 파묻혔다. 마치 정글의 풀이나, 부드러운 흙이나, 탄력 있는 진흙 속에 가라앉는 느낌이었다. 그는 이스트로 부푼 빵 반죽처럼 그를 환영하며 받아들이는 땅에 대고 경건하게 발 뒤꿈치를 튕겨 보았다. 마치 다양한 색의 등불이 켜졌다 꺼지듯이 순식간에 그의 얼굴에 여러 감정이 교차했다. 그의 입이 약간 벌어졌다. 그는 천천히 몸을 흔들다가 멈추었다. 소년의 목소리가 멈추었다. 그들은 서로 바라보며 자연스럽게 거대한 침묵 속에 빠졌다.

밖에서는 뜨거운 태양 아래 몇 사람이 보도 위를 떠다니고 있었다.

아직도 노인과 소년은 그 자리에 서 있었다. 소년의 얼굴이 달아올라 있었고 노인은 새로운 계시를 받은 표정이었다.

"애야."

노인이 마침내 말했다.

"5년 후에 이 가게에서 신발을 팔고 싶니?"

"아 고맙습니다, 샌더슨 씨. 하지만 그때는 어떤 일을 하게 될지 모르겠네요."

"넌 되고 싶은 건 뭐든지 될 거다."

그 노인이 말했다.

"넌 그럴 게다. 아무도 널 말릴 수 없을 거야."

노인은 가게를 가로질러 만여 개의 상자가 쌓인 곳으로 가서 소년에게 맞을 만한 운동화를 몇 개 골라 왔다. 그런 다음 소년이 운동화 끈을 매고 거기 서서 기다리는 동안 심부름 목록을 썼다.

노인은 그 목록을 내밀었다.

"오늘 이 심부름을 해 다오. 그걸로 계산 끝이고 넌 해고다."

"고맙습니다, 샌더슨 씨!"

더글러스는 튀어 나갔다.

"잠깐!"

노인이 소리쳤다.

더글러스는 멈추어서 돌아보았다.

샌더스 씨는 앞으로 몸을 숙였다.

"운동화의 느낌이 어떠냐?"

소년은 자신의 발을 내려다보았다. 그 발은 이미 강 속에, 밀밭 속에, 마을 밖으로 그를 밀어내는 바람 속에 있었다. 그는 노인을 올려다보았다. 그의 눈은 불타고 입이 움직였으나 아무 소리도 새어 나오지 않았다.

"영양 같니?"

노인이 말했다. 소년을 얼굴부터 발끝까지 쳐다보면서…….

"가젤 영양 같니?"

소년은 잠시 망설이다가 재빨리 고개를 끄덕이더니 그 동작과 거의 동시에 사라졌다. 그가 휘파람을 불며 빙글 돈 다음이었다. 문에는 아무도 없었다. 운동화 소리가 정글의 열기 속으로 사라졌다.

샌더슨 씨는 태양이 작열하는 문가에 서서 뭔가를 유심히 듣고 있었다. 그는 오래전으로부터, 꿈에 찬 소년 시절로부터 들려 오는 그 소리를 기억했다. 아름다운 동물들이 하늘 아래서 달리다 덤불 사이를 뚫고 나무 밑으로 멀리 사라지면서 남기는 부드러운 메아리 소리였다.

"영양."

샌더슨 씨가 말했다.

"가젤 영양."

그는 소년이 버리고 간 겨울 구두를 집어 들려고 허리를 구부렸다. 그 신발은 잊혀진 비와 천천히 녹은 눈으로 무거워져 있었다. 그는 작열하는 태양 속으로 나가 부드럽게, 가볍게, 천천히 걸으면서 문명을 향해 고개를 돌렸다…….

6

그는 노란 메모지첩과 노란 연필을 가져왔다. 메모지첩을 편 후 연필에 침을 묻혔다.

그가 말했다.

"톰, 너와 너의 통계를 보고 생각났는데, 나도 똑같이 어떤 일을 했는지 계산해 올래. 예를 들면, 여름마다 그 전해 여름 일이 모조리 반복되잖아."

"어떤 일 말이야, 형?"

"민들레 와인을 만드는 것, 새 운동화를 사는 것, 그해 처음 불꽃놀이 폭죽을 터트리는 것, 레모네이드를 만드는 것, 야생 포도를 따는 것. 매년 같은 일을 같은 방식으로 하잖아. 아무 차이도 없이 말이야. 그게 여름의 반은 될 걸, 톰."

"나머지 반은 뭐야?"

"우리가 처음 해 보는 일."

"올리브를 먹는 것?"

"그보다는 큰일이지. 할아버지나 아빠가 이 세상 일을 모두 아시는 건 아니라는 걸 깨닫는 것."

"아빠와 할아버지는 모두 아시는걸. 잊었어? 잊으면 안 되는데."

"톰, 대들지 마. 나는 이미 발견과 계시 칸에 적어 놓았어. 아빠나 할아버지라고 모두 아시지는 않아. 그건 범죄가 아니야. 또 새로운 사실도 발견했어."

"거기에 써 놓은 것 중 또 뭐가 새로운 건데?"

"나는 살아 있다."

"쳇, 전부터 살아 있었잖아."

"그걸 깨닫게 된 거야. 그건 새로운 일이야. 너는 그런 일을 하면서도 관찰하지 않잖아. 그런데 갑자기 무슨 일을 하는지 의식하게 되면 그건, 정말이지, 처음 있는 일이 되는 거야. 난 여름을 두 부분으로 나눌 거야. 이 종이의 첫 부분의 제목은 '의식과 예식'이야. 그해 처음으로 루트 비어의 마개를 딴 일. 그해 처음으로 잔디밭을 맨발로 달린 일, 그해 처음으로 거의 호수에 빠질 뻔한 일, 최초의 수박, 최초의 모기, 최초의 민들레 수확. 그리고 나선 이 모든 일을 생각 없이 되풀이하지. 이제 뒤쪽을 보면, 내가 말한대로 '발견과 계시'라고 써 있어. '각성'이라고 썼는지도 모르겠다. 그건 좀 과장된 단어지. 아니면 '직감'이라고 해야 할까? 민들레 와인을 담는 것처럼 오랫동안 해 온 익숙한 일을 했으면 그것을 의식과 예식 칸에 써넣으면 돼. 그리고 나서 그것에 대해 생각을 하고 생각난 것을, 미친 생각이든 아니든, 발견과 계시 칸에 써넣으면 돼. 여기 내가 와인에 대해 생각난 게 있어. '와인을 병에 담을 때마다 1928년을 몽땅 안전하게 모아 두는 것이다.' 이런 표현은 어때, 톰?"

"무슨 말인지 모르겠어."

"하나 더 예를 들게. 의식과 예식 칸 제일 위에다 이렇게 썼어. 아빠와 최초로 싸우고 혼남. 1928년 여름, 6월 24일 아침. 뒷면의 발견과 계시 칸에는 이렇게 썼어. 어른과 아이가 싸우는 이유는 서로 다른 종족이기 때문이다. 그들을 보라, 우리와 다르지 않은가? 우리를 보라, 그들과 다르지 않은가? 서로 다른 종족이며 '둘이 결코 일치할 수 없으리니.' 이 말들을 음미해 봐, 톰."

"더그 형, 맞아, 맞아! 맞는 말이야! 바로 그래서 우리가 엄마나 아빠랑 사이좋게 지내지 못하는 거야. 싸움, 싸움, 아침부터 저녁까지 싸움이지! 야, 형은 천재야!"

"앞으로 세 달 동안 반복되는 일이 있을 거야. 그런 일을 보거든 말해 줘. 오는 노동절 날에 여름에 있었던 일을 합쳐 보면 우리가 얻은 게 무엇인지 알게 될 거야!"

"지금 당장 형을 위한 통계가 있어. 연필을 잡아 봐. 이 세상에는 50억 개의 나무가 있고 나는 그걸 바라봐. 나무마다 그림자가 있어, 맞지? 그러면 왜 밤이 오지? 내가 말해 줄게. 50억 개의 나무 아래서 그림자들이 기어 나와! 그걸 생각해 봐! 그 그림자들이 날아다니며 공중을 까맣게 물들이는 거야. 우리가 그 50억 개의 그림자를 나무 아래 붙잡아 둘 수만 있으면 형, 밤 시간의 반쯤은 자지 않아도 될 거야. 밤이 없을 테니까! 그래. 뭔가 낡은 것, 뭔가 새로운 것."

"그건 낡은 것과 새로운 것 칸에 해당하는 거야, 맞아."

더글러스는 노란 연필에 침을 묻혔다. 그는 그 연필의 이름이 아주 마음에 들었다.

"그 말을 다시 해 봐."

"50억 개의 나무 아래 그림자가 있어……."

* 7 *

 그랬다. 여름은 의식이었다. 의식마다 자연스럽게 어울리는 시간과 장소가 있었다. 레모네이드나 와인이나 차가운 차를 만드는 의식, 신발을 신는 혹은 신발을 벗는 의식, 그리고 마침내 남들 하는 대로 위엄 있게 앞 현관에 그네를 다는 의식.
 여름의 셋째 날 오후였다. 느지막히 할아버지가 앞 현관에 다시 와 차분하게 현관 천장에 매달려 있는 두 개의 동그란 고리를 바라보았다. 아주 온화한 날 온화해 보이는 하늘을 둘러보는 에이헙 선장(허먼 멜빌의 『백경(모비 딕)』의 주인공 — 옮긴이)처럼 할아버지는 제라늄 화분이 쭉 놓인 난간을 따라가면서 손가락에 침을 묻혔다. 바람을 시험하기 위해서였다. 저물녘에 셔츠만 걸쳐도 될지 보기 위해 겉옷을 벗어 보기도 했다. 그는 꽃이 늘어선 다른 집 현관에 나와 있는 다른 선장들의 인사를 받았다. 다른 선장들은 날씨가 점점 더 더워지는지 알아보려고 바깥에 나와 있었다. 그들은 잠시나마 현관의 검은 방충망 뒤에 있는 아내, 경찰견 같은 잔소리쟁이 아내를 잊고 있었다.

"됐다. 더글러스야, 이제 그네를 달자."

그들은 차고에서 그네를 찾아 먼지를 턴 후 끌고 나왔다. 말하자면, 조용한 여름밤의 축제를 위해서였다. 할아버지는 현관 천장 고리에 그네를 매달았다.

몸이 가벼운 더글러스가 먼저 그네에 앉았다. 그리고 잠시 후 옆에 할아버지가 앉았다. 그래서 그들은 마주 보고 웃으며 고개를 끄덕인 후 조용히 앞뒤로 그네를 흔들었다.

10분 후에 할머니가 양동이와 빗자루를 들고 나타나 바닥에 물을 붓고 현관을 쓸어 냈다. 안락 의자, 등받이 의자 등 다른 의자들이 집 밖으로 나왔다.

"그네는 초여름부터 타는 게 나아."

할아버지가 말했다.

"모기들이 꾀기 전에 말이야."

7시경 식당 창문 밖에 서 있으면, 의자들이 식탁에서 삐걱거리는 소리 그리고 누군가가 누레진 피아노 건반을 두들기는 소리가 들릴 것이다. 성냥불이 켜지고 거품을 내 닦은 첫 번째 접시가 선반 위에서 반짝거릴 때면 어디선가 전축 소리가 희미하게 들릴 것이다. 그리고 해질 무렵, 집집이 거대한 자작나무와 느릅나무 아래 혹은 어둑해진 현관에 사람들이 나타나기 시작한다. 마치 날씨가 좋을지 나쁠지 말해 주려고 온 것처럼.

끈적대는 저녁이면 버트 아저씨, 어쩌면 할아버지, 아버지와 사촌들 중 몇을 포함한 남자들은 여자들의 목소리를 뒤로 하고 밖으로 나와 담배를 피우고, 여자들은 열기가 식어 가는 부엌에서 자신들만의 세상을 정돈했다. 그런 뒤 처음에 현관 난간에 발을 올린 남자 목소리가 들렸다. 소년들은 낡은 계단이나 목제 난간 옆으로 모여들었다. 목제 난간에서는 저녁 시간이면 무엇인가가 떨어지곤 했다. 그게 소년이기도, 제라늄 화분이기도 했다.

이제나 저제나 하고 유령처럼 서성이던 할머니, 증조할머니, 어머니가 마침내 방충망 뒤에서 나타난다. 그러면 남자들이 자리를 내주고 다른 곳으로 옮겨 갔다. 여자들은 각종 부채, 접은 신문지, 대나무 부채, 향기 나는 손수건을 들고 나와 이야기하는 동안 얼굴에 부채질을 했다.

다음 날이면 저녁 내내 무슨 이야기를 했는지 아무도 기억하지 못했다. 어른들이 무슨 이야기를 했는지는 중요하지 않았다. 중요한 것은 현관을 에워싼 섬세한 고사리 덤불 쪽으로 그 소리가 들렸다 말았다 한 것이었다. 집 위에 검은 물을 퍼부은 것처럼 어둠이 마을을 덮은 후 담배 불빛을 빛내며 대화가 계속 이어진 것만이 중요했다. 여자들은 모기를 쫓으면서 소문을 이야기했고, 쫓긴 모기들은 공중에서 미친 듯이 춤을 추었다. 남자들의 목소리가 낡은 집 마루를 점령했다. 눈을 감고 마루 판자에 머리를 대면 남자들의 정치 이야기가 저 멀리서 울리는 지진처럼 계속 올라갔다 내려갔다 했다.

더글러스는 사지를 뻗고 현관 마루 위에 엎드렸다. 이런 소리를 들으면 마음이 편안하고 흐뭇했다. 그것은 영원히 중얼거리는 흐름이 되어 몸 위에, 감긴 눈 위에, 졸린 귓가에 내내 흘렀다. 안락의자는 귀뚜라미

같은 소리를 냈고 귀뚜라미는 안락의자 같은 소리를 냈다. 그리고 식당 창문 옆에 있는 이끼 낀 빗물 통에서는 또 다른 세대의 모기들이 생겨나 끝없이 펼쳐질 여름날에 이야깃거리를 더해 주었다.

 여름밤 현관에 앉아 있으면 아주 좋았다. 더할 수 없이 마음이 놓이고 편안했다. 그래서 현관 없는 여름밤은 상상할 수 없었다. 파이프에 불붙이는 것, 희미한 어둠 속에서 희미한 손들이 뜨개질을 하는 것, 은박지에 싼 차가운 에스키모 파이를 먹는 것, 온 동네 사람들이 오가는 것. 이런 일들은 적절하며 영원히 계속될 의식이었다. 저녁나절 중 언젠가는 동네 사람들이 모두 우리 집 현관에 들렀다. 아래에 사는 이웃들, 길 건너 사는 사람들까지 모두. 펀 할머니와 로버타 할머니는 소형 전동차 옆에서 콧노래를 부르고 톰과 더글러스를 한 블록 정도 태워 준 뒤 이 현관에 앉아 그들의 뺨에 대고 시원하게 부채질을 해 주기도 했다. 혹은 고물 장수인 조너스 씨가 말과 마차를 골목에 숨겨 두고 마치 한 번도 한 적이 없는 새로운 이야기를 할 듯한 표정을 지으며 계단을 올라 다가왔다. 그리고 어쨌든 새로운 이야기를 들려주었다. 마지막으로 아이들이 있었다. 아이들은 숨바꼭질이나 깡통차기를 하면서 사방으로 퍼져 나갔다가 벌건 얼굴로 헐떡이며 말없이 잔디밭을 가로질러 부메랑처럼 돌아왔다. 그러고는 아무 말도 못하게 하는 현관의 말, 말, 말 아래 가라앉아 버렸다…….

 오, 졸리운 목소리가 어둠을 엮고 있는 동안 고사리와 풀 사이에 누워 보내는 밤의 사치. 어른들은 그가 거기 있다는 것을 잊어버렸다. 아주 가만히, 더글러스는 누워서 아주 조용히, 어른들이 그의 미래 혹은 자신들의 미래를 설계하는 소리를 들었다. 그 목소리들은 노랫소리처럼 들리다가 담배 연기가 만든 달빛 구름 사이로 흘러갔다. 한편 모기들은 떨어진 사과꽃이 살아난 것처럼 먼 가로등 주위에서 희미하게 파닥거렸다. 그리고 그 목소리들은 다음 해를 향해 나아가고 있었다…….

8

 오늘 저녁 유나이티드 담배 가게 앞에 모여 사람들은 비행선을 불태우고, 군함을 가라앉히고, 다이너마이트 공장을 폭파시키고 있었다. 그리고 언젠가는 자신들을 죽일 박테리아를 입 안에서 음미하고 있었다. 담배 연기로 된 파멸의 구름이 나타나더니 신경질적으로 보이는 한 사람 주위로 날아갔다. 희미하게 보이는 그 사람은 무덤을 파는 삽과 곡괭이 소리, 그리고 "재는 재로, 먼지는 먼지로."라고 읊는 기도문을 듣고 있는 것처럼 보였다. 이 마을의 보석상인 레오 아우프만이었다. 그는 검고 촉촉한 눈을 크게 뜨더니 마침내 어린애 같은 손을 쳐들고 당혹스러워하며 소리쳤다.
"그만! 그런 음울한 이야기는 제발 그만두세요!"
"레오, 정말 자네 말이 맞네."
 손자 더글러스와 톰을 데리고 밤 산책 중이던 할아버지가 말했다.

"하지만, 레오, 이 운명론자들의 입을 닥치게 할 수 있는 사람은 자네밖에 없어. 더 밝고, 더 풍요롭고, 끝없이 즐거운 미래를 펼쳐 줄 뭔가를 발명해 보게. 자넨 자전거를 발명하고 신기한 기계를 고치고 영사기를 돌리잖나?"

"그래요."

더글러스가 말했다.

"우리에게 행복 기계를 발명해 주세요!"

사람들이 웃었다.

"아니야."

레오 아우프만이 말했다.

"여태껏 기계는 어떻게 사용되었지? 사람들을 울리기 위해서였지? 그래! 사람과 기계가 사이가 좋을 때마다, 쿵 하고 터졌지. 누군가는 과속을 하고, 비행기는 우리 위로 폭탄을 던지고, 차들은 벼랑 밑으로 굴러 떨어졌어. 그렇다고 얘 부탁이 잘못된 걸까? 아니! 아니……."

레오 아우프만은 모퉁이로 가 귀여운 동물이라도 되는 양 자전거를 어루만졌다. 그의 목소리가 희미해졌다.

"내가 잃을 게 뭐가 있겠어?"

그가 중얼거렸다.

"손가락에서 살갗이 조금 벗겨지는 것, 몇백 그램의 쇠붙이와 몇 시간의 잠 정도겠지? 전 할 거예요, 그러니 도와주세요!"

할아버지가 말했다.

"레오, 우린 그런 게 아니라……."

그러나 레오 아우프만은 사라졌다. 더운 여름밤에 그는 목소리를 남긴 채 자전거를 타고 갔다.

"……난 할 거야……."

"알겠지?"

톰이 경외심에 차 말했다.

"그는 틀림없이 할 거야."

9

 레오 아우프만이 저녁에 벽돌 길 위로 자전거를 타고 가는 모습을 보면 그가 더운 바람에 엉겅퀴가 다른 풀에 부딪히며 내는 소리나, 비에 젖은 전신주 위의 전깃줄들이 내는 찍찍 소리를 즐기는 사람이란 걸 알 수 있다. 그는 잠 못 이루는 밤에 괴로워하지 않았다. 누가 알겠는가? 그는 우주의 거대한 시계가 태엽을 감거나 시계의 태엽이 다 풀리는 소리를 생각하며 즐기는 그런 사람이었다. 하지만 며칠 밤 그 소리를 들은 후 그는 처음에는 이렇게 하고 다음에는 저렇게 하기로 결정했다…….
 자전거를 타고 가면서 그는 인생에서 충격적인 일이 무엇일까 생각했다. 태어나고, 자라고, 늙고, 죽는 것. 태어나는 것에 대해선 어쩔 수 없다. 하지만, 나머지 세 가지에 대해서는?
 행복 기계의 바퀴가 굴러가자 그의 머리 위가 동그랗게 황금빛으로 빛났다. '이제 이 기계로 솜털 보송보송한 소년들은 가시나무로, 소녀들은 독버섯에서 천도복숭아로 변하게 할 거야.' 가슴이 터질 듯이 고동치며 수심에 찬 그림자가 대지를 뒤덮을 때도, 그 기계만 있으면 가을의 소년들처럼 낙엽 속에서 쉽게 잠들 것이다. 흩어진 마른 가지 사이에 편안하게 누워 이 세상과 함께 죽어 가는 것에 만족하는 소년들처럼.

"아빠!"

그의 여섯 아이들, 솔, 마셜, 조셉, 레베카, 루스, 나오미. 다섯 살짜리서부터 열다섯 살짜리까지 모두 그의 자전거를 타려고 잔디밭을 가로질러 달려왔다. 아이들은 모두 거의 동시에 그에게 매달렸다.

"기다렸어요. 아이스크림 드세요."

그는 현관을 향해 가면서 어둠 속에서 아내의 미소를 느낄 수 있었다.

조용히 편안하게 아이스크림을 먹는 동안 5분이 흘렀다. 그러고는 마치 조심스럽게 맛보아야 하는 우주의 비밀인 것처럼 달빛 아이스크림을 한 숟가락 뜬 후 그가 말했다.

"레나? 내가 행복 기계를 발명하려고 하는데, 어떻게 생각해?"

"뭐가 잘못되었어요?"

그녀가 대뜸 물었다.

10

할아버지는 더글러스와 톰과 함께 집으로 걸어왔다. 반쯤 왔을 때 찰리 우드먼과 존 허프와 다른 소년 몇 명이 떼를 지어 떨어지는 유성처럼 그들 옆으로 돌진했다. 그들이 중력처럼 끌어당겨 더글러스는 할아버지와 톰에게서 튀어나와 협곡 쪽으로 휩쓸려 갔다.

"얘야, 길을 잃으면 안 된다!"

"안 그래요…… 안 그래요……."

소년들은 어둠 속으로 빠져 들어갔다.

톰과 할아버지는 계속 말없이 걸었다. 집 안으로 들어가서야 비로소 톰이 말했다.

"세상에, 행복 기계라니. 정말 멋진 기계야!"

"숨은 쉬어 가면서 말하렴."

할아버지가 말했다.

법원의 시계가 8시를 쳤다.

법원의 시계가 9시를 쳤고 밤이 깊어 가고 있었다. 아무 데도 아닌 곳 혹은 어딘가를 향해 우주의 심연으로 돌진하는 지구라는 위성의, 큰 대륙의, 큰 주의, 작은 마을의, 작은 거리에 정말 밤이 왔다. 톰은 지구가 떨어져 내리는 그 긴 거리를 1킬로미터씩, 1킬로미터씩 느끼고 있었다. 그는 질주하는 어둠을 내다보며 앞 현관문 옆에 앉아 있었다. 어둠은 아주 천진난만한 표정으로 가만히 멈춰 서 있는 것처럼 보였다. 눈을 감고 아래를 향해 누워 있을 때만, 세상이 침대 아래서 빙빙 돌고 검은 바다처럼 밀려와 존재하지 않는 낭떠러지에 부딪혀 귀가 먹먹해지는 느낌을 갖는다.

비 냄새가 났다. 톰의 뒤에서 어머니는 구겨진 마른 옷 위로 코르크 마개를 한 케첩 병으로 물을 뿌리며 다림질을 하고 있었다.

한 블록 떨어진 데 있는 가게, 싱어 부인의 가게 하나만 열려 있었다.

싱어 부인이 가게를 닫기 직전에 마침내 어머니가 허리를 펴고 톰에게 말했다.

"뛰어가서 아이스크림을 한 상자 사 오렴. 부인에게 단단히 싸 달라고 해라."

그는 위에 초콜릿 아이스크림을 하나 얹어도 되느냐고 물었다. 바닐라가 싫어서였다. 어머니는 그러라고 했다. 그는 돈을 꼭 쥐고서 맨발로 사과나무와 자작나무 아래 있는 달구어진 저녁 시멘트 보도 위를 달려 아이스크림 가게로 갔다. 마을은 너무 조용하고 외딴 곳에 있었다. 별들을 가리고 있는 달구어진 인디고 나무 너머로 우주에서 우는 귀뚜라미 소리만 들렸다.

톰의 맨발이 보도에 부딪칠 때마다 탁탁 소리가 났다. 그가 거리를 건너갔을 때, 싱어 부인은 이디시로 된 노래를 부르며 생각에 잠겨 가게를 서성대고 있었다.

"아이스크림 한 상자라고?"

그녀가 말했다.

"위에 초콜릿을 얹어 달라고? 알았어!"

그는 그녀가 아이스크림 냉동고의 뚜껑을 더듬어서 열고, 아이스크림을 뜬 다음 "초콜릿을 위에 얹어 달라고, 알았어!"라고 하면서 아이스크림을 골판지 상자에 싸는 모습을 지켜봤다. 그는 돈을 내고 차가운 얼음 상자를 받았다. 그리고 씩 웃으며 그 상자를 뺨과 이마에 쓱 문질러 보았다. 그러고는 맨발로 쿵쾅거리며 집으로 돌아왔다. 외로운 작은 가게의 불빛이 그의 등 뒤에서 꺼졌다. 불빛이라고는 모퉁이에서 가물거리는 가로등 빛밖에 없었다. 도시 전체가 잠들려고 하는 것처럼 보였다.

방충망 문을 열자 아직도 어머니가 다림질을 하고 있었다. 어머니는 덥고 짜증난 것처럼 보였으나 평소처럼 여전히 웃고 있었다.

"아빠는 언제 지부 모임에서 돌아오세요?"

그가 물었다.

"11시나 11시 30분은 되어야 할 걸."

어머니가 대답했다. 어머니는 아이스크림을 부엌으로 가져가 나누었다. 그에겐 특별히 초콜릿 아이스크림을 주고 자신이 먹을 것을 뜬 후 나머지는 "더글러스와 아버지가 오시면 드리자."며 한쪽으로 치워 두었다.

그들은 깊고 조용한 여름밤에 둘러싸인 채 중심부에서 아이스크림을 먹었다. 어머니와 작은 거리에 있는 그들의 작은 집은 온통 밤에 둘러싸여 있었다. 그는 아이스크림 한 숟가락을 퍼 완전히 핥아 먹은 다음, 또 한 숟가락 펐다. 어머니는 다림질 판과 뜨거운 다리미를 식히려고 멀리 치운 후 전축 옆에 있는 안락의자에 앉았다. 아이스크림을 먹으면서 어머니가 말했다.

"땅 좀 봐. 오늘은 정말 덥구나. 땅이 열기란 열기는 다 빨아들여 밤이 되니 도로 내뿜는구나. 자면서도 땀에 푹 절겠구나."

두 사람 모두 밤의 소리를 듣고 있었다. 문과 창문에 쌓인 완벽한 침묵만이 그들을 짓누르고 있었다. 라디오는 건전지가 다 떨어졌고 니커보커 사중주 레코드와 알 존슨과 두 마리 까마귀의 레코드를 이미 다 들은 후였다. 톰은 마룻바닥에 앉아서 방충망 문에 코를 갖다 대고 코끝이 눌려 시커먼 작은 네모가 될 때까지 어둠, 어둠, 어둠을 바라보았다.

"더그가 어디 있는지 모르겠구나? 9시 30분이 다 되었는데."

"곧 올 거예요."

톰은 더글러스가 곧 오리라는 걸 잘 알고 있었으므로, 그렇게 말했다.

톰은 설거지를 하러 가는 어머니를 따라갔다. 무더운 저녁에는 모든 소리, 숟가락이나 접시 달그락거리는 소리도 증폭되었다. 그들은 조용히 거실로 가서 소파 위의 쿠션을 치운 후 소파를 펼쳐 2인용 침대로 만들었다. 어머니는 이리저리 손을 보고 베개를 탁탁 쳐서 말끔하게 잠자리를 마련해 주었다. 그러고 나서 그의 셔츠 단추를 풀어주다 말고 말했다.

"잠깐만, 톰."

"왜요?"

"잠깐 기다리라고 했잖니."

"엄마, 이상해요."

어머니는 잠깐 가만히 앉았다가 이내 일어서더니 문 쪽으로 가 외쳤다. 톰은 어머니가 "더글러스, 더글러스, 오 더그! 더글러스스스스."라고 부르고 또 부르는 소리를 들었다.

어머니가 부르는 소리는 여름의 더운 암흑 속으로 떠내려가 결코 되돌아오지 않았다. 전혀 메아리가 울리지 않았다.

더글러스. 더글러스. 더글러스.

더글러스!

그리고 마루에 앉자 그의 온몸이 오싹했다. 아이스크림 같지도, 겨울 같지도 않고, 여름의 일부는 더더욱 아닌 차가움이었다. 어머니는 눈을 내리깔고 깜박거리고 있었다. 어쩔 줄 모르며 서 있는 어머니의 모습이 불안해 보였다.

그녀는 현관문을 열었다. 밤중의 계단을 내려가 집 앞 보도 위로 걸어가서는 라일락 덤불 아래 섰다. 그는 어머니의 발자국 소리를 들었다.

어머니는 다시 소리쳤다.

침묵.

그녀는 다시 두 번 더글러스를 불렀다. 톰은 방에 앉아 있었다. 언제라도 더글러스가 길고 긴 좁은 거리에서 곧 대답할 것이다.

"알았어요, 엄마! 알았어요, 엄마! 여기예요!"

그러나 더글러스의 대답은 들려오지 않았다. 그리고 2분 동안 톰은 잠자리를 바라보며 앉아 있었다. 조용한 라디오, 조용한 축음기, 수정

알로 찰랑대며 빛나는 샹들리에, 주홍색과 자주색 소용돌이 장식이 있는 카펫. 그는 아픈지 보기 위해 일부러 침대에 발가락을 쑤셔 넣어 보았다. 아팠다.

끽 하며 현관문이 열리고 어머니가 말했다.

"오너라, 톰. 산책하자."

"어디로요?"

"한 블록만 가자. 이리 온."

그는 어머니의 손을 잡았다. 그들은 함께 성 제임스 거리를 걸었다. 발 아래 콘크리트 길은 아직도 더웠고 점점 짙어지는 어둠을 배경으로 귀뚜라미는 더 큰 소리로 울어 댔다. 그들은 모퉁이에 도착했고 이어 모퉁이를 돌아 서쪽 협곡을 향해 걸어갔다.

저 멀리 어디선가 지나가는 차가 불빛을 번쩍였다. 생명과 빛과 활동은 그렇게 완전히 사라졌다. 여기저기, 그들이 걸어온 뒤쪽에는 네모 모양의 불빛이 희미하게 빛났다. 아직도 깨어 있는 사람들의 집에서 새어 나오는 빛이었다. 그러나 집들 대부분은 불이 꺼져 있었다. 사람들이 이미 잠들어 있거나 불을 끄고 앞 현관에 나와 소곤소곤 대화를 나누고 있었다. 지나가다 보면 그런 집에서는 현관 그네가 삐걱대는 소리가 났다.

"아버지가 집에 계시면 좋을 텐데." 하고 어머니가 말했다. 어머니의 커다란 손이 그의 작은 손을 꼭 잡았다.

"가만 가서 형을 데려오자. 외로운 남자가 다시 나타나 사람을 죽이고 있다는데. 이제 아무도 안전하지 않아. 언제 어디서 외로운 남자가 나타날지 몰라. 그러니 함께 가자. 더그가 오면 반쯤 죽도록 흠씬 때려

줘야지."

 이제 그들은 한 블록을 걸어서 글렌 록과 채플 스트리트가 만나는 모퉁이에 이르렀다. 독일 침례교회가 옆에 신성한 검은 그림자를 늘어뜨리고 있었다. 협곡은 교회 뒤쪽으로 100미터쯤 떨어진 곳에서 시작되었다. 그는 협곡 냄새를 맡을 수 있었다. 그것은 검은 하수구의, 썩은 나뭇잎의, 짙은 녹음의 냄새를 풍겼다. 그것은 마을을 가로지르며 두 동강 내는 커다란 협곡이었다. 어머니는 종종 낮에는 정글이고 밤에는 혼자 내버려 두어야 하는 장소라고 말하곤 했다.

 독일 침례교회 근처니까 힘이 나야 했는데 실은 그렇지 않았다. 그 건물에는 불이 켜 있지 않은 데다 추워서 협곡 옆에 쌓인 쓰레기 더미처럼 아무 소용이 없었다.

 톰은 열 살밖에 안 되었다. 그는 죽음의 공포나 두려움을 알지 못했다. 죽음은 관 안에 있는 창백한 조각일 뿐이었다. 여섯 살 때 증조할아버지가 돌아가셨을 때처럼. 그때 증조할아버지의 모습은 상자 속에 갇힌 거대한 독수리 같았다. 조용히 뒤로 물러나 그는 더 이상 톰에게 어떻게 하면 착한 아이가 될 수 있는가에 대해 말하지도, 더 이상 강력한 정치적 의견을 밝히지도 않았다. 죽음은 톰이 일곱 살 되던 해 어느 날 아침에 본 여동생이기도 했다. 그가 잠에서 깨어나 요람 속을 들여다보았을 때 여동생은 파랗게 얼어붙은 멍한 시선을 보냈다. 마침내 작은 고리 바구니를 가져온 사람들이 그녀를 멀리 데리고 갔다. 4주쯤 지난 후 그녀가 앉던 높은 의자 곁에 서자 갑자기 그녀가 더 이상 거기에 앉지도, 웃지도, 울지도 않는다는 걸, 더 이상 그녀가 태어났다는 이유로 질투할 일도 없어졌다는 걸 깨달았다. 그 순간 죽음은 거기에 있었다. 그것이 죽음이었다. 죽음은 보이지 않게 걸어와 나무 뒤에 숨어 있는 외로운 남자이기도 했다. 시골에서 숨어 기다리다가 1년에 한두 번씩 이 도시, 이 거리로 내려와, 으슥한 곳에 나타나 지난 3년 동안 여자를 셋이나 죽였다. 그것이 죽음이었다…….

그러나 이것은 죽음 이상이었다. 느끼고 보고 들을 수 있는 것이라곤 곧 사람을 익사시킬 별 아래 깊은 여름밤 뿐이었다.

그들은 보도를 떠나 양쪽으로 잡초가 나 있는 자갈길을 걸었다. 귀뚜라미들이 큰 소리로 합창을 했다. 그는 키가 큰, 용감하고 훌륭한 어머니 뒤를 순순히 따랐다. 어머니는 우주의 수호자였다. 그들은 함께 문명 끄트머리에서 멈추었다.

협곡이었다.

이제 여기 검은 정글 구덩이에 그가 알지도, 이해하지도 못하는 게 모두 들어 있었다. 이름을 알 수 없는 것들이 모두 나무 그늘 아래, 썩어 가는 냄새 속에 있었다.

그는 어머니와 자신밖에 없다는 것을 깨달았다.

그의 손이 떨렸다.

그는 그 떨림을 느꼈다……. 왜? 그러나 어머니는 자신보다 더 키도 크고, 더 힘도 세고, 더 영리했다. 그렇지 않은가? 어머니도 알 수 없는 위협, 어둠 속에서 기어 나오는 그것, 저 밑에서 웅크리고 있는 악의를 느끼실까? 그렇다면 어른이 돼도 힘이 세지는 게 아닌가? 어른이 되어 봐야 더 나아질 것도 없나? 삶에 피난처란 없는가? 한밤에 달려드는 공격을 견딜 만큼 강한 성채같이 육체가 튼튼해지는 게 아닌가? 그는 이런 의문들로 얼굴이 벌개졌다. 목에서, 위에서, 척추에서, 팔과 다리에서 다시 아이스크림이 살아났다. 그는 곧 지난 12월에 불었던 바람처럼 차가워졌다.

그는 모든 사람이 이렇다는 것, 모두가 혼자뿐이라는 사실을 깨달았다. 여기 서 있는 것처럼 자신은 혼자이고, 사회의 한 구성원이지만 늘 두려움에 떠는 존재라는 사실. 그가 비명을 지르고 도와 달라고 소리를 질러 봐야 무슨 소용이 있을까?

어둠이 달려와 자기를 삼켜 버릴 것 같았다. 바싹 얼어붙은 순간 모든 것이 끝날 것이다. 새벽이 오기 한참 전에, 경찰이 손전등을 들고 어둠을 뒤지며 길을 오가기 한참 전에, 두려움에 찬 사람들이 자갈을 휘젓기 한참 전에 끝날 것이다. 그들이 지금 500미터 안에 있고 틀림없이 도와준다 하더라도 3초 안에 어둠의 물결이 솟구쳐 그의 10년을 몽땅 휩쓸어 갈 것이다. 그리고…….

삶의 근원적인 외로움에 그는 휘청였다. 어머니도 혼자다. 어머니는 결혼의 신성함에도, 가족에게도, 사랑의 보호에도 의지할 수 없다. 그렇다고 미국 헌법이나 시 경찰에 의지할 수도 없다. 바로 이 순간 어머니는 자신의 마음 말고는 아무 데도 의지할 수 없다. 그러나 마음속에도 통제할 수 없는 혐오감과 두려움만이 있다. 이 순간 그것은 개인의 문제이며 개인이 해결책을 찾아야 했다. 그는 혼자라는 것을 받아들이고 거기서 출발해야 했다.

그는 침을 꿀꺽 삼키고 어머니에게 꼭 붙었다. '오 하느님, 제발 어머니를 살려 주세요.' 그는 생각했다. '저희를 내버려 두세요. 한 시간 안에 아버지가 지부 회의에서 돌아오실 텐데, 그때 집에 아무도 없다면…….'

어머니는 길을 내려가 원시적인 정글로 걸어갔다. 그의 목소리가 떨렸다.

"엄마, 더그 형은 괜찮아요. 더그 형은 괜찮아요. 더그 형은 괜찮아요. 더그 형은 괜찮아요!"

어머니의 목소리는 긴장된 고음이었다.

"걘 늘 이리로 오잖아. 내가 그러지 말라고 말했는데. 말썽꾸러기들, 걔들은 이리로 오잖아. 언젠가 이리로 지나다가 다시는 여길 벗어나지 못할 거야……."

다시는 벗어나지 못한다. 그건 뭔가를, 부랑자, 범죄자, 어둠, 그 무엇보다도 죽음을 의미할 수 있다!

우주 속에 혼자임.

이 세상에는 이런 작은 마을이 백만 개는 된다. 각 마을마다 이렇게 어둡고, 외롭고, 외지고, 전율과 경이로 가득 차 있다. 작은 마을의 음악은 애수 어린 바이올린 곡이다. 빛은 없고 그림자만 많은. 오, 그런 마을들에서 생긴 외로운 어둠이여. 그런 마을들에 있는 은밀하고 습습한 협곡이여. 죽음이라는 유령이 사방을 돌아다니며 올바른 정신, 결혼, 아이들의 행복을 위협할 때, 삶은 그들이 밤에 체험하는 공포였다.

어머니가 어둠 속에서 소리 높여 불렀다.

"더그! 더글러스!"

갑자기 두 사람 다 뭔가가 잘못되었다는 걸 깨달았다.

귀뚜라미의 울음소리가 멈추었다.

완벽한 침묵이었다.

이런 침묵은 생전 처음이었다. 정말이지 이렇게 완벽한 침묵은 처음이었다. 왜 귀뚜라미가 울음을 멈추었을까? 왜? 무슨 이유로? 전에는 귀뚜라미가 울음을 멈춘 적이 없었다. 결코.

그 일이 안 일어났다면.

무슨 일인가가 벌어지려는 것이다.

계곡 전체가 긴장하고 검은 섬유 조직으로 뭉쳐 몇 킬로미터나 떨어진 주변의 잠든 시골에서 힘을 끌어 모으고 있는 것 같았다. 개가 달을 향해 짖고 있는 경사진 언덕과 골짜기, 이슬에 젖은 숲을 거대한 침묵이 하나로 빨아들이고 있었다. 그리고 그들이 그 침묵의 중심에 있었다. 이제 10초 안에 무슨 일인가가 일어날 것이다. 귀뚜라미는 조용했고 별은 너무 낮게 떠 있어 손이 닿을 것 같았다. 뜨겁고 날카로운 별들이 무리 지어 있었다.

침묵은 점점 더 커지고 긴장이 점점 더 고조되었다. 오, 너무 어둡고, 너무 멀리 떨어져 있었다. 오, 하느님!

그때 협곡 건너 저 멀리에서 소리가 들렸다.

"알았어요, 엄마! 지금 가요, 엄마!"

그런 뒤에 협곡의 웅덩이를 지나 급하게 달려오는 운동화 소리가 났다. 세 명의 아이들이 낄낄대며 달려오고 있었다. 그의 형인 더글러스, 척 우드먼, 존 허프였다. 달리면서, 낄낄대면서…….

천만 개의 달팽이 촉수가 움츠러들듯이 별빛이 거두어졌다.

귀뚜라미들이 노래했다.

어둠은 놀라고 충격 받아 화를 내며 물러섰다. 막 잡아 먹으려는 찰나에 그렇게 무례하게 뛰어들자 식욕을 잃고 물러난 것이었다. 어둠이 해변의 파도처럼 물러나자 세 명의 아이들이 웃으면서 밖으로 튀어나왔다.

"안녕, 엄마! 안녕, 톰! 헤이!"

더글러스 냄새, 땀과 풀잎과 나무와 가지와 주변 계곡의 냄새가 났다.

"너, 이제 흠씬 맞을 줄 알아라."

어머니가 큰 소리로 말했다. 어머니에게서도 곧 공포가 사라졌다. 톰은 어머니가 그 공포에 대해 아무에게도 말하지 않으리라는 걸 알았다. 하지만 공포는 전처럼 늘 그녀의 마음속에 있을 것이다.

늦은 여름밤 그들은 집으로 걸어와 잠자리에 들었다. 그는 더글러스가 살아 있는 게 기뻤다. 아주 기뻤다. 잠시 동안 그가 생각했던…….

철교를 지나 계곡 아래로 기차 한 대가 길 잃은 고철처럼 칙칙대며 저 멀리 달빛이 흐릿한 시골의 이름 없는 역을 향해 달려가고 있었다. 톰은 떨며 형 옆에 누워서 그 기차 소리를 듣고 지금 기차가 달려가고 있는 외딴 시골에 사는 사촌을 생각했다. 수년 전에 폐렴으로 죽은 사촌을…….

그는 옆에 누운 더그의 땀 냄새를 맡았다. 그것은 마술이었다. 이제 톰은 떨리지 않았다.

"두 가지는 확실히 알았어, 형."

그가 속삭였다.

"뭔데?"

"밤은 끔찍하게 어둡다는 게, 하나."

"또 하나는 뭔데?"

"아우프만 씨가 행복 기계를 만들더라도 밤의 협곡은 어떻게 할 수 없다는 거."

더글러스는 이 말을 잠시 생각해 보았다.
"괜찮은 말인데."
그들은 말을 멈추었다. 가만히 들어 보니 갑자기 거리를 지나, 나무 밑을 지나, 막 집 밖 보도로 들어서는 발자국 소리가 들렸다. 침대에서 어머니가 조용히 말했다.
"아버지 오셨다."
그랬다.

11

레오 아우프만은 밤늦게 어두운 앞쪽 현관에서 보이지 않는 것의 명단을 만들고 있었다. 그는 좋은 생각이 떠오르면 "아!" 혹은 "또 있어!" 하며 감탄사를 질렀다. 그러면 현관문에 나방이 소리를 내며 부딪혔다.

"레나."

그가 속삭였다.

잠옷을 입은 그녀는 그의 곁에 앉아 현관 그네를 타고 있었다. 그녀는 사랑받지 못해 여윈 열일곱 살 소녀처럼 마르지도 않았고 사랑받지 못해 살찐 쉰 살 여인처럼 뚱뚱하지도 않았다. 아주 적당히 살이 올라 있었다. 레오는 어떤 여자든 아무 문제가 없을 때면 저렇게 둥글고 단단해 보인다는 생각을 했다.

그녀는 기적이었다. 그의 몸과 마찬가지로 그녀의 몸도 그녀 자신을 위했다. 하지만 방식이 달랐다. 그녀의 몸은 아기를 만들고 그가 어떤 기분이든 먼저 알아서 그의 비위를 맞추어 주었다. 그녀 자신을 위해서는 많은 시간을 쓰지 않는 것 같았다. 그녀는 생각이 떠오르면 곧 행동으로 옮겼고 다시 자연스럽고 부드럽게 계획을 세웠다. 그로서는 도저히 따라갈 수 없었다. 물론 그녀를 따라 하고 싶은 건 아니었지만.

"그 기계 있잖아요."

그녀가 마침내 말했다.

"……그거 우리한테는 필요 없어요."

"맞아."

그가 말했다.

"하지만 가끔 다른 사람들을 위해서도 만들어야 해. 그 안에 뭘 넣을지 구상 중이야. 영화? 라디오? 입체요지경? 그 모든 것을 한곳에 끌어모아 누구든 거기에 손을 얹고 웃으면서 '맞아요, 이게 행복이에요.'라고 할 수 있는 기계 말이야."

그랬다. 그는 발이 젖고, 머리가 지끈거리고, 잠이 오지 않을 때도, 괴물이 영혼을 잡아먹는 새벽 3시라는 시간에도 행복하게 해 줄 새 기계를 만들 예정이었다. 그 기계는 바다에 던져진 채 영원히 소금을 만들고 바다를 짜게 만드는 마술 소금 맷돌과 비슷할 것이다. 이런 기계를 발명하려면 누군들 영혼이 땀에 흠뻑 젖지 않겠는가? 그는 세상에다, 마을에다 그리고 아내에게 물었다!

현관 그네에서 그의 곁에 앉아 불편하게 침묵하고 있는 레나의 태도는 하나의 의견이었다. 또 침묵이군 이라고 생각하며 그는 머리를 젖히고 느릅나무 잎에 바람이 스치는 소리를 들었다. '잊지 말자.' 그는 혼잣말을 했다. '저 소리도 기계에 넣어야지.' 1분 후에는 현관 그네도, 현관도 텅 비고 어둠만 남았다.

12

 할아버지는 자다 말고 웃었다. 잠에서 깨어난 그는 왜 웃었지 했다. 조용히 누워 귀를 기울이자 자신이 왜 웃었는지 알 수 있었다.
 할아버지는 새들이 지저귀거나 나무의 새로 난 잎이 바스락대는 소리보다 훨씬 더 중요한 소리를 들은 것이었다. 그는 일 년에 한 번 이런 식으로 잠이 깨어 여름이 공식 출범을 알리는 소리를 기다리며 누워 있었다. 하숙생이나 조카나 사촌, 혹은 아들이나 손자가 아침에 잔디밭으로 나와 달콤한 여름 풀잎 사이로 딸가닥거리며 빙빙 돌아가는 쇳소리를 내면서 작은 사각형 모양을 만들며 지나갈 때 그 소리가 나기 시작했다. 덜덜대는 잔디 깎는 기계에서 토끼풀 꽃과 따지 않은 민들레 꽃, 개미와 나뭇가지와 조약돌, 지난해 독립 기념일의 폭죽과 썩은 나무가 나왔다. 그러나 대부분은 깨끗한 초록색 잔디들이 솟구쳐 나왔다. 시원하게 솟아나는 부드러운 잔디들. 할아버지는 그 샘물이 자신의 다리를 간질이고 더워진 얼굴 위로 쏟아지며 영원한 여름 향기가 물씬 풍기는 것을 상상했다. 그래, 우리는 앞으로 열두 달 동안 살아 있을 거야.

신이여, 잔디 깎는 기계를 축복하소서. 어느 바보가 1월 1일을 설날로 만든 거야? 아니야, 그런 바보는 일리노이 주, 오하이오 주, 아이오와 주에 있는 백만 개의 잔디밭에서 솟구치는 잔디를 볼 수 있도록 세워 놓아야 해. 설날 아침에 경적을 울리며 환호성을 지르지 말고, 대초원에서처럼 싱싱하게 자란 잔디를 깎는 기계들의 위대한 교향악이 점점 더 크게 울려 퍼지는 날에 그래야 했다. 사람들은 정말 새롭게 시작되는 그날 서로에게 봉봉 사탕이나 축포 대신, 초록색 잔디를 뿌려 주어야 해!

그는 이렇게 장광설을 늘어놓은 자신을 우습다고 생각하며 창가로 다가가 농익은 햇살 속으로 몸을 내밀었다. 분명히 하숙생인 포레스터라는 이름의 젊은 기자가 막 한 줄을 깎은 참이었다.

"안녕하세요, 스폴딩 씨!"

"잔디를 모조리 깎아 버려, 빌!"

할아버지가 기운차게 소리쳤다. 곧 잔디 깎는 기계의 덜덜거리는 소리로 가득 찬 아래층에서 창문을 활짝 열고 할머니가 차린 아침 식사를 할 것이다.

"저 소리를 들으면 자신감이 생기지."

할아버지가 말했다.

"저 잔디 깎는 기계 말이야. 들어 봐!"

"이제 더 이상 기계를 쓰지 않을 거래요."

할머니가 층층이 쌓인 핫케이크를 내려놓으면서 말했다.

"오늘 아침 빌 포레스터가 새로운 잔디 종자를 들여놓았는데, 그건 깎을 필요가 없대요. 이름은 모르지만, 어느 정도 자라면 더 이상 안 자란대요."

할아버지는 할머니를 바라보았다.

"말도 안 돼."

"직접 가 보시구려."

할머니가 말했다.

"빌 포레스터 생각이래요. 새 잔디 모판이 도착해 있는걸요. 여기저기 구멍을 파고 새 잔디를 넣기만 하면 된다는데요. 올해 말쯤이면 새 잔디가 옛날 잔디를 다 죽인다니까 잔디 깎는 기계는 팔아 버리세요."

의자에서 벌떡 일어난 할아버지가 홀을 가로질러 앞문으로 나가는 데는 10초밖에 안 걸렸다.

빌 포레스터는 기계를 놔두고 햇빛 때문에 눈을 가늘게 뜬 채 미소를 지으며 다가왔다.

"맞습니다."

그가 말했다.

"어제 그 잔디를 샀는데, 휴가 때 여기다 심어 드릴게요."

"왜 내게 의논을 안 했어? 여긴 내 잔디밭이야!"

할아버지가 고함을 질렀다.

"좋아하실 줄 알았는데요, 스폴딩 씨."

"흥, 안 그래. 어디 그 빌어먹을 잔디 좀 봐."

그들은 새 모판 옆에 섰다. 할아버지는 믿지 못하겠다는 듯이 발끝으로 잔디를 툭툭 찼다.

"내게는 보통 잔디처럼 보이는데, 잠이 덜 깨서 속은 거 아니야?"

"캘리포니아에서 저런 종자를 봤습니다. 어느 정도 자라면 더 이상 크지 않아요. 여기서도 살아남을 수 있으면 내년에는 일주일에 한 번씩 잔디를 깎지 않아도 될 거예요."

"그게 바로 신세대의 문제야."

할아버지가 말했다.

"빌, 부끄러운 줄 알아. 신문기자가 되어 가지고. 신세대는 우리의 즐거움을 모조리 없애 버리고 있어. 시간 절약, 노동 절약을 내세우며 말이야."

그는 경멸하듯 모판을 찼다.

"빌, 내 나이가 되면 작은 즐거움과 작은 일이 더 소중하다는 것을 알게 될 거야. 봄날 아침 산책하는 게 지붕 열린 차를 타고 시속 100킬로미터를 밟으며 달리는 것보다 낫지. 왠지 알아? 봄날 아침에는 자라나는 새 생명의 기운으로 가득 차 있지. 찾고 발견할 시간이 있어. 알아. 자넨 지금 전체적인 효과가 중요하다는 거지. 나도 그건 맞다고 생각해. 하지만 자넨 신문기자니까 큰 수박뿐 아니라 포도도 찾을 줄 알아야 해. 자네는 해골을 숭배하지. 난 지문이 좋다네. 자 좋아. 이제 그런 것들이 귀찮겠지. 그건 자네가 어떻게 쓰는지 몰라서 그런 거야. 자네 마음대로 할 수 있으면 사소한 일자리, 사소한 일을 폐지하는 법이라도 통과시키겠지. 하지만 그렇게 되면 큰일들을 처리하는 중간에는 할 일이 없어질 거야. 그러면 무슨 일을 해야 하지 하고 끝없이 생각해야 할걸. 그래서 미쳐 버릴 거야. 그러지 말고, 자연의 모습 그대로 내버려 두지 그래? 잔디를 깎고 잡초를 뽑는 것도 삶의 한 방식이 될 수 있어."

빌 포레스터는 조용히 할아버지를 보며 웃었다.

"알았네."

할아버지가 말했다.

"내가 너무 떠들었지."

"그런 말을 해 주시는 분이 없거든요. 오히려 더 듣고 싶습니다."

"그러면, 강의를 계속할게. 난초보다 라일락 꽃이 나아. 그리고 민들레와 악마풀이 더 낫지! 왜냐고? 잠시라도 그 풀들을 뽑느라고 마을이나 사람들에게서 떨어져 땀을 흘리면 감각이 되살아나고 겸손해지지. 그리고 그런 식으로 자네만의 시간을 가질 때 잠깐이라도 자네 자신이 될 수 있는 거야. 혼자서 생각에 잠기게 되지. 정원 가꾸기는 철학자가 될 수 있는 가장 손쉬운 방법이야. 내 생각을 아무도 모를 뿐더러, 추측하지도 비난하지도 않지. 그러나 거기서 모란을 보면 플라톤이 되고 힘차게 자라는 송솔나무를 보면 소크라테스가 되는 거지. 밭에다 거름을 주는 사람은 지구를 어깨에 올려놓고 돌리는 아틀라스와 같아. 새뮤얼 스폴딩 왈 '땅을 파면서 네 영혼을 탐색하라.' 그 잔디 깎는 기계 날을 돌리면서, 빌, '젊음의 샘' 사이를 걸어 보게. 강의 끝. 더욱이 간혹 민들레는 좋은 먹거리이기도 하지."

"민들레를 저녁 식사로 드신 지는 얼마나 되셨어요?"

"그 이야기까지는 하지 마세!"

빌은 잔디 모판을 가볍게 차고 고개를 끄덕였다.

"이제 이 잔디에 대해 말씀드릴게요. 아직 말씀을 다 드리진 못했어요. 이 잔디가 무럭무럭 자라면 토끼풀과 민들레를 모조리 죽일 거예요……."

"하느님 맙소사! 그러면 내년에는 민들레 와인을 못 만든단 말이야! 이제 우리 잔디밭엔 벌들도 오지 않겠군! 정말 미쳤군. 이봐, 이 잔디 얼마야?"

"한 판에 1달러입니다. 깜짝 선물로 드리려고 열 판을 샀습니다."

할아버지는 주머니를 뒤져서, 속이 깊숙한 낡은 지갑을 꺼내 은고리를 제낀 후 5달러짜리 지폐를 세 장 꺼냈다. "빌, 자넨 이 거래로 5달러 이익을 본 거야. 이 멋대가리 없는 잔디는 저 협곡이나 쓰레기장이나, 아무 데나 갖다 버리게나. 하지만 정중하게 부탁하는데 내 잔디밭에는 심지 말게. 자네 뜻은 고맙지만, 이제 내가 죽을 날도 얼마 남지 않았으니 내 뜻을 따라 주게나."

"네, 알겠습니다."

빌이 내키지 않은 투로 돈을 주머니에 넣었다.

"빌, 그 잔디는 나중에 심어. 내가 죽은 다음에는 이 잔디를 다 뽑아내고 그걸 심게나. 늙은 연설가가 퇴장할 때까지 5년은 기다릴 수 있겠지."

"물론 얼마든지 기다릴 수 있습니다."

빌이 말했다.

"잔디 깎는 기계에는 자네에게 다 설명할 수 없는 뭔가가 있어. 내게는 그 소리가 이 세상에서 가장 아름다운 소리야. 가장 신선한 소리, 여름의 소리야. 만일 그 소리가 들리지 않으면 정말 그리울 거야. 잔디 냄새도 그리울 거야."

빌은 몸을 구부려 잔디 모판을 주워 올렸다.

"지금 협곡으로 갈게요."

"자넨 정말 이해심 많은 착한 청년이군. 예리하고 뛰어난 기자가 될 거야."

할아버지가 빌을 도우면서 말했다.

"내 장담하지!"

아침이 지나가고 정오가 다가왔다. 할아버지는 점심 식사 후 방으로 가 휘티어(1807~1892, 미국의 시인, 노예해방운동 지도자—옮긴이)를 조금 읽다가 오후 내내 낮잠을 잤다. 3시에 깼을 때는 창문으로 밝은 햇빛이 쏟아져 들어왔다. 침대에 누워 있던 할아버지는 잊을 수 없는 낯익은 소리에 깜짝 놀랐다.

"웬일이지?"

그는 말했다.

"누군가가 잔디 깎는 기계를 쓰고 있구나. 하지만 오늘 아침에 벌써 깎았는데!"

그는 다시 들어 보았다. 분명히 잔디 깎는 기계 소리였다. 아래서 위로, 위에서 아래로, 끝없이 드르럭거리며 달그락거리는 소리였다.

그가 창밖으로 몸을 내밀고는 입이 벌어졌다.

"아니 빌이잖아. 빌 포레스터, 자네였구먼! 너무 햇빛을 많이 받아 정신이 어떻게 된 거야? 다시 잔디를 깎고 있군!"

빌은 올려다보면서 환하게 미소를 짓고 손을 흔들었다.

"압니다! 몇 군데 안 깎은 데가 있어서요!"

할아버지가 웃으며 편안하게 침대에 누워 있는 동안 빌 포레스터는 5분간 북쪽, 그 다음 서쪽, 그 다음 남쪽을 깎았다. 거대한 초록 분수가 솟구치는 가운데 그는 동쪽을 향해 잔디 깎는 기계를 밀고 갔다.

13

일요일 아침에 레오 아우프만은 차고 속을 천천히 뒤졌다. 나뭇조각들과 전선, 망치와 렌치를 찾아낸 후 "자, 시작이다!"라고 외치려는 참이었다. 그러나 아무 생각도 떠오르지 않았다. 시작이라고 외칠 수 없었다.

행복 기계가 호주머니에 들어갈 수 있도록 작아야 하나, 아니면 사람이 그 안에 들어가야 하나?

"분명한 것은."

그가 큰 소리로 말했다.

"환한 색이어야 해!"

그는 노란 페인트 깡통을 작업대 한가운데 놓고 사전을 집어 들고 나서, 집으로 걸어 들어갔다.

"레나?"

그는 사전을 보았다.

"당신은 '유쾌하고 만족하고 기쁘고 즐거워'? '운이 좋고 다행'이라고 생각해? 당신에게 만사가 '멋지고 알맞고 성공적이고 적당하다'고 생각해?"

레나는 채소를 썰다 말고 눈을 감았다.

"그 단어들 좀 다시 읽어 줄래요?"

그녀가 말했다.

그는 사전을 덮었다.

"내가 뭘 물었느냐고? 그런 질문에 대답하는 데 한 시간이나 걸려? 내가 원하는 건 '예'냐, '아니오'냐야! 당신은 만족스럽고 즐겁고 기쁘지 않아?"

"소들은 만족해하고, 아기들과 다시 아이가 된 노인들은 즐겁죠."

그녀가 말했다.

"'기쁨'이라고요, 레오? 내가 싱크대를 닦으면서 어떻게 웃는지 봐요……."

그는 그녀를 뚫어지게 바라보더니 빙그레 웃었다.

"레나, 그건 사실이야. 남자들은 이해 못해. 어쩌면 다음 달에 우린 멀리 떠날 수도 있어."

"난 불평하고 있는 게 아니에요!"

그녀가 소리를 질렀다. "난 '할 말 있으면 해 봐요.'라고 하면서 들이대는 사람이 아니에요. 레오, 지금 왜 밤새 당신 가슴이 뛰는지 묻는 거죠? 아니에요! 다음에는 '결혼은 뭐지?'라고 물을걸요. 누가 알겠어요, 레오? 그러니 묻지 마세요. 어떻게 일이 돌아가는지 묻다 보면 그런 사

13

일요일 아침에 레오 아우프만은 차고 속을 천천히 뒤졌다. 나뭇조각들과 전선, 망치와 렌치를 찾아낸 후 "자, 시작이다!"라고 외치려는 참이었다. 그러나 아무 생각도 떠오르지 않았다. 시작이라고 외칠 수 없었다.

행복 기계가 호주머니에 들어갈 수 있도록 작아야 하나, 아니면 사람이 그 안에 들어가야 하나?

"분명한 것은."

그가 큰 소리로 말했다.

"환한 색이어야 해!"

그는 노란 페인트 깡통을 작업대 한가운데 놓고 사전을 집어 들고 나서, 집으로 걸어 들어갔다.

"레나?"

그는 사전을 보았다.

"당신은 '유쾌하고 만족하고 기쁘고 즐거워'? '운이 좋고 다행'이라고 생각해? 당신에게 만사가 '멋지고 알맞고 성공적이고 적당하다'고 생각해?"

레나는 채소를 썰다 말고 눈을 감았다.

"그 단어들 좀 다시 읽어 줄래요?"

그녀가 말했다.

그는 사전을 덮었다.

"내가 뭘 물었느냐고? 그런 질문에 대답하는 데 한 시간이나 걸려? 내가 원하는 건 '예'냐, '아니오'냐야! 당신은 만족스럽고 즐겁고 기쁘지 않아?"

"소들은 만족해하고, 아기들과 다시 아이가 된 노인들은 즐겁죠."

그녀가 말했다.

"'기쁨'이라고요, 레오? 내가 싱크대를 닦으면서 어떻게 웃는지 봐요······."

그는 그녀를 뚫어지게 바라보더니 빙그레 웃었다.

"레나, 그건 사실이야. 남자들은 이해 못해. 어쩌면 다음 달에 우린 멀리 떠날 수도 있어."

"난 불평하고 있는 게 아니에요!"

그녀가 소리를 질렀다. "난 '할 말 있으면 해 봐요.'라고 하면서 들이대는 사람이 아니에요. 레오, 지금 왜 밤새 당신 가슴이 뛰는지 묻는 거죠? 아니에요! 다음에는 '결혼은 뭐지?'라고 물을걸요. 누가 알겠어요, 레오? 그러니 묻지 마세요. 어떻게 일이 돌아가는지 묻다 보면 그런 사람은 서커스 단의 공중그네에서 떨어지고, 목 근육이 어떻게 움직이는지 생각하다 보면 그런 사람은 목이 메일 거예요. 그냥 먹고, 자고, 숨 쉬세요, 레오. 마치 내가 이 집에 새로 들어온 물건이기라도 한 것처럼 쳐다보지 마세요!"

레나 아우프만은 꼼짝도 않고 서 있었다. 그녀는 콧방귀를 뀌었다.

"세상에! 당신 땜에 어떻게 되었는지 보세요!"

그녀는 오븐을 활짝 열었다. 연기가 부엌에 가득했다.

"행복이라고!"

그녀는 소리를 질렀다.

"6개월 만에 싸우고 있잖아요! 행복이라고요? 20년 만에 처음으로 빵 대신 석탄을 저녁 식사로 먹게 되었잖아요."

연기가 걷혔을 때 레오 아우프만은 사라진 뒤였다.

여러 날 동안 끔찍하게 시끄러운 소리가 났다. 이성과 영감이 충돌하고 쇠붙이와 나무, 망치, 못과 T자 드라이버가 날아다녔다. 레오 아우프만은 때로는 좌절감에 차 거리를 헤매었다. 그는 예민해지고 불안해져 먼 곳에서 나는 작은 웃음소리에도 고개를 홱 돌리고 아이들의 농담도 어디서 웃는지 유심히 들었다. 밤이면 이웃집 현관에 앉아서 노인들이 어떻게 인생을 가늠하고 균형을 맞추는지 관찰했다. 그리고 즐거운 웃음소리가 터지기만 하면 재빨리 장군처럼 그쪽으로 전진했다. 그는 어둠의 힘을 물리치고 자신의 전략이 옳았음을 확인하는 장군 같았다. 의기양양하게 집으로 온 그는 마침내 생명 없는 도구와 죽은 목재를 가지고 차고에 처박혔다. 그 후 그의 밝은 얼굴이 창백해졌다. 그는 실패를 감추기 위해 주변의 기계 부품이 정말 큰 잘못이라도 저지른 것처럼 던지고 부숴 버렸다. 마침내 그것은 형체를 갖추기 시작했다. 열흘 밤낮이 지난 후, 레오 아우프만은 반은 굶주린 상태로 혼신의 힘을 쏟아 행복 기계를 만지작거리더니, 마치 벼락을 맞아 둘로 쪼개진 사람 모습을 하고 집으로 들어왔다.

서로 끔찍하게 소리를 질러 대던 아이들이 조용해졌다. 마치 시계 소리를 듣고 붉은 죽음이 들어온 것 같았다.

레오 아우프만이 쉰 목소리로 말했다.

"행복 기계를 완성했어."

"레오 아우프만,"

그의 아내가 말했다.

"당신 몸무게가 7킬로그램이나 빠졌어요. 2주 동안이나 아이들한테 말 한마디 안 하니까 얘들이 신경질적으로 변해서 싸우잖아요. 내 말 좀 들으세요! 전 과민해져서 몸무게가 5킬로나 늘었어요. 옷을 새로 사야 할 지경이에요. 보세요! 물론, 기계야 완성되었어요. 하지만 행복해요? 누가 행복하다고 말할 수 있겠어요? 레오, 당신이 만들고 있는 그 큰 시계 같은 것을 가지고 사라져 버려요. 아마 그런 기계에 들어갈 뻐꾸기는 아무 데도 없을 걸요! 행복은 인간이 참견할 일이 아니에요. 그건 신을 거역하는 거예요. 아니, 그건 레오 아우프만 당신 자신을 거역하는 일이에요. 한 주일만 더 그런 일을 하면 레오 당신을 기계 안에 가두어 버리겠어요."

그러나 레오 아우프만은 자신의 생각에만 골몰해 방이 꺼질 정도로 쾅 하고 문이 닫히는 것을 의식하지 못했다.

정말 재미있군. 그는 마룻바닥에 누워 생각했다.

누군가가 행복 기계를 저주하며 비명을 세 번 지르자 순식간에 어둠이 그를 덮쳤다.

다음날 그가 처음 본 것은 수십 마리의 새들이 차고의 양철 지붕을 부드럽게 두들긴 후 퍼덕이며 공중으로 날아가는 것이었다. 믿을 수 없이 맑은 시내에 색색의 돌들을 던진 것처럼 새들은 하늘에 물결을 일으키고 있었다.

한 무리의 잡종개들이 한 마리씩 마당으로 나왔다. 그 개들은 차고 문틈으로 훔쳐보면서 나지막이 낑낑댔다. 네 명의 소년과 여자 아이 둘, 그리고 남자 몇 명이 망설이며 차도로 들어서더니 벚꽃 나무 아래 한 줄로 섰다.

레오 아우프만은 아이들이 왜 마당으로 왔는지 곧 알아챘다.

행복 기계 소리였다.

그것은 여름날 거인의 부엌에서나 날법한 소리였다. 온갖 윙윙 소리가 났다. 고음, 저음, 일정하게 지속되다가 변하는 소리 등 찻잔만큼이나 큰 황금빛 벌떼가 윙 소리를 내며 아주 멋진 음식을 만들고 있는 소리였다. 커다란 달덩이 같은 복숭아빛 얼굴을 한 여자 거인이 흐뭇하게 콧노래를 부르며 여름처럼 거대한 문을 열고 들어와 미소 짓는 개와 부스스한 머리를 한 남자 아이들과 새하얀 머리의 노인들을 가만히 바라보는 것 같았다.

"기다려."

레오 아우프만이 큰 소리로 외쳤다.

"오늘 아침에는 기계를 켜지 않을 거야, 솔!"

마당에 서 있던 솔이 올려다보았다.

"솔, 그걸 켰니?"

"30분 전에 시동을 걸라고 하셨잖아요!"

"맞아, 솔, 내가 깜박했구나. 잠이 덜 깼나 봐."

그는 다시 침대에 누웠다.

그의 아내는 아침 식사를 가져오다가 창가에 서서 차고를 내려다보았다.

"말해 봐요."

그녀가 조용히 말했다.

"당신 말대로라면, 저 기계가 아기를 만들 수도 있나요? 70세 노인을 20세 청년으로 만들 수 있나요? 행복을 모두 가진 기계와 숨어 있으니까 죽음이 어떤 모습으로 보여요?"

"숨어 있었다고?"

"만일 당신이 과로로 죽는다면, 난 어떻게 해요? 저 큰 상자 속에 들어가 행복해야 해요? 말해 봐요, 레오. 우린 어떻게 살아가요? 우리 집이 어떤지 알잖아요. 7시 기상, 식사, 아이들과 당신, 모두들 8시 30분이면 다 나가 버리고 나 혼자 남아요. 나 혼자 세탁을 하고, 요리를 하고, 헤진 양말을 깁고, 잡초를 뽑거나 가게로 뛰어가거나 아니면 은식기를 닦아요. 불평을 하는 거냐고요? 이 집이 지금 어떻게 돌아가는지 말하고 있는 거예요. 레오, 그 안에 뭐가 있다는 거예요! 그러니 이제 대답해요. 내가 말한 모든 것을 어떻게 기계 한 대에 다 담을 수가 있어요?"

"그러라고 만든 게 아니야!"

"미안해요. 들여다볼 시간이 없어서. 그럼."

그러고 나서 그녀는 그의 뺨에 입을 맞추고 나갔다. 그는 숨겨진 기계 아래서 불어오는 바람 냄새를 맡으며 누워 있었다. 그 향기는 모르긴 해도 파리의 가을 거리에서 맡을 수 있는 군밤 냄새 같았다……. 최면에 걸린 소년들과 개들 사이에 고양이 한 마리가 눈에 띄지 않게 움직이더니 차고 문에다 대고 그르렁댔다. 고양이 소리가 멀리 떨어진 해변에 박자를 맞추어 부서지는 하얀 파도 소리 같았다.

레오 아우프만은 생각했다. 내일이면 우리, 우리 모두 저 기계를 시험할 거야.

그날 밤 늦게 그는 잠에서 깼다. 뭔가가 자신을 깨운 것을 알았다. 멀리 떨어진 방에서 누군가가 우는 소리가 들렸다.

"솔?"

그는 침대에서 나오며 속삭였다.

솔이 베개에 머리를 묻고 울고 있었다.

"아니에요…… 아니에요……."

그가 흐느꼈다.

"자꾸…… 자꾸……."

"솔, 악몽을 꿨어? 자 이야기해 봐."

그러나 아이는 울기만 했다.

아이의 침대 곁에 앉아 있던 레오 아우프만에게 갑자기 창밖을 내다봐야겠다는 생각이 스쳤다. 아래층 차고 문이 열려 있었다.

목 뒷덜미가 오싹해졌다.

솔이 칭얼대며 다시 잠들자, 아우프만은 아래층으로 내려가서 차고로 갔다. 거기서 숨을 죽인 채 손을 내밀었다.

쌀쌀한 밤인데도 행복 기계는 너무 뜨겁게 달구어져 만질 수가 없었다. 그래, 솔이 오늘 밤 여기 왔었구나.

왜지? 기계가 필요할 만큼 솔이 행복하지 않았나? 아니야. 행복했어. 다만 계속 행복해지고 싶어서겠지. 자신의 위치를 알고 그것을 지키려고 하는 똑똑한 아이를 비난할 순 없잖아? 아니야! 하지만······.

갑자기 뭔가 하얀 것이 위층 솔의 창에서 솟아올랐다. 아우프만의 가슴이 쿵쾅댔다. 열린 창문 틈으로 커튼이 날리는 것임을 깨달았다. 그러나 그에게는 아이의 영혼처럼 하늘거리고 친밀한 무언가가 그 방을 빠져나가는 것 같았다. 아우프만은 그것이 빠져나가지 못 하게 잡으려는 것처럼 손을 휘저었다.

추위에 떨며 다시 집으로 들어간 그는 솔의 방으로 가 흔들리는 커튼을 안으로 집어넣은 후 창문을 꼭 닫고, 그 하얀 커튼이 다시는 못 움직이게 고정시켰다. 그러고 나서 침대에 걸터앉아 솔의 등을 어루만졌다.

"『두 도시 이야기』라? 내 책이네.『낡은 골동품 가게』라. 이것도 내 책이네. 모두 레오 아우프만 책이잖아!『위대한 유산』? 이것도 내 책이지. 하지만 이제『위대한 유산』을 애한테 줘야겠군!"

"이건 뭐야?"

레오 아우프만이 방으로 들어서면서 물었다.

"이건요."

그의 아내가 대답했다.

"공동 재산을 나누는 거예요! 한밤중에 아버지가 아들에게 겁을 줄 정도가 되면 우리는 헤어져야 되는 거 아니에요? 저리 가요. 『황량한 집』, 『낡은 골동품 가게』, 이 책 어디에도 레오 아우프만 같은 미친 과학자는 없어요. 그런 사람은 아무 데도 없어요!"

"이 집을 나가겠다고? 아직 행복 기계를 시험해 보지도 않았는데!"

그가 항의했다.

"한 번만 행복 기계에 들어가 봐. 그럼 짐을 풀고 여기 머물고 싶어질 거야."

"『톰 스위프트와 전기 소멸기』라, 누구 책이지?"

그녀가 물었다.

"누구 것인지 알아맞혀 봐?"

코웃음 치면서 그녀는 레오 아우프만에게 톰 스위프트를 주었다.

그날 늦게 책, 접시, 옷, 이불까지 모든 것이 하나는 이쪽, 하나는 저쪽, 넷은 이쪽, 넷은 저쪽, 열은 이쪽, 열은 저쪽에 쌓여 갔다. 레나 아우프만은 숫자를 세느라고 현기증이 나서 앉아야 했다.

"좋아요."

그녀가 헐떡이며 말했다.

"내가 떠나기 전에 순진한 아이에게 악몽을 꾸게 하지 않았다는 것을 증명해 봐요!"

말없이 레오 아우프만은 어둑어둑해지는 바깥으로 아내를 이끌었다. 그녀는 2미터가 넘는 오렌지색 상자 앞에 섰다.

"저게 행복이에요?"

그녀가 말했다.

"내가 기뻐 날뛰고 감사하고 만족해하고 순종적으로 되려면 어떤 단추를 눌러야 돼요?"

이제 아이들이 모여들었다.

"엄마,"

솔이 말했다.

"들어가지 마세요!"

"왜 네가 소리를 지르는지 알아야겠어, 솔."

그녀는 기계 안으로 들어가서 앉은 다음, 남편을 내다보며 고개를 저었다.

"난 이런 거 필요 없어요. 이게 필요한 사람은 당신이에요. 신경질적으로 소리나 지르는 패배자인 당신 말이에요."

"제발."

그가 말했다.

"알게 될 거야!"

그는 문을 닫았다.

"단추를 눌러!"

그는 기계 안에다 대고 보이지 않는 아내를 향해 큰 소리로 외쳤다.

딸깍 소리가 났다. 그 기계는 잠들어 꿈 꾸는 커다란 개처럼 조용히 떨렸다.

"아빠!"

걱정이 되어 솔이 말했다.

"들어 봐!"

레오 아우프만이 말했다.

처음에는 기계의 바퀴와 톱니바퀴가 은밀하게 떨리는 소리밖에 들리지 않았다.

"엄마 괜찮으세요?"

나오미가 물었다.

"괜찮아, 엄마는 괜찮아! 자, 이제…… 자!"

그때 기계 안에서 레나 아우프만이 말하는 소리가 들렸다.

"아!"

이어서 다시 "아!" 하고 놀라는 소리가 들렸다.

"여기 좀 봐요!" 하고 안에서 아내가 말했다.

"파리네!"

"런던이네! 저기 로마가 있어! 피라미드! 스핑크스!"

"스핑크스라고 들었지, 얘들아?"

레오 아우프만이 속삭이며 웃었다.

"향기가 나네!"

레나 아우프만이 놀라서 소리를 질렀다.

어디선가 축음기가 「푸른 다뉴브 강」을 조그맣게 연주했다.

"음악이 나오네! 내가 춤을 추고 있네!"

"엄마는 춤을 추고 있다고 생각하는 것뿐이야."

레오 아우프만이 사람들에게 알려 주었다.

"놀라워요!"

보이지 않는 레나 아우프만이 말했다.

레오 아우프만은 얼굴을 붉혔다.

"정말 너그러운 아내로군."

행복 기계 안에서 레나 아우프만이 울기 시작했다.

발명가의 미소가 사라졌다.

"엄마가 울고 있어."

나오미가 말했다.

"그럴 리가 없어."

"울고 있어."

솔이 말했다.

"엄마가 울 리가 없어!"

레오 아우프만이 눈을 깜박이며 기계 속을 들여다보았다. 귀를 바짝 댔다.

"하지만…… 그래…… 아기같이…… ."

그는 문을 열 수밖에 없었다.

"기다려요."

그의 아내가 눈물을 흘리며 앉아 있었다.

"이제 그만 할래요."

그녀는 좀 더 울었다.

레오 아우프만은 멍해져 기계를 껐다.

"오, 세상에서 가장 슬픈 일이에요!"

그녀가 울었다.

"끔찍해요, 싫어요."

그녀가 문으로 기어 나오며 말했다.

"처음에는, 파리였어요……."

"파리가 뭐 잘못됐어?"

"평생 파리에 갈 생각이라곤 안 했어요. 그러나 이제 그런 생각을 하게 되었잖아요. 파리! 갑자기 너무 파리에 가고 싶어요. 그런데 그럴 수 없잖아요!"

"간 거나 다름없어. 이 기계에 들어가 있으면 되잖아."

"아니에요. 거기 앉아 있으면서 알았어요. 깨달았어요. 이건 진짜가 아니야!"

"엄마, 그만 우세요."

그녀는 촉촉해진 까만 눈동자로 그를 바라보았다.

"당신 덕분에 춤을 췄어요. 우리가 춤춘 지 20년이 지났어요."

"내일 저녁에 춤추러 가!"

"아니, 아니에요! 그건 중요하지 않아요. 중요해서도 안 되고요. 그런데 당신의 기계는 중요하다고 말해요. 그래서 난 믿어요! 레오, 조금만 더 울고 나면 괜찮을 거예요."

"다른 건?"

"다른 거요? 기계가 말했어요. '넌 젊어.' 하지만 난 젊지 않아요. 그건 거짓말이에요. 저건 슬픔 기계예요!"

"어떻게 슬픈 거야?"

그의 아내는 이제 더 조용해졌다.

"레오, 당신의 잘못은 그 다음 시간, 그 다음 날을 생각하지 못한 거예요. 저 기계에서 기어 나온 다음 설거지도 하고 잠자리도 손봐야 해요. 저 기계 안에 있는 동안에야 황혼이 영원히 지속되고 좋은 향기가 나고 온도도 적당해요. 영원히 지속되길 원하는 게 모두 있어요. 하지만 기계 바깥 세상에서는 아이들이 점심을 기다리고 아이들 옷 단추도 달아 주어야 해요. 그러면 솔직히 말해 봐요, 레오. 석양을 얼마나 오래 볼 수 있어요? 누가 석양이 계속 남아 있기를 원하겠어요? 누가 완벽한 온도를 원하겠어요? 누가 늘 향기가 나길 원하겠어요? 어느 정도 시간이 지나면 누가 관심이나 갖겠어요? 1, 2분이야 석양도 좋죠. 그 다음에는 다른 게 갖고 싶을 거예요. 사람들은 그래요, 레오. 당신은 어떻게 잊을 수가 있어요?"

"내가 뭘 잊었지?"

"사람들이 석양을 좋아하는 건 나타났다 사라지기 때문이에요."

"하지만 레나, 그건 슬퍼."

"아니에요. 석양이 사라지지 않아 지겨워진다면, 그거야말로 정말 슬픈 일이에요. 당신이 만든 두 가지 다 결코 가질 수 없는 거예요. 당신은 빨리 지나가는 걸 천천히 가게 하고 멈추게 했어요. 멀리 있는 걸 우리 집으로 가져왔어요. 그런 건 여기 어울리지 않아요. 그뿐 아니라 이런 말만 해요. '아니야, 레나. 넌 결코 여행을 못 갈 거야, 레나 아우프만. 넌 결코 파리에 못 갈 거야! 넌 결코 로마에 못 갈 거야.' 하지만 그 사실은 늘 알고 있었어요. 그런데 왜 내게 말해 주는 거예요? 잊고 살게 그냥 내버려 두는 게 나아요, 레오. 응? 그냥 내버려 두세요."

레오 아우프만은 기계에 기댔다. 뜨거워서 놀란 그는 손을 홱 치웠다.

"그래서 이제 어떻게 하지, 레나?"

그가 말했다.

"내 이야기만은 아니에요. 이 기계가 여기 있는 한 난 집밖으로 나오고 싶어 할 거예요. 솔도 어젯밤처럼 나오고 싶어 할 거예요. 그래서는 안 된다는 걸 알면서도 그 안에 앉아서 먼 도시들을 볼 거고 그때마다 울 거예요. 당신과 어울리지 않는 가족이 될 거예요."

"난 이해가 안 돼."

그가 말했다.

"어떻게 내가 잘못한 일일 수가 있어? 당신 말이 정말인지 확인만 해 볼게."

그는 기계 안에 앉았다.

"여기 있을 거지?"

그의 아내가 고개를 끄덕였다.

"기다릴게요, 레오."

그는 문을 닫았다. 그는 따뜻한 어둠 속에서 잠시 망설이다 단추를 눌렀다. 음악이 흐르고 여러 색깔이 교차하는 가운데 그는 등을 기대고 휴식을 취했다.

"불이 났어요, 아빠! 기계에 불이 붙었어요!"

누군가가 문을 두드렸다. 그는 벌떡 일어나다 머리를 부딪혀 넘어졌다. 그때 문이 열리고 아이들이 그를 끌어냈다. 뒤에서 둔탁한 폭발 소리가 났다. 이제 가족이 다 뛰고 있었다. 레오 아우프만은 뒤를 돌아보고 헐떡였다.

"솔, 소방차를 부르렴!"

레나 아우프만이 뛰어가는 솔을 붙잡고 말했다.

"기다려!"

불꽃이 솟구치고 또 나지막하게 다른 폭발음이 들렸다. 그 기계가 활활 타오르자 레나 아우프만이 고개를 끄덕였다.

"됐어, 솔."

그녀가 말했다.

"이제 뛰어가서 소방차를 불러와."

있는 사람, 없는 사람 동네 사람들이 모두 몰려왔다. 스폴딩네 할아버지와 더글러스와 톰과 그 집 하숙생은 물론, 협곡 건너편에서 몇몇 노인들과 여섯 블록 안에 사는 아이들 모두가 몰려왔다. 그리고 레오 아우프만의 아이들이 앞줄에 서 있었다. 그들은 차고에서 솟구치는 멋진 불꽃이 자랑스러웠다.

스폴딩 할아버지는 하늘에 있는 공 모양의 연기를 보고서 조용히 말했다.

"레오, 저게 그건가? 자네가 만든 행복 기계란 거야?"

"몇 년 후에, 기계를 제대로 구상한 후 말씀드릴게요."

레오 아우프만이 말했다.

소방수가 마당을 이리저리 뛰어다니는 모습이 어둠 속에 서 있는 레나 아우프만의 눈에 들어왔다. 차고에서 타오르던 불길이 잡혔다.

"레오,"

그녀가 말했다.

"구상하는 데는 일 년도 안 걸릴 거예요. 잘 살펴보며, 조금만 더 기다려요. 그 다음에 생각해요. 그런 후에 말해 주세요. 집 안으로 들어가서, 다시 책들을 서가에 꽂아 놓고, 옷들을 옷장에 넣고, 저녁 식사 준비를 할게요. 저녁이 늦어졌어요. 정말 어두워졌네요. 애들아, 이리 와. 엄마 좀 도와줘."

소방수와 이웃들이 사라지자, 레오 아우프만과 스폴딩 할아버지, 더글러스와 톰만 남았다. 아우프만은 연기 나는 폐허를 보며 생각에 잠겼다. 그는 젖은 재를 발로 문질렀다. 그러고는 천천히 말했다.

"인생에서 배워야 할 첫 번째 사실은 우리가 바보라는 것이고, 마지막으로 배워야 할 사실도 우리가 여전히 바보라는 거예요. 한 시간 동안 많은 걸 생각했어요. 레오 아우프만이 눈이 멀었어요……. 진짜 행복 기계를 보고 싶으세요? 천 년 전에 특허를 딴 기계가 아직도 잘 가고 있어요. 늘 잘 가는 건 아니지만, 아니야! 하지만 아직도 잘 가고 있어요. 내내 여기에 있었어요."

"하지만 불은……."

더글러스가 말했다.

"불이야 확실히 났지, 차고에서! 하지만 레나의 말처럼, 그걸 구상하는 데는 일 년도 안 걸려. 차고에서 탄 기계 따위는 중요하지 않아!"

그들은 현관 계단으로 올라가는 그의 뒤를 따랐다.

레오 아우프만이 속삭였다.

"여기 창문 앞에 가만히 서 있어 봐. 그럼 행복 기계가 보일 거야."

우물쭈물하며 할아버지, 더글러스, 톰이 큰 창문 안을 들여다보았다.

그러자 거기에, 전등 불빛이 따스하게 비추는 곳에 레오 아우프만이 보라는 게 있었다. 솔과 마셜이 커피 테이블에서 체스를 하며 앉아 있었다. 식당에서는 레베카가 은식기를 차리고 있었다. 나오미는 종이 인형옷을 자르고 있었다. 루스는 수채화를 그리고 있었다. 조셉은 전동 열차를 움직이고 있었다. 부엌문을 지나자 레나 아우프만이 김이 나는 오븐에서 구운 고기를 끌어내고 있었다. 모든 사람의 손과 머리와 입이 크고 작은 동작을 하고 있었다. 유리를 통해 먼 곳에서 그들의 목소리가 들려왔다. 누군가가 달콤한 고음으로 노래하는 소리가 들렸다. 빵 굽는 냄새가 났다. 그리고 이거야말로 진짜 빵이고 이 빵에 진짜 버터를 발라 먹으리라는 걸 알 수 있었다. 거기 모든 게 다 있었으며 또 모든 게 잘 돌아가고 있었다. 할아버지, 더글러스, 톰은 돌아서서 레오 아우프만을 보았다. 조용히 창 안을 응시하던 그의 뺨이 발그레해졌다.

"그래,"

그가 잠시 중얼거렸다.

"저기에 행복 기계가 있어요."

그는 금방 좋아했다 금방 슬퍼했다. 집 안의 모든 조각이 뒤섞인 다음 멈추어 균형을 잡고 다시 서서히 움직이자 그는 마침내 조용히 인정했다.

"행복 기계야."

그가 말했다.

"행복 기계."

잠시 후에 그는 사라졌다.

할아버지와 더글러스와 톰은 안으로 들어간 그가 잡동사니들을 정리하고 아이들의 싸움을 화해시키는 모습을 보았다. 아우프만은 따뜻하면서 경이롭고, 무한히 섬세하고 신비스럽게 돌아가는 부분들 사이에서 바빴다.

그들은 미소를 짓고 나서 계단을 내려와 싱그러운 여름밤 속으로 사라졌다.

14

일 년에 두 번씩 그들은 큰 양탄자를 마당에 내놓고 두들겼다. 양탄자와는 어울리지 않고, 또 양탄자를 깐 적도 없는 잔디밭에 양탄자가 깔렸다. 그러고 나면 어머니와 할머니가 시내 음료수 가게에 있는 예쁜 둥근 철사 의자의 등받이같이 생긴 것을 들고 집 안에서 나왔다. 이 큰 철사 막대기가 건네지면 더글러스와 톰, 할머니와 증조할머니와 어머니가 둘러서서, 먼지 낀 오래된 무늬들을 굽어보았다. 할머니가 신호를 하면, 즉 눈을 깜박이거나 입맛을 다시면 도리깨를 쳐들었다. 윙윙 소리 나는 철사 막대기가 몇 번이고 양탄자를 내리쳤다.

"저걸 잡아! 저걸!"

증조할머니가 말했다.

"저 벼룩을 잡아, 얘들아. 죽여 버려!"

"오, 어머니!"

할머니가 그녀의 어머니에게 말했다.

그들은 모두 웃었다. 주변에 먼지가 풀풀 솟아나 웃다 말고 목이 메었다.

보푸라기와 모래, 황금빛 담뱃가루가 폭발하고 또 폭발하여 대기 중으로 흩어졌다. 남자 아이들은 멈춰 서서 자신들의 신발 자국과 어른들의 신발 자국이 가장자리에서부터 몰매 세례를 받아 깨끗이 사라져 가는 걸 보았다. 이 양탄자의 씨줄과 날줄에 수십 억 번 새겨지고 또 새겨진 자국이었다.

"저긴 네 남편이 커피를 엎지른 자리야!"

다시 한 번 할머니가 양탄자를 쳤다.

"여긴 네가 크림을 떨어뜨린 자리야!"

할머니가 양탄자를 세게 쳤다.

"얘들아, 저 닳은 곳을 봐라."

"할머니도 마찬가지세요. 여기 할머니 펜에서 떨어진 잉크가 있잖아요!"

"치! 내 껀 보라색 잉크야. 저건 흔해 빠진 파란 잉크인걸!"

퍽!

"여기 닳아 빠진 곳 좀 봐. 현관문에서 부엌문까지 가는 길이야. 여기 음식 때문이지. 음식만 있으면 사자라도 물가로 유인할 수 있지. 이제 움직이자. 반대 방향으로 돌리자."

"그게 낫겠네요. 이제 남자들은 집 안에 못 들어오게 해야 돼요."

"남자들에게 신발을 문밖에 벗어 두라고 해야 해요."

퍽! 퍽!

그들은 이제 빨랫줄에 양탄자를 걸어 두고 마무리를 하려 했다. 톰은 섬세한 소용돌이, 고리, 꽃, 신비스러운 무늬, 반복되는 패턴을 보았다.

"톰, 거기 가만히 서 있지 말고 막대기로 쳐라, 애야!"

"그냥 보는 게 재미있는데요."

톰이 말했다.

더글러스는 의아해하며 톰을 바라보았다.

"뭘 보고 있어?"

"양탄자에 있는 마을 모두. 사람들, 집들, 여기 우리 집이 있네!"

퍽! "우리 거리네!" 퍽! "저 검은 부분은 협곡이네!" 퍽! "학교가 있네!" 퍽! "이 웃기는 사람이 형이야!" 퍽! "여기 증조할머니, 할머니, 엄마가 있네." 퍽!

"이 양탄자는 얼마나 된 거야?"

"15년."

"15년 동안 사람들이 이 위로 밟고 다녔구나. 발자국이 모두 보이네."

톰이 숨을 가쁘게 몰아쉬었다.

"애야, 넌 정말로 말을 잘하는구나."

증조할머니가 말했다.

"오랜 세월 동안 바로 여기서 여러 가지 일이 일어났어요!"

퍽!

"과거가 모두 분명히 보여요. 하지만 미래도 볼 수 있어요. 눈을 가늘게 뜨고 무늬를 둘러보면 내일 우리가 어디로 갈지, 아니 달려갈지 보여요."

더글러스는 도리깨질을 멈추었다.

"또 뭐가 보이니?"

"대부분은 실이지 뭐."

증조할머니가 말했다.

"실도 다 해져서 아래쪽은 판이 다 드러났잖아. 어떻게 양탄자를 짰는지 봐라."

"맞아요!"

톰이 신비스러운 듯이 말했다.

"한쪽으로 실이 가고 또 다른 쪽으로 실이 가네요. 그 모든 게 보여요. 모두 보여요. 아주 못된 악마, 끔찍한 죄를 지은 죄인들도 있어요. 험한 날씨도, 맑은 날씨도 있어요. 소풍, 잔치, 딸기 축제."

그는 여기저기 세게 내리쳤다.

"내 하숙집도 있네."

도리깨질로 얼굴이 벌개진 할머니가 말했다.

"저기 모두 있어요. 희미하게 보여요. 형, 머리를 한쪽으로 숙이고 한쪽 눈을 거의 감다시피 해 봐. 물론 밤에 집 안에서 하면 더 좋지만 말이야. 양탄자가 마루에 깔려 있고 전등이 비치면 말이야. 그러면 모든 그림자나 빛, 어둠까지 다 볼 수 있어. 그리고 실밥이 풀리고 보푸라기가 난 털을 쓰다듬어 봐. 사막 냄새가 나. 내가 장담해. 아주 무겁고 모래가 있어. 어쩌면 미라 관 속 같기도 해. 저 빨간 점을 봐. 행복 기계가 타고 있는 거야!"

"누군가 샌드위치를 먹다가 떨어뜨린 자국인걸. 틀림없어."

어머니가 말했다.

"아니에요, 행복 기계예요."

더글러스가 말했다. 그리고 거기 타고 있는 행복 기계를 보자 슬펐다. 그는 레오 아우프만이 질서를 바로잡고 사람들이 모두 웃으며 살수 있게 해 주리라고 믿었다. 지구가 외계와 어둠 속으로 기울 때마다 마음속의 작은 공이 태양을 향해 돌 수 있게 아우프만 씨가 도와주리라고 믿었다. 그러나 아니었다. 거기엔 아우프만의 어리석음과 잿더미만 있었다. 픽! 픽! 더글러스는 내리쳤다.

"여기를 봐. 작은 초록색 전동차가 있네! 펀 할머니네! 로버타 할머니네!"

톰이 말했다.

"빵! 빵!"

픽! 그들은 모두 웃었다.

"형, 이게 형의 생명 줄이야. 여기저기 매듭을 지으면서 뻗어 가고 있어. 시련이 너무 많군. 말년에 곤경이 닥치겠군."

"어떤 것, 어디?"

더글러스가 쳐다보며 소리를 질렀다.

"이건 1년 후 것이고, 이건 2년 후 것, 이건 3년, 4년, 5년 후 거야!"

픽! 마구 휘둘리는 철사 막대는 어둠 속에서 쉭쉭대며 뱀 소리를 냈다.

"그리고 이건 계속 자랄 거야!"

톰이 말했다.

톰이 양탄자를 너무 세게 치는 바람에 수 세기 동안 쌓여 있던 먼지가 갑자기 위로 솟아 잠시 공중에서 멈추었다. 옆에 서서 날실과 씨실이 만들어 낸 아른거리는 무늬를 보려고 곁눈질하고 있던 더글러스의 위아래에서 조용히 붉은 먼지 사태가 일어나 영원히 그를 묻어 버렸다.

15

 늙은 벤틀리 부인은 어떻게 그 아이들과 알게 되었는지 생각나지 않았다. 그전에도 그 아이들을 종종 보긴 했었다. 그 아이들은 모기나 원숭이처럼 식료품 가게의 양배추나 바나나 사이에 있었고 그녀가 미소를 지으면 미소로 답했다. 벤틀리 부인은 그 아이들이 겨울에는 눈 위에 발자국을 만들고, 가을에는 안개를 흠뻑 들이마시고, 봄에는 사과꽃 우박을 털어 버리는 걸 보긴 했지만 전혀 그 아이들을 두려워하진 않았다. 그녀 자신으로 말하자면 집을 아주 깔끔하게 정돈해 두는 편이었다. 모든 물건을 제자리에 두고, 마루는 말끔하게 치워 놓고, 음식들을 단정하게 깡통에 넣어 두었다. 쿠션에는 핀이 꽂혀 있고, 침실 옷장 서랍에는 몇 년간 입은 옷들이 빳빳하게 손질되어 있었다.
 벤틀리 부인은 무엇이든 수집하는 사람이었다. 그녀는 입장권, 옛날 연극 프로그램, 레이스 조각, 스카프, 철도 환승권, 모든 상표와 존재의 표시들을 모았다.

"레코드를 산더미처럼 가지고 있죠."

그녀는 종종 말했다.

"여기 카루소 판이 있어요. 1916년 뉴욕 것이죠. 그때 난 예순 살이었고 존이 아직 살아 있었죠. 여기 1924년에 만들어진 「6월의 달」이 있네요. 존이 죽은 직후의 것이에요."

그녀 인생의 가장 큰 회한은 존의 죽음이었다. 가장 만지고 싶고, 듣고 싶고, 바라보고 싶은 것을 그녀는 간직하지 못했다. 존은 저 먼 세상에 가 있었다. 죽은 날짜가 새겨진 비석과 함께 관에 누운 채 무덤 속에 있었다. 그의 것이라곤 긴 실크 모자와 지팡이, 옷장 속에 있는 좋은 양복밖에 없었다. 나머지는 모두 좀이 슬었다.

그러나 그녀는 자신이 간직할 수 있는 것은 모두 간직했다. 분홍 꽃무늬 옷은 좀약과 함께 커다란 검은 트렁크 속 깊이 두었고, 어린 시절에 쓰던 세공 유리 접시들도 버리지 않았다. 5년 전 이 마을로 이사 올 때, 그녀는 이런 것들을 모조리 끌고 왔다. 그녀의 남편은 여러 마을에 임대 건물을 소유하고 있었는데 체스의 노란 상아 말처럼 이사를 다니면서 하나하나 팔았고 마침내 이 낯선 마을로 오게 되었다. 이제는 동물원에 사는 동물처럼 추한 검은 트렁크와 가구만이 그녀 옆에 웅크리고 있었다.

아이들과의 그 일은 어느 여름날 일어났다. 벤틀리 부인이 담쟁이 넝쿨에 물을 주려고 현관에 나왔다가 잔디밭에 시원해 뵈는 색 옷을 입은 여자 아이 두 명이 큰 대 자로 누워 있는 걸 보았다. 그 곁에 작은 남자 아이도 있었다. 그들은 잔디가 마구 찌르는데도 그 느낌을 즐기고 있었다.

노란 가면을 쓴 것 같은 벤틀리 부인이 그들을 보고 미소를 지었다. 바로 그 순간 모퉁이를 돌아 꼬마 요정 악대처럼 아이스크림 수레가 다가왔다. 거기서 얼음 같은 멜로디가 울려 퍼졌다. 그 소리는 능숙하게 크리스털 포도주 잔을 튕길 때 나는 사각거리는 소리를 내며 다가와 사람들을 불러 모으고 있었다. 아이들은 일어나 앉아서 해바라기가 태양을 바라보듯이 그쪽으로 고개를 돌렸다.

벤틀리 부인이 아이들을 불렀다.

"아이스크림이 먹고 싶니? 여보세요!"

아이스크림 수레가 멈추었다. 그녀는 진짜 빙하 시대에서 온 얼음 조각을 돈과 바꾸었다. 아이들은 차가운 얼음을 입 안 가득 물고 그녀에게 고맙다는 인사를 했다. 그들은 단추를 채운 신발에서 백발까지 순식간에 그녀를 훑어보았다.

"한 입 드실래요?"

남자 아이가 말했다.

"아니다, 애야. 난 충분히 늙었고 충분히 춥단다. 아무리 날씨가 더워도 내 몸은 녹지 않는단다."

벤틀리 부인이 웃었다.

세 아이는 작은 빙하를 쳐들고 그늘진 곳에 있는 현관 그네에 한 줄로 나란히 앉았다.

"전 앨리스고, 앤 제인이고, 잰 톰 스폴딩이에요."

"정말 착하구나. 난 벤틀리 부인이란다. 헬렌이라고 했지."

그들은 그녀를 빤히 바라보았다.

"내 이름이 헬렌이었다는 걸 못 믿겠니?"

늙은 부인이 말했다.

"할머니들에게 이름이 있다는 걸 몰랐어요."

톰이 눈을 깜박이며 말했다.

벤틀리 부인은 풀썩 웃었다.

"얘 말은 할머니 이름을 부르는 걸 들은 적이 없다는 뜻이에요."

제인이 말했다.

"얘야, 너도 나처럼 늙으면 사람들이 제인이라고 부르지 않을 거야. 늙으면 끔찍하게 형식적이 되지. 늘 '부인'이라고들 해. 젊은이들도 '헬렌'이라고 부르지 않아. 그렇게 부르면 너무 경망스러워 보여서 그런단다."

"몇 살이나 되셨어요?"

앨리스가 물었다.

"난 익수룡을 기억한단다."

벤틀리 부인이 미소를 지었다.

"아, 그래도 몇 살이세요?"

"일흔두 살."

그들은 생각에 잠겨 달콤한 아이스크림을 다시 한 번 길게 핥았다.

"나이가 많으시네요."

톰이 말했다.

"너희 만할 때와 똑같이 느낀단다."

늙은 부인이 말했다.

"우리 만할 때라고요?"

"그래. 한때는 나도 너희, 제인 너나 앨리스처럼 예쁜 소녀였단다."
그들은 아무 말도 하지 않았다.
"뭐가 잘못됐니?"
"아무것도 아니에요."
제인이 일어섰다.
"오, 그렇게 금방 가지 않아도 된단다. 아직 아이스크림을 다 먹지도 않았잖니……. 뭐가 잘못됐니?"
"엄마가 아무리 작은 일이라도 거짓말을 하면 안 된다고 했어요."
제인이 말했다.
"물론 그러면 안 되지. 그건 아주 나쁜 짓이지."
벤틀리 부인이 동의했다.
"그리고 거짓말은 듣지도 말라고 했어요."
"누가 네게 거짓말을 했니, 제인?"
제인은 그녀를 바라보더니, 신경질적으로 시선을 피했다.
"할머니가 거짓말을 하셨잖아요."
"내가?"
벤틀리 부인은 웃으며 주름진 손을 그녀의 작은 가슴에 갖다 댔다.
"무슨 거짓말을 했니?"
"나이에 대해서요. 어린 소녀였다고 한 거요."
벤틀리 부인은 표정이 굳어졌다.
"하지만 아주 오래전에는 나도 너처럼 어린 소녀였어."
"앨리스, 톰, 가자."
"잠깐만."

벤틀리 부인이 말했다.

"안 믿는 거니?"

"모르겠어요."

제인이 말했다.

"그래요."

"말도 안 돼! 이건 틀림없는 사실이야. 누구나 한때는 젊었단다!"

"할머니는 아니에요."

제인이 눈을 아래로 깔고 거의 혼잣말로 중얼거렸다. 현관 위의 녹은 바닐라 아이스크림 위로 그녀가 들고 있던 얼음과자 막대가 떨어졌다.

"하지만 나도 너희들처럼 여덟 살, 아홉 살, 열 살인 때가 있었단다."

두 여자 아이는 얼핏 웃고는 곧 입을 꼭 다물었다.

벤틀리 부인의 눈이 빛났다.

"열 살 먹은 아이들과 말씨름 하느라고 오전을 허비할 순 없지. 나도 한때는 열 살이었고 이 아이들처럼 어리석었지."

여자 아이 둘이 웃었다. 톰은 불편해 보였다.

"농담하고 계신 거죠?"

제인이 깔깔댔다.

"정말 열 살인 때는 없었죠? 그렇죠, 벤틀리 부인?"

"얼른 집으로 가!"

부인은 갑자기 소리를 질렀다. 그들의 눈길을 더 이상 견딜 수 없어서였다.

"웃지 마."

"그럼 헬렌이 진짜 이름이 아니죠?"

민들레 와인 119

"물론, 헬렌이야!"

"안녕히 계세요."라고 한 후, 소녀들이 깔깔대며 잔디밭을 건너 그늘 속으로 갔다. 천천히 톰이 그들 뒤를 따라갔다.

"아이스크림 고마워요!"

"한때는 돌차기 놀이도 했단다!"

그들의 뒤에 대고 벤틀리 부인이 소리쳤으나 이미 그들은 사라진 다음이었다.

그날 벤틀리 부인은 아이들이 간 다음 찻주전자를 꺼내서 씻고 부산스럽게 조촐한 점심을 준비했다. 그 무례한 악마들이 오후 늦게 다시 나타나면 붙들어야 하는 생각에 가끔씩 현관문 쪽으로 가기도 했다. 그러나 그들이 나타난들 무슨 말을 할 수 있으며 왜 그들에게 신경을 써야 하는가?

"세상에 그런 생각을!"

벤틀리 부인은 장미가 여러 송이 그려진 고상한 찻잔에 대고 말했다.

"전에는 내가 어린 소녀였던 걸 의심하는 사람이 없었어. 정말 어리석고 또 끔찍한 일이야. 정말이지 이제 늙은 건 상관없어. 하지만 어린 시절을 뺏기는 건 참을 수 없어."

잎이 무성한 나무 아래서 그 아이들이 뛰어다니며 노는 게 보였다. 그들의 고사리 같은 손 안에 어린 시절이 숨어 있었다.

저녁 식사 후 아무 이유 없이, 장갑을 끼고 강신술을 행하는 손처럼 그녀의 손이 무의식적으로 확신에 차 움직이더니 향수 뿌린 손수건에 뭔가를 쌌다. 그 뒤, 그녀는 현관으로 가 30분 동안 꼿꼿하게 서 있었다.

갑자기 밤새처럼 옆으로 온 아이들은 벤틀리 부인이 부르자 날개를 퍼덕대며 날아왔다.

"예, 벤틀리 부인?"

"현관으로 오너라!"

그녀가 명령하자 여자 아이들이 계단 위로 올라왔다. 톰은 뒤에서 따라왔다.

"예, 벤틀리 부인?"

그들은 낮은 피아노 건반을 치듯이 아주 가라앉은 목소리로 "부인"이라고 불렀다. 마치 그것이 그녀의 이름인 양.

"너희들에게 보여 줄 보물이 있어."

그녀는 향수를 뿌린 손수건을 펼친 후 자신도 놀라며 들여다보았다. 그녀는 정교하게 세공된 조그만한 머리핀을 꺼냈다. 핀 양옆에는 모조 다이아몬드가 반짝이고 있었다.

"내가 아홉 살 때 꽂던 핀이란다."

그녀가 말했다.

"보자!"

앨리스가 소리쳤다.

"그리고 여기 있는 이 작은 반지는 여덟 살 때 끼던 거란다."

벤틀리 부인이 말했다.

"이젠 내 손에 맞지 않아. 안을 들여다봐. 쓰러져 가는 피사의 사탑이 보일 거야."

"기우는지 보자!"

여자 아이들이 서로 반지를 주거니 받거니 하다가 제인이 반지를 껴 보았다.

"어머, 내 손에 꼭 맞네!"

그녀가 외쳤다.

"이 핀은 내 머리에 꼭 맞네!"

앨리스가 숨 가쁘게 말했다.

벤틀리 부인은 공깃돌을 몇 개 꺼냈다.

"이걸 보렴."

그녀가 말했다.

"한때는 이걸 갖고 놀았단다."

그녀는 공깃돌을 던졌다. 그 돌들은 현관 위에 별자리 모양으로 퍼졌다.

"그리고 여길 봐라!"

그녀는 의기양양하게 비장의 무기를 내놓았다. 그녀가 일곱 살 때 찍은 사진이었다. 그녀는 노란색 옷을 입고 금발 고수머리에 푸른 눈을 하고 천사같이 입술을 내밀고 있었다.

"이 작은 여자 아이는 누구예요?"

제인이 물었다.

"그게 나야!"

두 소녀는 계속 고집을 부렸다.

"하지만 부인 같지 않은데요."

제인이 짤막하게 말했다.

"이런 사진은 누구든 어디서든 구할 수 있어요."

그들은 오랫동안 그녀를 바라보았다.

"사진이 더 있으세요, 벤틀리 부인?"

앨리스가 물었다.

"이 다음에 찍은 사진 말이에요. 열다섯 살 때나, 스무 살 때나, 마흔 살 때나 쉰 살 때 찍은 사진 말이에요."

그 여자 아이들은 큰 소리로 웃었다.

"내가 너희에게 다 보여 줄 필요는 없잖아!"

벤틀리 부인이 말했다.

"그러면 저희가 믿을 필요도 없죠."

제인이 말했다.

"그렇지만 이 사진을 보면 내게도 어린 시절이 있었다는 게 증명되잖아!"

"우리 나이 또래의 아이 사진일 수도 있잖아요. 빌려 왔을 수도 있고요!"

"난 결혼했어!"

"벤틀리 씨는 어디 계세요?"

"오래전에 돌아가셨어. 살아 계시면 내가 스물두 살에 얼마나 젊고 예뻤는지 말해 줄 텐데."

"하지만 여기 안 계시고 말씀도 못 하시잖아요. 그러면 어떻게 증명하실래요?"

"결혼 증명서가 있어."

"그것도 빌린 것일 수 있어요. 어린 시절이 있었다는 것을 믿을 수 있는 유일한 방법은……."

제인은 자신이 얼마나 자신 있는지 강조하기 위해 눈을 감았다.

"다른 누군가가 부인의 열 살 때 모습을 보았다고 말해 주는 거예요."

"열 살 때 날 본 사람이야 아주 많지. 하지만 다들 죽었는걸. 좀 바보 같은 말이구나. 죽지 않으면 아프거나 다른 도시에 산단다. 여기에는 날 아는 사람이 하나도 없어. 몇 년 전에 이사 왔거든. 그러니까 어렸을 때 날 본 사람은 없지."

"음, 바로 그거예요!"

제인은 친구를 향해 눈을 깜빡거렸다.

"어렸을 때 할머니를 본 사람이 없다잖아!"

"내 말 좀 들어 봐!"

벤틀리 부인은 제인의 손목을 붙잡았다.

"이런 건 그냥 믿어야 한단다. 너도 언젠가 나처럼 늙을 거야. 사람들이 똑같이 말할 거야. '오, 아니야. 저 독수리가 벌새였을 리가 없어. 저 부엉이가 꾀꼬리였을 리가 없어. 저 앵무새가 파랑새였을 리가 없어.' 언젠가 너희들도 그렇게 된단다."

"아니에요. 우린 그렇게 되지 않아요!"

여자 아이들이 말했다.

"우리도 그렇게 될까?"

그들은 서로 물어보았다.

"두고 보렴!"

벤틀리 부인이 말했다.

그러고 나서 그녀 혼자 생각했다. 오 하느님, 아이들은 아이들이고 할머니는 할머니군요. 중간에는 아무것도 없군요. 아이들이란 직접 보지 않은 변화는 상상도 못하는군요.

그녀가 제인에게 말했다.

"몇 년 사이에 어머니가 변한 것을 눈치 채지 못했니?"

"아니에요."

제인이 말했다.

"어머니는 언제나 똑같아요."

그리고 그건 사실이었다. 매일 함께 사는 사람은 조금도 변하지 않는다. 긴 여행에서 돌아오거나 몇 년씩 떨어져 있어야 변한 것을 알고 깜짝 놀란다. 그녀는 경적을 울리는 검은 기차를 72년 동안이나 타고 여행을 하다가 마침내 역에 내리자 모든 사람이 "헬렌 벤틀리, 너 맞아?"라고 말하는 걸 보는 기분이었다.

"이젠 집에 갈게요."

제인이 말했다.

"반지 고마워요. 꼭 맞네요."

"머리핀 고마워요. 아주 좋아요."

"사진 고마워요."

"돌아와. 가져가면 안 돼!"

그들이 계단을 달려 내려가자 벤틀리 부인이 소리쳤다.

"그건 내 거야!"

"그러지 말자!"

톰이 소녀들을 따라가며 말했다.

"돌려주자!"

"안 돼, 이건 훔친 거야! 이건 다른 여자 아이 거야. 할머니가 훔친 거야. 고마워요!"

앨리스가 소리쳤다.

민들레 와인 125

아무리 소리쳐도 못 들은 척하고 그 여자 아이들은 나방처럼 어둠 속으로 사라져 버렸다.

"미안해요."

잔디밭 위에서 벤틀리 부인을 올려다보며 톰이 말했다. 그러고 나서 그마저 멀리 가 버렸다.

그 아이들이 내 반지와 내 머리핀과 내 사진을 다 가져가 버렸군. 계단 위에서 떨며 벤틀리 부인은 생각했다. '오, 내겐 아무것도 없어. 그게 내 인생의 일부인데……'

그녀는 밤늦게까지 잠들지 못하고 누워 있었다. 주변에는 트렁크와 자질구레한 장신구들이 늘어져 있었다. 그녀는 깔끔하게 쌓아 놓은 물건과 장난감, 오페라 갈 때 꽂는 깃털 장식을 보았다. 그리고 크게 말했다.

"이게 정말 내 것이야?"

아니면 늙은 부인이 정교한 속임수를 써서 자신의 과거라고 속이고 있는 걸까? 결국, 어떤 시절이든 지나가면 그것으로 끝이야. 사람은 늘 현재에 존재하는 거야. 한때는 내가 소녀였을지 몰라도 지금은 아니야. 어린 시절은 사라졌고 어떻게 해도 되돌아오지 않아.

밤바람이 방 안으로 불어 들어왔다. 펄럭이는 하얀 커튼이 검은 지팡이에 닿았다. 그 지팡이는 다른 골동품과 함께 몇 년간이나 벽에 기대어져 있었다. 그 지팡이가 흔들리더니 가볍게 쿵 소리를 내며 달빛 속으로 넘어졌다. 금으로 도금된 지팡이의 끝부분이 빛났다. 남편이 쓰던 오페라 지팡이였다. 드문 일이었지만 서로 의견이 다를 때면 그는 늘 그랬듯이 그녀를 지팡이로 가리키면서 이성적인 목소리로 부드럽고 슬프게 말하곤 했다.

"그 아이들이 맞아."

남편이라면 아마 이렇게 말했을 것이다.

"여보, 걔들은 아무것도 안 훔쳐 갔어. 그런 물건들은 현재, 여기의 당신 물건은 아니야. 그 물건들은 지금의 당신과는 다른 옛날 당신 물건이야."

'오.' 하고 벤틀리 부인은 생각했다. 벤틀리 씨와 나누었던 대화가 생각났다. 마치 낡은 축음기판이 쇳소리를 내며 돌아가는 듯했다. 벤틀리 씨는 아주 말끔하게 손질된 옷깃에 분홍색 카네이션을 달고 말했었다.

"여보, 당신은 시간을 전혀 이해하지 못해. 당신은 언제나 현재의 당신이 아니라 과거의 당신에 사로잡혀 있어. 왜 그 공연 티켓이나 연극 프로그램을 모으는 거야? 그런 것들을 나중에 봐야 마음만 아파. 그런 것들은 버려, 여보."

그러나 벤틀리 부인은 고집을 부리며 그런 것들을 간직해 왔다.

"소용없어."

벤틀리 씨는 차를 마시면서 말했었다.

"아무리 과거의 당신으로 남아 있고 싶어도, 당신은 현재, 여기에 있는 당신일 뿐이야. 시간은 최면을 거는 거야. 당신이 아홉 살 때 늘 아홉 살일 줄 알았지. 서른 살 때는 그 빛나는 중년의 끝에 영원히 머물러 있을 줄 알았지. 그리고 나서 일흔이 되면 영원히 일흔인 거야. 당신은 현재에 있어. 가끔 젊어 보이다가 다시 늙어 보이지만, 이제 다른 당신은 없는 거야."

이것은 그들의 평온한 결혼 생활 중 드물게 있었던 가벼운 말다툼 중 하나였다. 그는 결코 그녀의 고물 잡동사니를 인정하려 들지 않았다.
"현재의 당신이 되어야 해. 현재의 당신이 아닌 것은 묻어 버려."
그가 말했다.
"티켓들은 사기야. 모아 둔 물건들은 거울에 비치는 속임수 마술일 뿐이야."
남편이 살아 있다면 오늘 밤 무슨 말을 할까?
"당신이 모은 건 껍데기뿐이야."
바로 그런 말을 할 것이다.
"더 이상 당신에게 맞지 않는 코르셋 같은 거야. 그런데 왜 그런 것들을 모아? 당신이 어렸던 적이 있었다는 걸 정말 증명할 순 없어. 사진? 아니야, 사진은 거짓말을 해. 사진 속의 사람은 당신이 아니야."
"선서들은요?"
"아니야, 여보. 당신은 날짜나 잉크나 종이가 아니야. 쓰레기와 먼지로 가득 찬 이런 트렁크는 당신이 아니야. 당신은 현재, 여기의 당신일 뿐이야. 지금의 당신 말이야."
벤틀리 부인은 이런 상상을 하고 고개를 끄덕이며 편안하게 숨을 내쉬었다.
"그래요, 알았어요. 알았어요."
금 도금 지팡이는 조용히 달빛이 비치는 양탄자 위에 놓여 있었다.
그녀가 지팡이에 대고 말했다.
"아침이 되면, 그만 할게요. 현재의 나만 받아들일게요. 이제 더 이상 과거의 나에게 집착하지 않을게요. 그래요. 그게 내가 할 일이에요."

그녀는 잠이 들었다…….

아침은 밝고 초록색이었다. 두 여자 아이가 그녀의 현관문을 조용히 두드렸다.

"벤틀리 부인, 더 주실 물건은 없으세요? 그 소녀가 가진 물건 중에서 말이에요."

그녀는 그들을 데리고 홀을 지나 서재로 갔다.

"이걸 가지렴."

그녀는 제인에게 열다섯 살 때 중국 고급 관리의 딸 역을 하면서 입었던 옷을 주었다.

"그리고 이것, 그리고 이것."

만화경, 돋보기.

"원하는 건 뭐든 가지렴."

벤틀리 부인이 말했다.

"책, 스케이트, 인형, 뭐든지 가져도 돼."

"우리가 가져도 돼요?"

"그래, 다 너희 거야. 그리고 이제부터 날 좀 도와줄래? 뒷마당에 큰 모닥불을 피우려고 해. 트렁크에 있는 쓰레기를 다 갖다 버릴 거야. 이제 이건 내 것이 아니야. 모두 내 것이 아니야."

"저희가 도와 드릴게요."

벤틀리 부인은 그 아이들을 데리고 뒷마당으로 갔다. 모두들 짐을 한 아름 들고 갔다. 부인은 성냥을 들고 있었다.

그래서 그 후 여름 내내 두 여자 아이와 톰은 전선에 굴뚝새가 앉아 있듯이 벤틀리 부인네 현관에 앉아서 기다리고 있었다. 그러다가 아이스크림 장수의 은 종 소리가 들리면 현관문이 열리고 벤틀리 부인이 은고리가 달린 지갑 깊숙이 손을 넣고 나왔다. 그러면 반 시간 동안 부인과 아이들이 현관에 앉아 웃으면서 초콜릿 아이스크림을 먹고 더위를 식히는 모습이 보였다. 마침내 그들은 좋은 친구가 되었다.

"벤틀리 부인, 몇 살이세요?"

"일흔두 살."

"오십 년 전에는 몇 살이셨어요?"

"일흔두 살."

"어린 시절은 없었죠? 그리고 이런 옷을 입거나 리본을 단 적도 없었죠?"

"없었어."

"이름은 뭐예요?"

"벤틀리 부인이야."

"그리고 늘 이 집에서 살았죠?"

"늘 그랬어."

"예쁜 적이 없었죠?"

"없었어."

"백만조 년 전에도 예쁘지 않았죠?"

두 여자 아이는 늙은 부인에게 귀를 기울인 후 여름날 오후 4시의 답답한 침묵 속에서 기다렸다.

"백만조 년 전에도 예쁘지 않았어."

벤틀리 부인이 말했다.

＊16＊

"더그 형, 메모지첩은 준비되었지?"
"그래."
더그는 연필에 침을 충분히 묻혔다.
"지금까지 뭘 적어 놓았어?"
"모든 의식."
"독립 기념일, 민들레 와인, 현관 그네를 내놓는 것 등이야, 음?"
"여기 봐. 1928년 6월 1일에 올해 여름 최초로 에스키모 파이를 먹었다."
"그건 여름이 아니야. 그땐 아직 봄이었어."
"어쨌든 최초는 최초잖아. 그래서 쓴 거야. 6월 25일에는 이 운동화를 샀어. 6월 26일에는 맨발로 잔디밭을 밟았어. 바쁘고, 바쁘고, 바빴어! 자, 톰, 이제 뭘 쓰면 좋을까? 처음 하는 일, 방학을 축하하는 멋진 의식, 예를 들면 계곡의 게 잡기나 물거미 잡기 같은 거?"

"아무도 물거미를 잡지는 못해. 물거미를 잡은 사람을 본 적 있어? 계속 생각해 봐!"

"생각하고 있어."

"그래?"

"네 말이 맞아. 잡은 사람은 없어. 아무도 물거미를 볼 수 없어서 그래. 그것들은 너무 빠르거든."

"그것들이 너무 빨라서가 아니야. 존재하지 않아서야."

톰이 생각에 잠겨 고개를 끄덕이며 말했다.

"그 말이 맞아. 그런 건 절대로 없어. 그래, 난 이렇게 쓰려고 해."

그는 몸을 숙이더니 형의 귀에 대고 속삭였다.

더글러스는 그것을 썼다.

둘이서 그것을 보았다.

"난 바보야!"

더글러스가 말했다.

"난 그런 생각을 해 본 적이 없거든, 넌 정말 영리하구나! 그건 사실이야. 노인들은 아이였던 적이 없어!"

"그건 좀 슬픈 일이야."

톰이 조용히 앉아서 말했다.

"우리가 노인들을 도와줄 길이 없어."

… 17 …

"이 도시는 기계로 가득 차 있어."
더글러스는 달리면서 말했다.
"아우프만 씨와 행복 기계, 펀 할머니와 로버타 할머니의 초록 기계. 자 이제, 찰리, 무슨 기계가 있다고?"
"타임머신이야!"
찰리가 숨을 헐떡이며 말했다.
"어머니와 스카우트와 인디언을 위해서!"
"과거와 미래로 여행하는 기계 말이야?"
그들 주위를 돌면서 존 허프가 물었다.
"과거만 돼. 모든 것을 가질 수는 없잖아. 자, 여기야."
찰리 우드먼은 울타리 앞에 섰다.
더글러스는 낡은 집 안을 들여다보았다.

"응, 프라이 대령의 집이네. 여기에 타임머신이 있을 리가 없지. 그는 발명가가 아니잖아. 그가 발명가였다면 타임머신 발명 같은 중요한 사실을 우리가 몰랐을 리 없잖아."

찰리와 존은 발꿈치를 들고 현관 계단을 올라갔다. 더글러스는 코웃음을 치고 고개를 절레절레 흔들며 올라가지 않았다.

"좋아, 더글러스."

찰리가 말했다.

"맘대로 해. 그래, 프라이 대령이 이 타임머신을 발명하진 않았어. 하지만 그 기계를 가지고 있어. 그건 쭉 여기 있었어. 우리가 너무 멍청해서 몰랐던 거야! 잘 가, 더글러스 스폴딩!"

찰리는 숙녀를 인도하듯이 존의 팔짱을 끼고 현관문을 연 후 안으로 들어갔다. 현관문에서는 쾅 소리가 나지 않았다.

더글러스는 현관문을 잡고 조용히 따라갔다.

찰리는 현관을 지나서 문을 두드린 후 안쪽 문을 열었다. 어둡고 기다란 홀을 지나자 방이 하나 나타났다. 그 방은 심해의 석굴처럼 희미한 연초록색 물기를 띤 채 빛나고 있었다.

"프라이 대령님?"

침묵.

"잘 듣지 못하셔."

찰리가 속삭였다.

"하지만 그냥 들어와서 소리를 지르라고 하셨어. 대령님!"

대답 대신 나선 계단 위에서 먼지가 빙빙 돌며 떨어질 뿐이었다. 잠시 후 홀 끝에 있는 바다 같은 방에서 미약하게 뭔가가 움직였다.

그들은 살살 걸어가 방 안을 들여다보았다. 방 안에 가구라고는 노인과 의자, 둘밖에 없었다. 노인과 의자는 서로 닮아 보였다. 너무나 여윈 노인과 얄팍한 의자가 마치 전구와 소켓, 근육과 관절처럼 꼭 붙어 있었다. 그밖에는 맨 마룻바닥과 전혀 도배가 안 된 벽과 천장, 엄청난 양의 고요한 공기뿐이었다.

"죽은 것 같아."

더글러스가 속삭였다.

"아니야, 새로 여행 갈 곳을 생각하고 계시는 거야." 찰리가 조용히 자신만만하게 말했다.

"대령님?"

갈색 가구 중 하나가 움직였다. 대령이었다. 그는 눈을 깜박이며 주위를 둘러보다가 초점을 맞추고 이 없는 입으로 함박웃음을 지었다.

"찰리구나!"

"대령님, 더그와 존도 왔어요."

"잘 왔다, 얘들아. 앉아라, 앉아!"

아이들은 불편하게 마루에 앉았다.

"하지만 어디에 있어, 그게……."

더그가 말했다. 찰리가 잽싸게 그의 옆구리를 찔렀다.

"뭐가 어디 있냐고?"

프리라이 대령이 물었다.

"우리가 찾아 봐야 소용이 없다고 말했어요."

찰리는 더글러스를 보고 씩 웃은 뒤 노인을 보고 웃었다.

"우리야 할 말이 없죠. 대령님, 대령님께서 말씀하세요."

"찰리야 잘 들어. 노인들은 부탁을 받아야만 이야길 한단다. 그때서 야 숨을 헐떡거리며 녹슨 엘리베이터처럼 덜커덕거리지."

"칭 링 수."

찰리가 불쑥 제안했다.

"에?"

대령이 말했다.

"보스턴."

찰리가 재촉했다.

"1910."

"보스턴 1910이라……."

대령은 얼굴을 찌푸렸다.

"뭐, 칭 링 수라고? 그래 맞아!"

"그래요, 대령님."

"보자……."

대령은 중얼거렸다. 그 목소리는 고요한 호수 위인 것처럼 멀리 떠내려갔다.

"보자……."

소년들은 기다렸다.

프리라이 대령은 눈을 감았다.

"1910년 10월 1일이야. 날씨가 맑은 차분하고 서늘한 가을밤이야. 보스턴의 버라이어티 극장이야, 그래, 거기야. 객석은 만원이고 모두 기다리고 있어. 오케스트라, 팡파르, 커튼! 칭 링 수. 위대한 동양 마술사야! 그가 무대 위에 서 있어! 그리고 내가 앞줄 가운데 앉아 있어!

'탄환 마술!' 그가 소리쳐. '지원자!' 내 옆에 있는 남자가 위로 올라가. '총을 살펴보십시오!' 칭이 말하는군. '탄환도 확인하시고요!' 그가 말해. '자, 내 얼굴을 표적으로 총을 쏘세요. 그러면,' 칭이 말하는 거야. '내가 이빨로 탄환을 잡을게요!"

프리라이 대령은 심호흡을 하고 멈추었다.

더글러스는 반은 당황하고 반은 경악하는 표정으로 대령을 바라보았다. 존 허프와 찰리는 완전히 넋을 잃었다. 이제 노인은 몸과 머리를 꼿꼿이 세우고 계속 말했다. 그는 입만 움직이고 있었다.

"'준비, 조준, 발사!' 칭 링 수가 소리쳐. 빵! 총에서 찢어지는 소리가 나. 빵! 칭 링 수가 비명을 지르며 비틀거리다 쓰러지고 있어. 얼굴이 온통 피투성이야. 아수라장이야. 관객들은 모두 일어서. '죽었어.'라고 누군가가 말하는군. 그 말이 맞아. 죽었어. 끔찍해, 끔찍해……. 잊지 못할 거야……. 얼굴은 빨간 피투성이야. 잽싸게 커튼이 내려오고 여자들은 울고 있어……. 1910년…… 보스턴…… 버라이어티 극장…… 불쌍한 사람…… 불쌍한 사람……."

프리라이 대령은 천천히 눈을 떴다.

"저, 대령님."

찰리가 말했다.

"아주 좋았어요. 이제 포니 빌 이야기 해 주실래요?"

"포니 빌이라……?"

"75년 초원에 계시던 때 이야기요."

"포니 빌이라……."

대령은 기억을 더듬었다.

"1875년이라…… 그래, 나와 포니 빌이 초원 중간의 언덕에서 기다리고 있어. '쉬!' 포니 빌이 말하는군. '들어 봐.' 초원은 다가올 폭풍에 대비하고 있는 거대한 무대 같아. 천둥소리. 아련히 들려오네. 다시 천둥소리. 그다지 멀지 않군. 초원 건너편에서 거대한 황색 구름이 검은 번개를 번득이며 불길하게 몰려오는군. 땅에 바짝 붙어서, 땅에서 2센티미터도 안 떨어진 곳에서. 폭 80킬로미터, 길이 80킬로미터, 높이 1.5미터 되는 거대한 구름이야. '하느님!' 난 외쳤어, '하느님!' 언덕 위에서부터, '하느님!' 대지는 미친 사람처럼, 공황 상태에 빠진 양 들썩였어. 내 몸은 뼈가 부서질 정도로 흔들렸어. 대지가 들썩였어. 탁, 탁, 펑! 우르르. 잘 안 쓰는 말이지. 우르르. 오, 그 강력한 폭풍이 위아래로 언덕 너머로 쉴 새 없이 우르르했어. 그리고 구름만 보였어. 안에는 아무것도 보이지 않았어. '바로 그것들이 오네!' 포니 빌이 소리쳤어. 구름이 아니라 먼지였어! 증기나 비가 아니었어. 바싹 마른 건초에서 피어오른 먼지는 옥수수가루나 꽃가루 같았어. 이제 태양이 보이고 햇빛이 비쳐 먼지가 불타는 것 같았어. 나는 다시 크게 외치고 말았어! 왜냐고? 그 지옥 불 같은 먼지가 걷히자 그게 뭔지 알았으니까. 맹세할 수 있어! 고대 초원의 거대한 군대, 들소, 버펄로였어!"

대령은 잠시 침묵한 후 다시 말하기 시작했다.

"검둥이 거인의 엄지손가락 같은 머리에, 화물차 같은 몸집! 스물, 쉰, 이십만 개의 미사일이 서쪽에서 튀어나와 길을 벗어나 쏟아지는 먼지 속으로 사라졌어! 버펄로의 눈은 활활 타는 석탄 같았어. 우르르 망각의 늪으로 몰려가 버렸어!"

대령은 침묵했다. 그리고 다시 침묵을 깼다.

"먼지가 걷히고 잠시 동안 버펄로의 등으로 가득 찬 바다, 소털 바다가 펼쳐졌어. 검은 털의 파도가 솟았다 가라앉았다 했어……. '발사!' 포니 빌이 말해. '발사!' 그리고 난 장전하고 조준해. '발사!' 그가 말해. 난 신의 오른팔인 것처럼 느끼면서 강력하고 난폭한 장관을 지켜보고 있어. 한낮의 기다란 슬픈 장례 열차처럼 그 장관이 영원히 사라져 가는 것을. 장례 열차에 총을 쏘아선 안 되잖아. 그렇지, 얘들아? 그렇지? 난 다만 먼지가 다시 가라앉아 서로 부딪치고 떠밀며 천지를 뒤흔드는 검은 운명을 감싸길 바랬어. 그리고 얘들아, 먼지가 가라앉았어. 그 먼지구름 때문에 천둥소리를 내고 먼지 폭풍을 일으킨 수백만 개의 발들이 보이지 않게 되었어. 포니 빌이 날 욕하며 내 팔을 쳤어. 하지만 난 그 먼지구름이나 먼지구름 속에 있는 군대를 향해 총알을 발사하진 않았어. 단지 시간이 빨리 지나가길 바란 것뿐이야. 모든 것이 그 버펄로의 폭풍 속에 감춰진 채 버펄로와 함께 영원으로 사라지는 걸 지켜보고 싶었을 뿐이야."

"그 폭풍우가 나보다 적대적일 사람들을 향해 지평선 너머로 사라지는 데 한 시간, 세 시간, 여섯 시간이 걸렸어. 포니 빌은 가 버렸어. 귀가 먹먹해진 채 난 혼자 서 있었어. 나는 160킬로미터 떨어진 남쪽 마을에서 감각이 마비된 상태로 걷고 있었어. 사람들의 목소리가 들리지 않았어. 안 들리는 게 다행이었어. 잠깐 들린 천둥소리를 기억하고 싶었어. 오늘 같은 여름날 비가 호수 위에 떨어질 때면 아직도 그 소리가 들려. 두렵고 경이로운 소리……. 너희들도 그 소리를 들어 봤어야 하는데……."

희미한 빛이 프리라이 대령의 커다란 코로 들어갔다. 그의 코는 미지근한 오렌지 차가 조금 담긴 하얀 백자 잔 같았다.

"주무시는 거야?"

마침내 더글러스가 물었다.

"아니야."

찰리가 말했다.

"배터리를 재충전하는 것뿐이야."

프라이 대령은 나지막하게 쌕쌕거렸다. 마치 장거리를 달리는 사람 같았다. 마침내 그가 눈을 떴다.

"그래요, 대령님!"

찰리가 경탄하며 말했다.

"찰리야, 안녕."

대령이 당황하며 아이들을 보고 웃었다.

"이쪽은 더그고, 이쪽은 존이에요."

찰리가 말했다.

"안녕, 얘들아."

아이들이 인사를 했다.

"하지만 어디에 있어? 그……."

더글러스가 말했다.

"이런, 바보야!"

찰리가 더글러스의 팔을 쳤다. 그는 대령에게로 몸을 돌렸다.

"이야기를 해 주고 계셨어요, 대령님."

"내가 그랬니?"

대령이 중얼거렸다.

"남북 전쟁이요."

존 허프가 조용히 제안했다.

"남북 전쟁도 기억하세요?"

"기억하느냐고?"

대령이 말했다.

"아, 기억하지. 기억하고 말고."

다시 눈을 감자 그의 목소리가 떨렸다.

"모든 걸 기억하지. 다만…… 내가 남군이었는지 북군이었는지 모르겠어……."

"군복의 색깔이."

찰리가 시작했다.

"색깔이 기억이 안 나."

대령이 속삭였다.

"그게 희미해. 군인들은 보이는데 오래전부터 코트나 모자 색깔은 안 보여. 난 일리노이에서 태어나 버지니아에서 자랐고 뉴욕에서 결혼을 했고 테네시에서 집을 지었고 지금은 다시 여기 그린타운으로 돌아와 살고 있지. 그래서 색깔이 뒤섞여 버린 거야……."

"하지만 어느 편 언덕에서 싸웠는지는 기억이 나시죠?"

찰리가 여전히 차분하게 말했다.

"해가 왼쪽에서 떠올랐어요, 아니면 오른쪽에서 떠올랐어요? 캐나다 쪽으로 행진하셨어요, 아니면 멕시코 쪽으로 행진하셨어요?"

"어떤 날은 해가 오른쪽에서, 어떤 날은 왼쪽 어깨 위로 떠올랐어. 사방으로 행진했어. 벌써 70년 전 일이야. 그렇게 세월이 많이 지나면, 아침이고 해고 다 잊어버린단다."

"이긴 건 기억나시죠? 어느 전투에선가 이기셨죠?"

"아니야."

노인이 깊은 생각에 잠겨 말했다.

"어디서도 누구도 이긴 사람은 없어. 전쟁에서 승리란 없단다, 찰리야. 항상 패배만 있을 뿐이야. 마지막으로 패배한 사람이 협상을 요구할 뿐이지. 내가 기억하는 것이라곤 수많은 패배와 슬픔뿐이야. 전쟁이 끝난 것만 좋은 일이야. 전쟁에서 이기는 유일한 방법은 전쟁을 끝내는 거란다. 찰리야. 총과는 아무 상관이 없단다. 하지만 너희들이 내게 듣고 싶은 승리가 이런 것은 아니겠지."

"앤티텀."

존 허프가 말했다.

"앤티텀에 대해 물어봐."

"난 거기에 있었어."

소년들의 눈이 밝게 빛났다.

"불 런, 대령님에게 불 런을 물어봐……."

"난 거기 있었어."

대령이 부드럽게 말했다.

"샤일로는 어땠어요?"

"한 번도 샤일로를 잊은 적이 없어. 너무나 사랑스러운 이름이지. 그 이름을 전투 기록에서 보다니 정말 부끄러운 일이야."

"샤일로. 그러면 섬터 요새는요?"

"총의 연기가 피어오르는 걸 처음 본 게 거기야."

꿈꾸는 목소리로 대령이 말했다.

"너무나 많은 것이 기억나. 너무나 많은 것이. 노래가 생각나. '오늘 밤 포토맥 강가 사방이 고요하네. 군인들은 꿈꾸며 평화롭게 누워 있네. 텐트에는 청명한 가을 달빛, 모닥불 빛 환하게 비추이네.' 기억이 나, 기억이 나······. '오늘 밤 포토맥 강가 사방이 고요하네. 강물 흐르는 소리만 들리네. 죽은 자의 얼굴 위에 조용히 이슬이 맺히고, 영원히 비변이네······!' 항복을 한 후 링컨은 백악관 발코니에서 '멀리 보라, 멀리 보라, 멀리 보라, 딕실랜드······.'를 연주하라고 했지. 그런 뒤 어느 날 밤 보스턴에 사는 숙녀가 노래를 썼는데, 그 노래는 천년은 갈 거야. '내 눈은 신의 영광을 본 적이 있네. 신은 분노의 포도를 밟아 포도주를 빚으시네.' 늦은 밤이면 입가에 언젠가 부르던 그 노래가 다시 떠올라. '그대 딕시의 기사여! 누가 남쪽 해변을 지키나······.', '소년들이 승리하여 집으로 돌아오면, 형제여, 그대는 월계관을 얻으리······.' 양편에서 부른 많은 노래가 밤바람을 타고 북쪽으로, 남쪽으로 흘러갔어. '우린 가고 있네, 에이브러햄이여, 30만이 더 가고 있네······.', '오늘 밤 텐트를 치네, 텐트를 치네, 오랜 야영지에 텐트를 치네.', '야, 야, 우린 축제를 여네, 야, 야, 해방의 깃발을 들고 오네······.'"

노인의 목소리가 사라졌다.

소년들은 꼼짝도 하지 않고 한참 앉아 있었다. 그러고 나서 찰리가 몸을 돌려 더글러스를 보고 말했다.

"자, 대령님이 그거 맞지?"

더글러스는 두 번 숨을 쉬고 말했다.

"확실히 그거야."

민들레 와인 | **143**

대령이 눈을 떴다.

"내가 확실히 뭐라고?"

그가 물었다.

"타임머신이요."

더글러스가 중얼거렸다.

"타임머신이요."

대령은 꼬박 5초 동안이나 아이들을 바라보았다. 이제 그의 목소리는 두려움으로 가득 찼다.

"너희들은 날 그렇게 부르니?"

"그래요, 대령님."

"그래요."

대령은 천천히 의자에 몸을 기대고 아이들을 보았다가, 자신의 손을 보았다가, 그런 다음 그들의 뒤에 있는 빈 공간을 조용히 바라보았다.

찰리가 일어났다.

"저, 저희는 갈게요. 안녕히 계세요. 그리고 고맙습니다, 대령님."

"뭐라고? 아, 잘 가라, 애들아."

더글러스와 존과 찰리는 발꿈치를 들고 살살 걸어 문밖으로 나왔다. 그들이 사라져 갔지만 프리라이 대령은 그들이 가는 걸 보지 않았다.

누군가가 2층 창문에서 소리를 지르는 바람에 거리로 나온 아이들이 깜짝 놀랐다.

"헤이!"

그들은 올려다보았다.

"네, 대령님?"

대령은 창밖으로 몸을 내밀고 팔을 흔들었다.

"너희의 말을 생각해 보았는데!"

"네, 대령님?"

"그런데, 너희 말이 맞아! 왜 내가 전에는 그 생각을 못 했지? 타임머신, 그래, 타임머신이야!"

"네, 그래요."

"잘 가라, 애들아. 언제든 또 와!"

거리 끝에서 그들은 다시 돌아보았다. 대령은 아직도 손을 흔들고 있었다. 그들도 기분이 좋아져서 대령을 마주 보며 손을 흔들었다. 그러곤 계속 갔다.

"난 12년 전으로 여행할 수 있어. 탕, 칙칙폭폭, 땡땡!"

찰리가 조용한 집을 돌아보며 말했다.

"음, 하지만 백 년 전으로 갈 순 없잖아."

"그래."

존이 생각에 잠겼다.

"백 년 전으로 갈 수는 없어. 그거야말로 진짜 시간 여행이지. 그거야말로 진짜 타임머신이지."

그들은 1분 정도를 묵묵히 발만 바라보고 걷다가 울타리에 도착했다.

"이 울타리를 마지막으로 넘어가는 사람은, 여자."

더글러스가 말했다.

집으로 오는 길 내내 그들은 더글러스를 "도라"라고 불렀다.

18

톰이 자정이 훨씬 지난 시간에 깨어 보니 더글러스가 손전등을 켜고 노란 메모지에 뭔가를 재빨리 쓰고 있었다.

"더그 형, 뭐야?"

"뭐냐고? 모든 일이 다 일어났어! 톰, 내가 축복을 얼마나 많이 받았나 헤아리고 있어! 여길 봐. 행복 기계는 고장났어, 그렇지? 하지만 상관없어! 어쨌든 1년을 전부 늘어놓아 보았어. 중앙로 어딘가로 갈 필요가 있을 때는 그린타운 전차를 타고 가 둘러보면 돼. 중앙로가 아닌 곳으로 뛰어갈 필요가 있으면 펀 할머니와 로버타 할머니의 현관문을 두드리고 소형 전기차에 배터리를 충전한 후 보도로 내려가면 돼. 골목을 달려가거나 담장을 뛰어넘으려면, 그리고 그린타운 안에서 뒤로 돌아가거나 언덕을 올라가야만 보이는 곳에 가려면, 새 운동화만 신으면 돼. 운동화, 소형차, 전차! 난 결정했어. 그러나 톰, 더 좋은 게, 더 좋은 게 있어. 들어 봐! 멍청한 사람들이 생각조차 못한 곳에 가고 싶다면, 1890년으로 돌아갔다가 1875년으로 갔다가 1860년으로 되돌아가고 싶다면, 늙은 프리라이 대령의 고속 타임머신을 타면 돼. 여기 그렇게 쓰고 있는 중이야. '어쩌면 노인들은 벤틀리 부인처럼 아이인 적이 없었는지 모른다. 하지만 그들 중 극소수는 1865년 아포마톡스에 서 있었다.' 그들은 인디언의 시력을 가지고 있어서 우리보다 훨씬 더 멀리 볼 수 있어."

"아주 근사한데, 형. 그게 무슨 뜻이야?"

더글러스는 계속 썼다.

"우리가 먼 데로 여행갈 기회가 노인들의 반도 안 된다는 거야. 운이 좋으면 우리는 40년이나, 45년이나, 50년 앞을 내다보겠지. 노인들에게 그런 시간은 한 블록에 지나지 않아. 엄청나게 멀리까지 여행을 하려면 아흔 살, 아흔다섯 살, 백 살까지는 살아야 해."

손전등이 꺼졌다.

그들은 달빛을 받으며 거기 누워 있었다.

더글러스가 속삭였다.

"톰, 난 그 모든 곳을 다 여행해 보아야 해. 내가 볼 수 있는 건 다 볼 거야. 하지만 무엇보다 일주일에 한 번, 두 번, 세 번은 프리라이 대령 댁을 방문할 거야. 대령님이 최고의 타임머신이야. 대령님이 이야기를 하면 듣기만 하면 돼. 그리고 대령님이 이야기를 하면 할수록 사물을 더 잘 살펴보고 더 잘 알아차릴 수 있게 돼. 그 분은 우리가 아주 특별한 열차를 타고 있다고 하셨어. 그래, 틀림없어. 그건 정말이야. 대령님은 궤도를 따라가고 있다는 그 사실을 알고 계셔. 이제 여기부터는 우

민들레 와인 | 147

리가 가는 거야, 너하고 나도 같은 궤도를 따라가는 거야. 하지만 계속 더 많이 보고 냄새를 맡고, 일들을 더 잘 처리하기 위해서는 프리라이 대령님이 필요해! 계속 나아가 활기찬 표정으로 매 순간을 기억하기 위해서 대령님이 필요해! 모조리 하나도 빼먹지 말고 기억하는 거야! 그러면 네가 정말 늙었을 때 애들이 오면 대령님이 해 주신 일을 그대로 해 줄 수 있을 거야. 톰, 바로 그거야. 대령님을 자주 방문해 이야기를 들어야겠어. 그래서 가능한 한 자주 대령님과 함께 멀리 여행해야겠어."

톰은 잠시 조용히 있었다. 그리고 나서 어둠 속에 있는 더글러스를 보았다.

"멀리 여행 갈 거야?"

"어쩌면 그렇고, 어쩌면 아니야."

"먼 여행이라."

톰이 속삭였다.

"확실한 건."

더글러스가 눈을 감고 말했다.

"분명히 외롭다는 거야."

19

쾅! 큰 소리를 내며 문이 닫혔다. 다락방 책상과 책꽂이에서 먼지가 쏟아져 내렸다. 두 할머니가 다락방 문에 기댄 채 털썩 주저앉았다. 두 사람은 각기 다락방 문을 꼭꼭 잠그려고 발버둥 쳤다. 바로 머리 위 지붕에서 천 마리 비둘기가 날아간 것 같았다. 그들은 마치 무거운 짐을 진 사람들처럼 몸을 숙이고, 날개짓 소리를 피했다. 그런 뒤 충격으로 입을 다물지 못했다. 그들이 들은 소리는 다만 공포의 소리, 자신들의 심장 소리일 뿐이었다……. 그 커다란 심장 소리를 뚫고, 둘은 서로에게 이야기를 하려고 애썼다.

"우리가 무슨 짓을 한 거야! 불쌍한 쿼터메인 씨!"

"우리가 그를 죽인 게 분명해. 그리고 누군가가 우리를 보고 따라왔을 게 분명해. 보자……."

펀 할머니와 로버타 할머니는 거미줄이 쳐져 있는 다락방 창문으로 밖을 내다보았다. 아래에는 비극적인 사건이 전혀 일어나지 않은 양, 신선한 햇빛을 받으며 아직도 자작나무와 느릅나무가 자라고 있었다. 한 소년이 보도 위를 걸어갔다 돌아오고 다시 걸어가다가 위를 올려다 보았다.

다락 안의 두 할머니는 서로를 바라보았다. 마치 흐르는 시냇물에 비친 자신들의 얼굴을 보기라도 하는 것처럼.

"경찰!"

그러나 아래층 문을 두드리고 "법의 이름으로!"라고 소리치는 사람은 아무도 없었다.

"저기 저 아이는 누구지?"

"더글러스, 더글러스 스폴딩이야! 하느님, 초록 기계를 태워 달라고 온 걸 거야. 그는 몰라. 우린 자만심 때문에 망한 거야. 자만심과 저놈의 전동차 때문에!"

"검포트 폴스에서 온 그 빌어먹을 영업사원 때문이야. 그 사람 잘못이야. 그와 그가 한 말에 속은 게 잘못이야."

말, 말, 여름날 지붕 위에 떨어지는 부드러운 빗소리 같은 말.

갑자기 과거 어느 날, 그날 정오가 되돌아왔다. 그들은 하얀 부채와 시원한 라임 젤로 한 접시를 들고 현관 나무 그늘 아래 앉아 있었다.

그때 눈부신 노란 햇빛을 받으며 왕자의 마차처럼 찬란하게 번쩍이는 것이 나타났다…….

그 초록 기계!

그것은 미끄러지듯 앞으로 나아갔고, 바닷바람처럼 속삭였으며 단풍잎처럼 섬세하고 계곡 물보다 더 신선했다. 대낮에 어슬렁대는 위엄 있는 고양이처럼 가르랑거렸다. 그 기계 안에 귀까지 눌러쓴 파나마모자가 보였다! 검포트 폴스에서 온 영업 사원이었다! 달아오른 하얀 보도를 그 기계의 고무 타이어가 부드럽고 조심스럽게 스치듯이 올라오더니, 현관 계단 앞에서 휙 하고 회전한 후 멈추었다. 파나마모자로 햇빛을 가린 그 영업 사원이 뛰어내렸다. 작은 그늘 속에서 그가 미소를 빛냈다.

"제 이름은 윌리엄 타라입니다! 그리고 이건."

그는 경적을 눌렀다. 경적 소리가 났다.

"경적입니다!"

그는 검은 새틴 천으로 된 쿠션을 들어 올렸다.

"저장 배터리입니다!"

더운 공기 중으로 번개 냄새가 났다.

"운전대입니다! 발 받침대입니다. 머리 위에 파라솔이 있습니다! 이게 바로 초록 기계입니다!"

다락의 어둠 속에서 눈을 감은 채로 처음 초록 기계를 본 때를 기억해 낸 그 두 할머니는 부들부들 떨었다.

"왜 그때 우리가 그를 바늘로 찌르지 않았지!"

"쉿! 들어 봐."

누군가가 아래층 현관문을 두드렸다. 잠시 후 두드리는 소리가 멈추었다. 한 여자가 마당을 가로질러 옆집으로 들어가는 것이 보였다.

"라비니아 넵스일 뿐이야. 설탕 빌리려고 빈 컵을 들고 온 것 같아."

"날 좀 잡아 줘. 난 무서워."

그들은 눈을 감았다. 다시 회상이 시작되었다. 검포트 폴스에서 온 남자가 철제 트렁크 위에 낡은 밀짚모자를 놓는 모습이 갑자기 떠올랐다.

"고맙습니다. 차가운 차를 좀 마시겠습니다."

찬 음료가 들어가자 그의 위가 움찔하는 걸 무언중에 느낄 수 있었다. 그리고 나서 그는 조그만 전등으로 눈과 코와 입을 들여다보는 의사처럼 그들을 바라보았다.

"숙녀님들, 두 분 모두 건강하신 걸 압니다. 그렇게 보이십니다."

그는 손가락으로 딱 소리를 냈다.

"여든이라는 나이가 두 분께는 아무 의미가 없죠! 하지만 너무너무 바쁜 때가 있으시잖아요. 어려울 때 정말 친구, 친구가 필요한 때가 있으시죠. 그 친구가 바로 2인용 의자가 있는 이 초록 기계입니다."

그는 박제된 여우의 초록색 유리 같은 눈을 빛내며 그 멋진 기계를 계속 바라보았다. 그것은 더운 여름날 햇빛 속에서 새 물건 냄새를 풍기면서 그들을 기다리고 서 있었다. 편하게 바퀴까지 달린 안락의자였다.

"백조의 깃털처럼 조용합니다."

그가 자신들의 얼굴에 대고 부드럽게 숨쉬는 게 느껴졌다.

"들어 보세요."

그들은 들었다.

"이 저장 배터리는 완전히 충전이 되어 있어 당장 타실 수 있습니다! 들어 보세요! 하나도 덜덜거리지 않고 아무 소리도 나지 않습니다. 전기를 씁니다. 밤마다 차고에서 재충전을 하면 됩니다."

"그런 일은 없겠죠?"

여동생 쪽에서 차가운 차를 꿀꺽 마시면서 말했다.

"말하자면, 사고로 감전되는 일은 없겠죠?"

"말도 안 됩니다!"

그는 다시 기계에 탔다. 그는 치과에 전시되어 있는 이, 혼자 있다가 밤늦게 지나갈 때면 씩 웃는 그런 이를 지니고 있었다.

"티 파티입니다!"

그는 그 소형차와 왈츠를 추듯이 한 바퀴 돌아 보였다.

"브릿지 클럽에 갑니다. 밤 마실을 갑니다. 축제에 갑니다. 점심 식사에 갑니다. 생일잔치에 갑니다!「미국 독립 전쟁의 딸들 협회」에서 여는 조찬에 갑니다."

그는 마치 영원히 달려갈 것처럼 멀리 갔다. 그 고무 타이어는 조용히 돌아왔다.

"골드 스타 어머니 저녁 식사에 갑니다."

그는 여자 흉내를 내며 얌전하게 앉아 있었다.

"운전하기가 쉽습니다. 조용히 우아하게 출발하고 멈춥니다. 면허증이 필요 없습니다. 더운 날에는, 바람을 쐬십시오. 아……."

그는 머리를 뒤로 젖히고 머리카락을 휘날리며 달콤한 생각에 잠긴 듯 눈을 감고 바람 속을 가르며 현관 옆을 미끄러져 갔다.

그는 모자를 벗고 아주 공손한 태도로 현관 계단을 올려다보았다. 그리고 낯익은 교회 제단을 보듯이 시제품을 응시했다. "숙녀분들."

그가 부드럽게 말했다.

"25달러를 깎아 드리죠. 한 달에 10달러씩 2년만 내시면 됩니다."

먼저 계단을 내려와서 2인용 의자에 앉은 사람은 펀 할머니였다. 그녀는 근심스러운 표정으로 앉았다. 손이 근지러웠다. 그녀는 손을 들었다. 용기를 내 둥근 고무 경적을 눌러 보았다.

경적이 울렸다.

로버타 할머니도 신이 나서 소리를 지르며 난간 위로 몸을 숙여 그 기계를 바라보았다.

영업 사원도 같이 즐거워했다. 그는 감탄사를 연발하며 언니를 호위하여 계단을 내려왔다. 그와 동시에 그는 펜을 꺼내고 밀짚모자 속에서 종이 같은 걸 찾았다.

"그래서 우리가 그걸 샀지!"

로버타 할머니가 기억해 냈다. 다락방 속에서 그들은 자신들이 얼마나 무모했는지를 생각하고 치를 떨었다.

"우리가 조심했어야 해! 그게 축제 때 롤러코스터에 있는 작은 자동차 같다고 생각했어!"

"자."

펀 할머니가 그 당시에 그 기계를 살 수밖에 없었던 이유를 늘어놓았다.

"난 몇 년간이나 엉덩이가 아팠어. 그리고 언니는 걸으면 금방 피곤해했어. 그 기계는 너무 세련되고 품위 있어 보였어. 마치 후프 치마를 입던 옛 시절처럼. 그 기계는 항해하듯이 미끄러져 나갔어! 초록 기계는 너무나 조용히 항해했어."

그 기계는 유람선처럼 운전하기가 아주 쉬웠다. 손으로 막대 핸들을 돌리기만 하면 되었다, 등등.

오, 그 영광스럽고 매력적이던 첫 일주일. 황금빛으로 빛나던 마술 같은 오후. 꿈꾸는 영원한 강을 따라 나지막한 소리를 내며 그늘진 마을을 돌아다니던 일. 꼿꼿하게 앉아서 아는 사람들이 지나가면 앉아서 미소를 짓고 주름진 손으로 조용히 회전하던 일, 교차로에서 검은 고무 경적을 울리고 때때로 더글러스나 톰 스폴딩이나 걷고 있는 아무 아이나 붙잡고 나란히 이야기를 하다가 잠깐 태워 주던 일. 최대 속도로 가도 한 시간에 25킬로미터 정도로 천천히 쾌적하게 가던 일. 그녀들은 여름 햇빛과 그늘 사이를 드나들었고 지나치는 나무 그늘에 얼굴이 부분적으로 혹은 전부 덮였다. 자신들의 얼굴은 오래 돌린 영상처럼 사라졌다 나타나곤 했다.

"그랬는데……"

펀 할머니가 속삭였다.

"오늘 아침에! 오, 오늘 아침에!"

"그건 사고였어."

"하지만 우린 뺑소니쳤잖아. 그건 범죄야!"

오늘 정오였다. 그들은 그 기계의 가죽 쿠션과 자신들의 회색 주머니에서 나는 향기를 맡으면서 초록 기계로 나른한 소도시를 조용히 누비고 있었다.

순식간에 일어난 일이었다. 정오에 보도 위를 부드럽게 미끄러져 가고 거리가 후끈 달아 있는 데다 그늘이라곤 잔디밭 위의 나무 그늘밖에 없었다. 날카로운 경적을 울리며 막다른 골목으로 미끄러져 가고 있었다. 어디선가 상자에서 튀어나온 용수철 인형처럼 갑자기 쿼터메인 씨가 나타났다.

"조심하세요!"

펀 할머니가 비명을 질렀다.

"조심하세요!"

로버타 할머니가 비명을 질렀다.

"조심하세요!"

쿼터메인 씨가 외쳤다.

두 여자는 운전대를 잡지 않고 서로 부둥켜안았다.

끔찍한 충돌이었다. 초록 기계는 밤나무 그늘, 익어 가는 사과나무를 스쳐 더운 대낮 속으로 항해해 들어갔다. 단 한 번 뒤돌아보고 두 할머니의 눈은 공포로 가득 찼다.

노인은 보도 위에 꼼짝 않고 누워 있었다.

"그리고 우리가 여기로 온 거야."

펀 할머니가 어두워 가는 다락방에서 울며 말했다.

"오, 왜 우리가 멈추지 않았지! 왜 우리가 도망쳤지?"

"쉬!"

그들은 둘 다 들었다.

아래층에서 똑똑 소리가 다시 났다.

그 소리가 멈추고 어두워져 가는 잔디밭을 가로질러 가는 남자 아이의 모습이 보였다.

"더글러스 스폴딩이 초록 기계를 태워 달라고 다시 온 것뿐이야."

둘 다 한숨을 쉬었다.

시간이 지나갔다. 해가 지고 있었다.

"오후 내내 여기 있었어."

로버타 할머니가 피곤해하며 말했다.

"모두가 잊을 때까지 3주 동안이나 다락에 있을 순 없어."

"우린 굶어 죽을 거야."

"그럼 뭘 할까? 우릴 보고 따라온 사람이 있을까?"

그들은 서로 바라보았다.

"아니, 아무도 본 사람은 없어."

마을은 조용했다. 자그마한 집들마다 불을 켰다. 아래에서는 물에 젖은 잔디 냄새와 저녁 짓는 냄새가 났다.

"고기를 올려놓을 시간이야."

펀 할머니가 말했다.

"10분 있으면 프랭크가 올 거야."

"감히 내려가 봐도 될까?"

"집이 비어 있으면 프랭크가 경찰을 부를 거야. 그러면 문제가 더 복잡해질 거야."

해는 빨리 저물었다. 이제 깜깜한 어둠 속에서 그들 두 사람만 움직이고 있었다. 펀 할머니가 물었다.

"그가 죽었을까?"

"쿼터메인 씨?"

잠시 침묵.

"응."

로버타 할머니는 망설였다.

"저녁 신문을 찾아보면 돼."

그들은 다락방 문을 열고 아래로 내려가는 계단을 조심스럽게 살펴보았다.

"오, 프랭크가 이 일을 알면 초록 기계를 뺏어 버릴 거야. 그건 정말 귀엽고, 타기도 좋고, 시원하게 바람 쐬기도 좋고, 도시를 둘러보기도 좋은데……."

"프랭크에게 알리지 말자."

"그럴까?"

그들은 서로 부축하며 삐걱대는 계단을 지나 2층으로 내려왔다. 무슨 소리가 들리나 하고 멈추었다……. 부엌에서 식품 저장고 쪽을 보다가 겁에 질린 눈으로 창밖을 내다보다가 마침내 햄버거를 만들기 시작했다. 5분간 조용히 요리를 하던 펀 할머니가 슬픈 표정으로 로버타 할머니를 보고 말했다.

"쭉 생각해 봤는데, 우린 늙고 몸도 약해. 인정하고 싶지 않지만, 우린 위험해. 우린 뺑소니를 친 거야. 그건 사회적으로 잘못된 일이야."

"그리고……?"

두 자매가 마주 보자 프라이팬 위에 침묵이 내려앉았다. 그들은 손에 아무것도 들고 있지 않았다.

펀 할머니가 오랫동안 벽을 바라보았다.

"내 생각에, 다시는 초록 기계를 몰아서는 안 될 것 같아."

로버타 할머니는 여윈 손으로 접시를 집어 들고 있었다.

"영원히…… 안 돼?"

그녀가 말했다.

"안 돼."

"하지만 그걸 없앨 필요는 없잖아, 그렇지? 그냥 가지고 있을 수는 있지, 그렇지?"

로버타 할머니가 말했다.

펀 할머니는 곰곰 생각해 보았다.

"그래, 그냥 가지고 있는 것은 괜찮을 것 같아."

"그렇게만 되어도 좋아. 당장 나가 배터리 선을 끊어 버릴래."

로버타 할머니가 막 출발하려는 찰나에 쉰여섯 먹은 동생인 프랭크가 들어왔다.

"안녕, 누나들!"

그는 소리쳤다.

로버타 할머니가 아무 말도 하지 않고 그를 지나 여름 석양 속으로 사라졌다. 프랭크는 신문을 들고 있었다. 순식간에 펀 할머니는 신문을 낚아챘다. 부들부들 떨면서 그녀는 신문을 읽고 또 읽었다. 그리고 한숨을 쉬면서 돌려주었다.

"지금 막 밖에서 더글러스 스폴딩을 봤어. 누나에게 전해 줄 말이 있대. 걱정하지 말라고 하래. 걔가 다 봤는데 다 잘 되었대. 그게 무슨 뜻이야?"

"나도 무슨 말인지 모르겠어."

펀 할머니는 등을 돌리고 손수건을 찾았다.

"아, 그래. 애들은 참……."

그녀는 오랫동안 등을 돌리고 있더니 어깨를 들썩이기도 했다.

"저녁 식사 거의 다 됐어?"

그가 명랑하게 물었다.

"그래."

펀 할머니는 식사를 차렸다.

밖에서 경적 소리가 들렸다. 한 번, 두 번, 세 번…… 멀리서 울렸다.

"저건 무슨 소리야?"

프랭크가 부엌 창문 밖으로 석양 속을 보았다.

"로버타 누나가 뭘 하는 거야? 로버타 누나가 초록 기계에 앉아서 고무 경적을 누르고 있네!"

한 번, 두 번 더, 석양 속에서 부드럽게 울리는 경적 소리는 슬픈 동물 소리 같았다.

"누나가 왜 저래?"

프랭크가 물었다.

"그냥 내버려 둬!"

펀 할머니가 날카롭게 외쳤다.

프랭크는 놀란 것처럼 보였다.

잠시 후 로버타 할머니는 아무도 쳐다보지 않고 조용히 들어왔다. 그들은 모두 저녁을 먹기 위해 식탁에 앉았다.

✳20✳

　지붕에 최초의 햇살이 비친다. 아주 이른 아침이다. 모든 나뭇잎이 새벽 바람에 떨며 부드럽게 깨어난다. 그러고 나면 멀리서, 은빛 선로를 돌아 전차가 다가온다. 귤빛 전차에는 파르스름한 작은 쇠 바퀴가 네 개 달려 있다. 반짝이는 구리 장식을 하고 있으며 황금빛 파이프도 달려 있다. 늙은 기관사가 구겨진 신발로 크롬 종을 살짝 건드리면 종이 울린다. 전차의 앞면과 옆면에 써 있는 숫자들은 연한 레몬 색이다. 전차 안쪽에는 따끔거리는 초록 이끼 같은 의자가 있다. 전차 지붕 위의 파리채 모양의 막대가 지나가는 나무에 매달린 거미줄을 걷어 낸다. 모든 창문에서는 향기가 난다. 사방에 퍼져 있는 여름 폭풍과 번개에서 나는 푸르고 은밀한 향기다.
　느릅나무가 길게 늘어선 거리를 따라서 전차가 움직이고 기관사의 회색 장갑은 영원히 부드럽게 운전대를 쥐고 있다.

정오에 기관사가 시내 한가운데서 차를 멈추고 밖으로 몸을 내밀었다.

"헤이!"

더글러스와 찰리와 톰과 그 동네 아이들 모두 회색 장갑을 흔드는 그를 보았다. 그들은 나무에서 뛰어내리고, 줄넘기 줄을 잔디밭에 흰 뱀처럼 버려 두고 뛰어와 초록색 벨벳 의자에 앉았다. 무료였다. 차장인 트리든 씨는 요금함 입구를 장갑으로 가리고 그늘진 아래쪽으로 전차를 몰았다.

"헤이!"

찰리가 말했다.

"어디로 가세요?"

"마지막 운전이란다."

트리든 씨가 높다란 전깃줄을 보면서 말했다.

"이제 더 이상 전차는 안 다닌단다. 내일부터 버스가 다닐 거야. 내게 연금을 주며 은퇴하란다. 그래서, 오늘은 모두 공짜야! 조심해라!"

그는 쇠 손잡이를 위아래로 움직였다. 전차는 신음 소리를 내며 초록색 나무가 끝없이 이어진 모퉁이 길을 돌 때마다 흔들거렸다. 마치 아이들과 트리든 씨와 그의 놀라운 전차만이 강을 타고 끝없이 멀리 떠내려가고 이 세상의 시간은 멈춘 것 같았다.

"마지막 날이라고요?"

더글러스가 충격을 받아 물었다.

"어떻게 그럴 수가 있어요? 초록 기계가 차고에 처박히고 사라진 것도 속상한데. 그리고 내 새 운동화가 낡아서 속력이 떨어지는 것도 속상한데! 어떻게 돌아다니란 말이에요? 하지만…… 하지만…… 전차는 없어지면 안 돼요!"

더글러스가 계속 말했다.

"왜냐하면 아무리 봐도 버스는 전차와 달라요. 소리도 다르죠, 철도나 전선도 없죠, 불꽃도 안 튕기죠, 철로 위에 모래도 안 뿌려요. 또 색깔도 다르죠, 종도 없죠, 전차처럼 계단이 내려오지도 않아요!"

"헤이, 맞아."

찰리가 말했다.

"전차가 아코디언처럼 계단을 내리는 것을 보면 늘 기분이 좋아."

"물론이지."

더글러스가 말했다.

마침내 그들은 종점, 은빛 철도가 있는 곳까지 왔다. 그 철도는 시골로 계속 이어지지만 18년 동안 다니지 않은 것이었다. 18년 전에는 이 철도를 계속 타고 체스먼 공원까지 가서 어마어마한 야유회를 열었다. 그 철도는 철거되지 않고 녹이 슨 채 아직도 언덕 사이에 있었다.

"여기서 돌아가야 하네요."

찰리가 말했다.

"아니야!"

트리든 씨가 비상 발전기 스위치를 켜면서 말했다.

"자!"

전차는 미끄러지고 부딪치면서 시 경계를 넘어 계속 나아갔다. 햇빛이 드문드문 나타나고 독버섯이 향긋한 커다란 그늘을 통과해 언덕을 휩쓸고 내려갔다. 철도 여기저기 계곡 물이 튀고 나무 사이로 비치는 해는 초록색 유리 같았다. 그들은 야생 해바라기로 뒤덮인 초원을 미끄러져 구멍 뚫린 환승권이 나뒹구는 기차역을 지나 숲 속의 시냇물과 나란히 달렸다. 그동안 더글러스는 말했다.

"아니, 바로 전차 냄새, 그 냄새야. 버스 냄새는 달라. 시카고에서 버스를 타 봤는데, 이상한 냄새가 나."

"전차는 너무 느려."

트리든 씨가 말했다.

"버스를 타야 해. 일반용 버스랑 스쿨버스가 다닐 거야."

전차는 끽 소리를 내며 멈추었다. 트리든 씨가 머리 위에서 엄청나게 큰 소풍 바구니를 내렸다. 아이들이 함성을 지르며 그 바구니를 시냇가로 옮기는 걸 도왔다. 그 시내는 고요한 호수로 흘러갔고 호수에 이르면 흰개미가 갉아 먹은 옛 야외음악당이 나타났다.

그들은 햄 샌드위치와 신선한 딸기와 반짝이는 오렌지를 먹었고, 트리든 씨는 12년 전 이야기를 해 주었다.

"밤이면 저 화려한 무대에서 악단이 연주를 했지. 악사가 뺨을 불룩하게 하고 힘껏 호른을 불고, 땀을 뻘뻘 흘리며 뚱뚱한 지휘자가 지휘봉을 휘둘렀단다. 아이들과 반딧불은 깊은 풀밭으로 뛰어다니고, 긴 치마와 꼭 붙는 윗도리를 입은 숙녀들은 숨 막히도록 꼭 졸라맨 깃을 세운 신사들과 실로폰처럼 통나무가 깔린 길을 걸었어. 지금도 그 길이 있는데 세월이 지나 다 부서져서 가루가 되어 버렸어."

호수는 조용하고 푸르고 고요했다. 밝은 갈대 사이를 물고기가 평화롭게 오가고 있었다. 기관사는 계속 중얼거렸고 아이들은 옛날로 돌아간 느낌이었다. 트리든 씨는 젊고 멋져 보였고, 눈은 작은 전구처럼 파랗게 빛났다. 하루가 그저 무심하고 편하게 흘러갔다. 주위는 온통 숲이었다. 아무도 서두르지 않았고 태양은 정지해 버렸다. 트리든 씨의 목소리가 커졌다 작아졌다 했다. 엄청난 바늘이 공기 속에서 한 땀 한 땀 뜨고 또 떠서 보이지 않는 금빛 무늬를 수놓고 있었다. 벌이 윙윙대며 꽃에 앉았다. 전차는 마법에 걸린 증기 오르간처럼 서 있고 햇살이 닿는 곳은 달아오르고 있었다. 청동 냄새를 풍기는 전차 곁에서 그들은 잘 익은 버찌를 먹었다. 그들의 옷에 스민 밝은 전차 냄새가 여름바람에 퍼졌다.

새가 울면서 하늘 위를 날아갔다.

누군가가 몸을 떨었다.

트리든 씨가 장갑을 꼈다.

"자, 갈 시간이 되었다. 부모님들이 내가 너희들을 다 납치해 간 줄 알겠다."

전차는 아이스크림 가게 안처럼 조용하고 시원했으며 어두웠다. 아이들은 조용히 의자에서 몸을 돌렸다. 의자의 녹색 벨벳 천이 바스락댔다. 이제 그들은 고요한 호수, 버려진 악단의 무대, 다리를 등 뒤로 하고 앉았다. 건너갈 때면 음악 소리를 내는 다리였다.

뎅! 트리든 씨의 발 아래서 종소리가 부드럽게 울렸다. 아이들은 태양이 지고 꽃이 시든 초원과 숲을 지나 마을로 돌아왔다. 트리든 씨가 아이들을 내려 주려고 그늘진 거리에 멈추자, 도시의 벽돌과 아스팔트와 나무가 전차를 에워싸는 것 같았다.

찰리와 더글러스는 마지막까지 전차 입구에 서서 접히는 계단, 숨결 같은 전기, 청동 운전대 위에 있는 트리든 씨의 장갑을 지켜보았다.

더글러스는 초록색 이끼 같은 의자 천을 손가락으로 만지작대며 은

민들레 와인 **165**

색, 동색, 포도주 색깔이 섞인 천장을 보았다.

"자…… 안녕히 가세요, 트리든 씨."

"잘 가라, 얘들아."

"다시 봬요, 트리든 씨."

"그래 다시 보자."

대기 중으로 부드러운 한숨이 새어 나왔다. 주름진 혀를 집어넣으면서 조용히 전차 문이 닫혔다. 그 진한 귤색 전차는 늦은 오후의 태양보다 밝은 황금색과 레몬 색을 번쩍이며 천천히 가다가 바퀴 소리를 내며 모퉁이를 돌더니 멀리 사라져 버렸다.

"스쿨버스!"

찰리는 모퉁이로 걸어갔다.

"이제 학교에 지각할 수도 없을 거야. 버스가 집 문 앞까지 와서 데려갈 테니까. 이제 다시 지각은 없을 거야. 상상만 해도 악몽이군. 더그. 생각해 봐."

그러나 더글러스는 잔디밭에 서서 내일이 어떨지 상상하고 있었다. 내일이면 은빛 철도 위에 뜨거운 타르가 쏟아 부어질 것이고 그래서 이 길로 전차가 다녔다는 사실도 모르게 될 것이다. 아무리 깊이 철도가 파묻혀도 그가 그 철도를 잊는 데는 수 년이 걸리리라. 가을, 봄, 아니면 겨울 어느 날 아침에 깨어, 창가로 가지 않고 따뜻한 침대 깊숙이 편안하게 누워 있어도 멀리서 희미하게 전차 소리가 들리리라.

그리고 아침에 거리의 모퉁이에서, 대로 위에서, 일렬로 서 있는 시카모어와 느릅나무와 단풍나무 사이에서, 삶이 시작되기 전 정적 속에서, 집 앞을 지나가는 낯익은 그 소리가 들릴 것이다. 째깍거리는 시계 소리처럼, 십여 개의 금속통이 구르며 내는 우르르 소리처럼, 새벽에 혼자 날아다니는 잠자리의 소리처럼. 그 소리는 회전목마 소리처럼, 작은 전기 폭풍처럼, 파란 번개처럼 다가왔다 사라져 갈 것이다. 전차의 종소리! 전차가 계단을 내리고 올릴 때 내는 소리, 소다수 통에서 나는 것 같은 씩씩 소리. 그리고 전차가 숨겨진 철도를 따라 어딘가 파묻힌 고적지로 여행할 때 다시 꿈이 시작된다…….

"저녁 먹고 깡통차기 할래?"
"그래."
더글러스가 말했다.
"깡통차기 하자."

21

12살인 존 허프에 대해 간단히 이야기하겠다. 그는 촉토 족이나 체로키 족보다 빨리 길을 발견할 수 있고, 넝쿨에서 뛰어내리는 침팬지처럼 하늘에서 뛰어내릴 수 있으며, 물속에서 2분간 견딜 수 있고, 물속에 들어간 후 50미터 떨어진 곳까지 헤엄쳐 미끄러져 갈 수 있었다. 그에게 야구공을 던져 주면, 사과나무를 조준해 사과를 떨어뜨렸다. 그는 180센티미터가 넘는 과수원 담장에서 뛰어내릴 수 있고, 우리 중 누구보다도 빨리 나뭇가지 위로 올라가 복숭아를 한 아름 따서 내려올 수 있었다. 그는 웃으면서 달렸다. 그는 느긋하게 앉았다. 그렇다고 불량배는 아니었다. 그는 친절했다. 머리는 검은 곱슬이었고 이는 하얀 크림 빛이었다. 그는 카우보이 노래의 가사를 모조리 알고 있었으며 원하면 가르쳐 주기도 했다. 그는 야생화의 이름을 모두 알 뿐 아니라 달이 언제 뜨고 지는지, 언제 썰물이 빠지고 밀물이 드는지도 알았다. 사실 그는 더글러스 스폴딩이 아는 한 일리노이 주 그린타운에 살고 있는 유일한 신이었다.

그리고 바로 지금 그와 더글러스는 덥고 무더운 날, 시내 밖으로 하이킹을 하고 있었다. 파란 하늘이 높이 솟아 있고 거울같이 맑은 계곡물은 하얀 바위 위를 빙빙 돌고 있었다. 촛불의 불꽃처럼 완벽한 날이었다.

더글러스는 이런 날들이 영원히 지속되리라고 생각하며 걷고 있었다. 완벽함, 원만함. 풀 냄새가 광속처럼 빨리 그리고 멀리 퍼져 나가고 있었다. 말 춤을 추거나 먼지 나는 길에서 정글 놀이를 하고 있을 때 이 좋은 친구가 쓰르라미처럼 부는 휘파람 소리, 소프트볼을 던질 때 내는 소리, 이 모든 것이 완벽했다. 무엇이든 가능했다. 모든 것이 가까이, 손 닿는 데 있고, 영원히 그럴 것 같았다.

그렇게 맑은 날이었는데, 갑자기 구름이 지나가더니 해를 덮고 그 자리에 멈추었다.

존 허프는 몇 분 동안 조용히 말하고 있었다. 더글러스는 가던 길을 멈추고 그를 바라보았다.

"존, 그 말 다시 해 봐."

"더그, 너한테 처음으로 말하는 거야."

"멀리 간다는 거야?"

"호주머니에 기차표가 있어. 후, 후, 땡! 쉬쉬, 쉬쉬, 쉬쉬, 쉬쉬. 우, 우, 우……."

그의 목소리가 희미해졌다.

존은 엄숙하게 호주머니에서 노란색과 초록색이 섞여 있는 기차표

민들레 와인

를 꺼냈다. 두 사람이 함께 기차표를 바라보았다.

"오늘 밤이야!"

더글러스가 말했다.

"이런! 오늘 밤에는 '빨간 불, 초록 불, 그대로 멈춰라' 놀이를 하기로 했잖아! 왜 이렇게 갑자기 떠나는 거야? 쭉 여기 그린타운에 살았잖아. 어느 날 갑자기 떠날 순 없어!"

"아버지 때문이야."

존이 말했다.

"아버지가 밀워키에 직장을 구하셨대. 오늘 확정되었어."

"어쩌지? 다음 주에는 침례교 야유회가 있고, 그 다음에는 노동절 축제가 있고 할로윈(만성절 이브인 10월 30일. 아이들은 호박으로 도깨비 초롱을 만들고 변장을 한 채 거리를 누비며 집집마다 문을 두들기고 사탕 등을 달라고 함. ― 옮긴이)도 있는데, 그때까지 있으면 안 돼?"

존이 머리를 저었다.

"너무 슬프다!"

더글러스가 말했다.

"좀 앉자!"

그들은 마을을 등지고 언덕 위에 앉아 있었다. 그들 주위로 커다란 그림자가 흔들리고 있었다. 나무 밑은 동굴 속처럼 시원했다. 저 멀리 마을은 햇빛을 받아 후끈 달아 있고, 창문들은 입을 벌리고 있었다. 더글러스는 마을로 돌아가고 싶었다. 마을에만 가면 그 무게, 그 집들, 그 덩치로 존을 에워싸고 도망가지 못하게 해 줄 것 같았다.

"하지만 우린 친구잖아."

더글러스가 말했다.

"우린 앞으로도 친구야."

존이 말했다.

"매주 올 거지, 그렇지?"

"아니야, 아버지 말로는 일 년에 한두 번 정도 올 수 있대. 120킬로미터나 떨어져 있는 걸."

"120킬로미터는 먼 거리가 아니야!"

더글러스가 외쳤다.

"120킬로미터는 먼 거리가 아니야."

존이 말했다.

"할머니 댁에 전화가 있으니까, 내가 전화할게. 아니면 우리가 너를 방문할 수도 있고. 그럼 멋질 거야!"

존은 한동안 아무 말도 하지 않았다.

"저, 다른 얘기 하자."

더글러스가 말했다.

"무슨 얘기?"

"있잖아, 네가 떠난다면, 우리가 해야 할 일이 얼마나 많겠니! 다음 달, 그 다음 달에 하기로 했던 것들 말이야! 사마귀 놀이, 비행 놀이, 줄타기 놀이, 칼 삼키기 놀이! 네가 돌아오면 모든 게 그렇게 계속될 거야. 메뚜기들은 여전히 담배를 씹을 거고!"

"메뚜기 이야기는 하고 싶지 않아."

"늘 좋아했잖아!"

"그러긴 했지."

존은 뚫어져라 마을을 쳐다보았다.

"하지만 지금은 그 이야기를 할 때가 아닌 것 같아."

"존, 뭐가 잘못된 거야? 너 웃긴다……."

존은 눈을 감고 얼굴을 찡그렸다.

"더그, 터틀 하우스 2층, 알지?"

"물론이지."

"거기 작고 둥근 창문이 있고 창틀에는 색칠이 되어 있지. 그게 늘 거기 있었니?"

"물론이지."

"확실해?"

"낡은 장식 유리창은 우리가 태어나기 전부터 거기 있었어. 왜?"

"전에는 그걸 본 적이 없었어."

존이 말했다.

"마을을 지나다 올려다보았는데, 거기에 그 유리창이 있었어. 더그, 내가 그동안은 그것도 못 보고 뭘 한 거지?"

"다른 일이 많았잖아."

"그랬나?"

존은 약간 당황하며 얼굴을 돌려 더그를 보았다.

"그래, 더그, 그런데 왜 그 장식 창들이 겁나지? 내 말은 그건 겁날 게 없는 거잖아, 그렇지? 그건 다만……."

그는 허둥댔다.

"다만 내가 창문을 못 보았다면, 그것 말고도 놓친 게 또 뭐가 있을까? 여기 이 마을에서 내가 본 것들은 어떨까? 멀리 가서도 다 기억이 날까?"

"기억하고 싶은 것은 뭐든 기억이 날 거야. 난 2년 전에 캠프에 갔었는데, 거기서도 기억했거든."

"아니야, 넌 기억하지 못했잖아! 밤에 깨어나서 어머니 얼굴이 생각나지 않았다고 했잖아."

"아니야!"

"난 우리 집에 있을 때도 가끔 그래. 갑자기 더럭 겁이 나. 식구들이 있는 방으로 가서 그들이 자는 모습을 봐! 그러고 나서 내 방으로 돌아오면 안심이 돼. 이런, 더그, 이런!"

그는 두 무릎을 바짝 붙였다.

"더그, 이거 하나만 약속해 줘. 날 기억하겠다고 약속해 줘. 내 얼굴과 나의 모든 걸 기억하겠다고 약속해 줘. 약속하지?"

"누워서 떡 먹기지. 내 머릿속에 영사기가 있잖아. 밤에 침대에 누워서, 머리에 불을 켜면 벽에 네 모습이 나타날 거야. 아주 또렷하게 나타나 소리를 지르고 손을 흔들 거야."

"더그, 눈을 감아 봐. 이제 말해 봐. 내 눈이 무슨 색이야? 훔쳐보지 마. 내 눈이 무슨 색이야?"

더글러스는 땀을 흘렸다. 그의 눈썹이 바르르 떨렸다.

"아, 제길, 이건 공정하지 않아."

"말해 봐!"

"갈색!"

존이 도리질했다.

"아니야."

"아니라니 무슨 말이야?"

"비슷하지도 않아!"

존은 눈을 감았다.

"이쪽을 봐."

더글러스가 말했다.

"눈을 떠 봐. 보자."

"소용 없어."

존이 말했다.

"벌써 잊었잖아. 내 말대로야."

"이쪽으로 돌아봐!"

더글러스가 그의 머리를 잡고 천천히 돌렸다.

"좋아, 더그."

존은 눈을 떴다.

"초록색이네."

더그는 당황해서 손을 떨어뜨렸다.

"눈이 초록색이네…… 음, 갈색에 가까워. 거의 개암 색이야!"

"더그, 거짓말하지 마."

"좋아."

더글러스가 조용히 말했다.

"안 그럴게."

다른 아이들이 뛰어가면서 자기네를 향해 소리를 지르는 게 보였다.

그들은 철도를 따라 달려가서 갈색 봉투에 든 점심을 꺼냈다. 왁스 종이에 싼 맛있는 햄 샌드위치와 초록색 피클, 물들인 박하 잎을 깊이 음미했다. 그들은 다시 달리고 또 달렸다. 더글러스는 몸을 구부려 델 듯이 뜨거운 철도에 귀를 대고 먼 나라로 떠나는 보이지 않는 기차 소리를 들었다. 그 기차는 살인적인 태양 아래서 모스 부호로 메시지를 보내고 있었다. 더글러스는 놀라서 일어섰다.

"존!"

존이 달리고 있어서였다. 이건 끔찍한 일이었다. 그가 달리면 시간도 달렸다. 소리를 지르고, 달리고, 뒹굴다가 넘어지고, 갑자기 해가 져 버리면 휘파람을 불면서 저녁 식사를 하러 가야 됐다. 보지 않는 사이에 어느새 해가 지고 있었다! 시간이 천천히 갈 수 있게 하는 유일한 방법은 모든 것을 바라보기만 하고 아무 일도 하지 않는 것이다! 그냥 바라보기만 하면 분명히 하루가 사흘로 늘어날 거야!

"존!"

이제 속임수를 쓰는 것 외에는 달리 방법이 없었다.

"존, 다른 애들을 따돌리자."

더글러스와 존은 갑자기 소리를 지르며 출발했다. 그들은 바람을 가르고 언덕을 내려와 중력에 몸을 맡기고 초원을 지나 헛간 근처까지 달려갔다. 마침내 따라오던 아이들의 소리가 사라졌다.

존과 더글러스는 낟가리 위로 기어 올라갔다. 바스락대는 커다란 모닥불 같았다.

"우리 아무것도 하지 말자."

존이 말했다.

"나도 바로 그 말을 하려고 했어."

더글러스가 말했다.

그들은 숨을 고르며 가만히 앉아 있었다.

건초 속에서 곤충 소리 같은 작은 소리가 났다.

두 사람 다 그 소리를 들었으나, 소리 나는 곳을 보지는 않았다. 더글러스가 팔목을 움직이자 다른 데서 소리가 났다. 그가 무릎 위에 팔을 올리자, 무릎 위에서 째깍거리는 소리가 났다. 잠시 눈이 반짝했다. 시계가 3시를 가리키고 있었다.

더글러스는 슬그머니 째깍거리는 소리가 나는 쪽으로 오른손을 뻗어 시계를 푼 다음 다시 손을 제자리에 두었다.

이제 시간은 다 그들 차지였다. 세상을 오랫동안 자세히 살펴볼 필요도, 해가 바람처럼 스쳐 가는 것을 느낄 필요도 없었다.

하지만 존은 마침내 자신들의 그림자가 기울며 변하는 것을 보고야 말았다. 그가 말했다.

"더그, 지금 몇 시니?"

"2시 30분."

존이 하늘을 보았다.

"3시 30분이나 4시처럼 보이는데."

존이 말했다.

"내가 보이 스카우트잖아. 그런 걸 배우거든."

더글러스는 한숨을 쉬고 천천히 시계 바늘을 앞으로 돌렸다.

존은 조용히 그의 동작을 바라보았다. 더글러스가 올려다보았다. 존이 팔을 쳤으나 더글러스는 전혀 아프지 않았다.

기차가 잽싸게 스치듯이 다가왔다가 아주 빠르게 사라졌다. 아이들은 모두 한쪽으로 뛰었고, 소리를 질러 대며 기차를 향해 손을 흔들었다. 존과 더글러스도 그 아이들과 함께 거기 있었다. 기차는 기적 소리를 내며 철도를 따라갔고, 기차를 탄 200명의 사람들도 함께 사라졌다. 기차를 따라 남쪽 방향으로 먼지가 날리더니 푸른 철도 사이에 흐르는 황금빛 침묵 속으로 가라앉았다.

아이들은 집으로 걸어가고 있었다.

"난 열일곱이 되면 신시내티로 가서 철도 소방수가 될 거야."

찰리 우드먼이 말했다.

"난 뉴욕에 아저씨가 있어."

짐이 말했다.

"난 뉴욕에 가 인쇄공이 될 거야."

더그는 다른 아이들에게 묻지 않았다. 이미 아이들은 기차에 탄 후 기적 소리를 들으며 기차역을 뒤돌아보거나 창문에 얼굴을 기대고 있는 것 같은 표정을 지었다. 아이들은 하나씩 하나씩 사라졌다. 그리고 빈 철도와 여름 하늘이 나타났다. 더그 자신도 다른 기차에 타고 다른 방향으로 가고 있었다. 발 밑에서 땅이 흔들리는 느낌이었고 자신들의 그림자가 초원을 지나 대기를 물들이는 것을 보았다.

그는 침을 꿀꺽 삼키고 나서 고함을 지르며 주먹을 뒤로 쭉 뻗어 하늘을 가로질러 공을 던졌다!

그들은 쿵쾅거리며 철도 위를 뛰었다. 그들의 웃음이 대기를 뒤흔들었다. 저쪽에 존 허프가 가는 모습이 보였다. 그의 발은 전혀 땅에 닿지 않았다. 더글러스는 내내 땅을 밟으며 이쪽으로 왔다.

7시였다. 저녁 식사는 끝났고, 아이들이 있는 집마다 쾅 하는 소리가 났다. 문을 쾅 하고 닫지 말라는 부모들의 잔소리와 함께 아이들이 하나, 둘 모여들었다. 대여섯 명의 아이들 속에 더글러스와 톰, 존과 찰리가 서 있었다. 숨바꼭질과 조각 놀이를 할 시간이었다.

"딱 한 번만 해야 돼."

존이 말했다.

"빨리 집에 가야 돼. 기차가 9시에 떠나. 누가 '술래' 할래?"

"내가."

더글러스가 말했다.

"생전 처음이네. 아무도 술래를 자원한 적이 없었잖아."

톰이 말했다.

한참 존을 보더니 더글러스가 "뛰어!"라고 소리쳤다.

아이들은 소리를 지르며 사방으로 흩어졌다. 존은 등을 보이고 멀리 뛰어간 후 돌아보더니 깡충깡충 뛰기 시작했다. 더글러스는 천천히 숫자를 셌다. 그는 아이들이 멀리 뛰어가, 여기저기 퍼져 서로 뚝뚝 떨어질 때까지 기다렸다. 그들이 막 뛰어가서 거의 보이지 않자 그는 심호흡을 했다.

"조각!"

모든 아이가 꼼짝도 하지 않았다.

더글러스는 아주 조용히 잔디밭을 지나 존 허프에게로 다가갔다. 그는 석양에 철로 만든 사슴처럼 서 있었다.

저 멀리서 다른 아이들이 손을 들고 얼굴을 찡그린 채 박제된 다람쥐처럼 눈을 빛내며 서 있었다.

그러나 존 혼자 꼼짝도 하지 않고 있었다. 다른 아이들도 뛰어오거나 큰 소리를 질러 이 순간을 망치지 않았다.

더글러스는 조각 주위를 한 바퀴 돌고, 다시 반대 방향으로 한 바퀴 돌았다. 조각은 움직이지 않았다. 아무 말도 하지 않았다. 입에 반쯤 미소를 띠고 지평선을 바라보고 있었다.

허프는 몇 년 전인가 시카고에 갔을 때 본 커다란 광장의 대리석 조각 같았다. 그때도 그는 조각 주위를 이렇게 돌았다. 여기 존 허프가 있었다. 그의 무릎에는 풀물이 들어 있고 엉덩이는 불룩 나온데다 손에는 상처가 나 있고 팔꿈치에는 딱지가 앉아 있었다. 여기에 존 허프가 있었다. 소리 나지 않는 운동화를 신고 침묵에 휩싸여 있었다. 여름이면 그는 살구 파이를 수 없이 씹으면서 인생과 세상 돌아가는 일에 대해 조용히 한두 마디 하곤 했다. 그의 눈은 조각의 눈처럼 멍한 게 아니라 황금빛 초록색으로 영롱하게 빛났다. 그의 검은 머리는 바람이 부는 대로 어떨 때는 남쪽으로, 어떨 때는 북쪽으로 날렸다. 온 동네가 다 모인 것처럼, 길의 먼지란 먼지는 물론, 나무 껍질에서 떨어진 가루까지 수북이 쌓인 그의 손이 거기 있었다. 대마, 포도주, 파란 사과, 낡은 동전, 청개구리 냄새가 풍기는 그의 손가락이 거기 있었다. 햇빛이 비치면 밝고 불그스레한 복숭아처럼 빛나는 귀와 보이지는 않지만 박하 향을 풍기는 숨결이 대기 중에 있었다.

"존, 이제."

더글러스가 말했다.

"눈썹을 그렇게 움직이지 마. 명령이야. 여기서 꼼짝도 말고 서서 앞으로 3시간 동안 움직이지 마!"

"더그……."

존의 입술이 움직였다.

"꼼짝 마!"

더글러스가 말했다.

존은 하늘을 보기 위해 돌아섰지만, 이제 더 이상 웃지 않았다.

"난 지금 가야 해."

그가 속삭였다.

"조금이라도 움직이면 안 돼, 이건 게임이야!"

"이젠 집에 가야 해."

존이 말했다.

이제 조각은 움직이며 손을 내밀고 고개를 돌려 더글러스를 보았다. 그들은 서로 바라보고 서 있었다. 다른 아이들도 팔을 아래로 늘어뜨리고 있었다.

"그럼 한 번만 더 하자."

존이 말했다.

"이번에는 내가 술래야. 뛰어!"

아이들은 뛰었다.

"꼼짝 마!"

아이들은 꼼짝도 하지 않았다. 더글러스도 마찬가지였다.

"조금이라도 움직이면 안 돼!"

존이 소리쳤다.

"머리카락 하나도 움직이면 안 돼!"

그가 와서 더글러스 옆에 섰다.

"야, 바로 이렇게 하는 거야."

그가 말했다.

더글러스는 해가 지는 하늘을 보았다.

"꼼짝 마. 조각이다, 모두 다, 앞으로 3분 동안!"

존이 말했다.

더글러스는 존이 자기 주위를 도는 것을 느꼈다. 조금 전에 자기가 존의 주위를 돌던 식이었다. 존이 자신의 팔을 툭 건드리는 게 느껴졌다.

"잘 있어."

그가 말했다.

그러고는 뛰어가는 소리가 났다. 더글러스는 뒤돌아보지 않아도 이제 뒤에는 아무도 없다는 걸 알았다.

멀리서 기적 소리가 들렸다.

더글러스는 존이 뛰어가는 소리가 사라지길 기다리며 한참을 더 서 있었다. 그러나 그 소리는 멈추지 않았다. 존이 아직도 달려가고 있구나. 그런데 왜 소리가 멀어지지 않는 거지. 왜 존은 멈추지 않는 거지?

잠시 후 그는 그 소리가 자기 몸에서 나는 심장 소리임을 깨달았다.

그만! 그는 가슴에 손을 갖다 댔다. 그만 멈춰! 이 소리가 싫어!

그는 잔디밭에서 조각 흉내를 내고 있는 아이들 사이를 가로질러 갔다. 그 아이들이 다시 살아났는지는 알 수 없었다. 아이들은 꼼짝도 않고 있었다. 자신도 무릎 아래쪽만 움직이고 있었다. 몸의 나머지 부분은 무겁고 차가웠다.

그는 집 앞 현관을 올라가다가 갑자기 뒤에 있는 잔디밭을 보기 위해 몸을 돌렸다.

잔디밭은 비어 있었다.

연이어 총소리가 났다. 해가 저물자 길가에 있는 현관문이 하나씩 닫히면서 나는 소리였다.

조각이 제일이야. 그가 생각했다. 조각을 잔디밭에 두고, 움직이지 못하게 해야 해. 일단 움직이면 안 돼.

갑자기 피스톤처럼 그의 주먹이 옆구리에서 삐져나왔다. 더글러스는 자기도 모르게 잔디밭과 거리와 몰려드는 어둠을 향해 주먹질을 했다. 눈이 불타고 얼굴이 벌개져 숨이 막힐 지경이었다.

"존!"

그가 소리쳤다.

"너, 존! 존, 넌 이제 적이야, 들려? 이젠 친구가 아니야! 이제 다시 돌아오지 마! 멀리 가 버려! 적이야, 들려? 이제 넌 적이라고! 우리 사이는 이제 끝장이야. 더러운 놈, 그게 다야, 더러운 놈! 존, 들어, 존!"

마을 너머에 있는 거대한 투명 램프의 심지를 약간 낮춘 것처럼, 하늘은 더 어두워졌다. 더글러스는 현관 위에 서서 숨을 헐떡이며 계속 말하고 있었다. 그러다 자기도 모르게 건너편 길 아래 있는 집을 향해 주먹질을 했다. 그는 손을 바라보았다. 저절로 손의 힘이 풀리더니 그 너머의 세상도 힘이 빠졌다.

얼굴이 있다는 것이 느껴질 뿐 자기 모습이나 주먹조차 전혀 보이지 않게 어둠이 짙어졌다. 2층으로 올라가면서 그는 자꾸 혼자 되뇌었다. 난 정말 화가 나, 난 화가 나. 난 개가 싫어, 난 정말 화가 나. 난 화가 나, 난 개가 싫어!

10분 후 그는 어둠 속에서 천천히 계단 꼭대기까지 올라갔다……

22

"톰."

더글러스가 말했다.

"내게 한 가지만 약속해 줘, 알았지?"

"약속? 뭔데?"

"넌 내 동생이야. 어쩌면 언젠가 내가 널 미워할지 몰라. 그래도 내 곁에 있을 거지, 그렇지?"

"그럼 하이킹 갈 때 형과 형 친구들을 따라가도 돼?"

"음…… 물론이지…… 그래도 되지. 내 말은 멀리 떠나면 안 된다는 거야, 응? 차에 치여도 안 되고, 절벽에서 떨어져도 안 돼."

"물론 안 그럴게! 형은 도대체 날 어떻게 생각하는 거야?"

"왜냐하면 나쁜 일이 닥치지 않고 우리 둘 다 정말 늙으면, 언젠가 마흔이나 마흔 다섯이 되면, 서부에서 광산을 소유하고, 수염을 기르고, 옥수수 수염으로 만든 담배도 피울 수 있기 때문이야."

"수염을 기른다고! 정말!"

"내 말대로, 내 옆에 꼭 붙어 있어야 해! 아무 일도 일어나면 안 돼!"

"날 믿어."

톰이 말했다.

"내가 걱정하는 것은 네가 아니야. 신이 세상을 운영하는 방식이야."

톰은 잠시 생각해 보았다.

"신은 옳으셔, 형."

톰이 말했다.

"신이 우릴 시험하시는 거야."

23

손가락에 약을 바른 후 그녀는 목욕탕에서 나왔다. 코코넛 케이크 조각을 자르다가 손가락이 뭉텅 잘려 나갈 뻔했다. 바로 그때 우체부가 현관 계단으로 올라 문을 열고 걸어 들어왔다. 문이 쾅 하고 닫혔다. 엘마이라 브라운은 펄쩍 뛰었다.

"샘!"

그녀가 소리쳤다. 그녀는 약 바른 손을 말리려고 흔들어 댔다.

"아직도 남편이 우체부란 게 실감이 안 나요. 당신이 걸어 들어올 때마다 가슴이 철렁해요!"

샘 브라운은 반쯤 빈 우체부 가방을 메고 머리를 긁으며 거기 서 있었다. 차분한 여름 아침에 갑자기 안개가 끼기라도 한 것처럼 그는 문 밖을 내다보았다.

"샘, 오늘은 일찍 왔네요."

그녀가 말했다.

"아직 일이 다 끝난 건 아냐."

그가 당황한 목소리로 말했다.

"솔직히 말해 봐요. 뭐가 잘못됐어요?"

그녀는 다가와 그의 얼굴을 들여다보았다.

"어쩌면 잘못된 게 하나도 없고, 어쩌면 많아. 지금 막 저 위에 사는 클라라 굿워터 부인에게 편지를 배달했는데……."

"클라라 굿워터라고요?"

"호들갑 떨지 마. 그건 위스콘신 주의 라신에 있는 존슨 스미스 회사에서 온 책들이었어. 책 한 권의 제목이……."

그는 얼굴을 찡그리더니, 곧 폈다.

"『알베르투스 마그누스』, 바로 그거야. 또 하나는 『인정되고, 확실하고, 공감적이고, 자연스러운 이집트 비밀 되기』 또……."

그는 글자를 생각해 내려고 천장을 바라보았다.

"『인간과 짐승을 위한 흰 마법과 검은 마법, 고대 철학자들의 금지된 지식과 신비를 드러내며』야!"

"클라라 굿워터라고 했어요?"

"걸어가면서 우연히 겉표지를 보게 되었어, 그거야 잘못은 아니지. 『유명한 학생, 철학자, 화학자, 박물학자, 심령술사, 점성술사, 연금술사, 금속학자, 마술사, 마법사와 마법의 신비를 설명하는 사람에 의해 밝혀진 삶의 숨은 비밀, 그와 아울러 수많은 예술과 과학…… 애매한, 평범한, 실용적인 등등의 비장의 관점들』 거기! 난 정말 멍청이야. 의미는 모르겠는데, 글씨는 봤어."

엘마이라는 약 바른 손가락을 보면서 서 있었다. 마치 낯선 사람이 자기 손가락을 가리키기라도 한 듯이.

"클라라 굿워터라고 했죠."

그녀가 중얼거렸다.

"그 책을 건네자 그녀가 내 눈을 똑바로 바라보면서 이렇게 말하는 거야. '마녀, 물론 일류 마녀가 되려고 해요. 모두에게 마법을 걸 거예요.' 말하고 나서 웃더니 책에 얼굴을 박고 들어가 버렸어."

엘마이라는 팔의 상처를 쳐다보면서 조심스럽게 입을 다물었다.

문이 쾅 닫혔다. 엘마이라 브라운네 잔디에 앉아 있던 톰 스폴딩이 문을 바라보았다. 그는 이웃에서 서성대고 있었다. 개미들이 여기저기서 뭘 하는지 살피다가 큰 구멍, 특히 멋진 개미 언덕을 발견했다. 그 개미 언덕의 구멍 안에서는 온갖 종류의 밝은 색깔 개미들이 뒤집혀 발버둥 치고 있거나 죽은 메뚜기나 아주 작은 새를 운반하고 있었다. 이제 다른 관찰거리가 생겼다. 브라운 부인이었다. 그녀는 자신의 현관가에 서서 이제 막 우주가 1초에 600억 광년의 속도로 떨어지는 것을 본 것처럼 흔들리고 있었다. 그녀 뒤에는 브라운 씨가 서 있었다. 그는 우주가 1초에 얼마의 속도로 떨어지는지 몰랐고 아마 알았다 하더라도 개의치 않을 것 같았다.

"톰!"

브라운 부인이 말했다.

"나에게 용기를 주고 양의 피 같은 역할을 해 줄 사람이 필요해. 같이 가자!"

그리고 그녀는 개미들을 짓밟고 민들레 꽃을 차며 달려갔다. 그녀가 지나가자 마당에 큰 구멍이 생겼다.

톰은 잠시 무릎을 꿇은 상태로 브라운 부인이 몸을 흔들며 걸어갈 때 그녀의 어깨뼈와 척추 모양이 어떤지 관찰했다. 그녀의 뼈대는 보통 숙녀들과는 동떨어진 멜로 드라마와 모험담을 연상시켰다. 물론 브라운 부인에게 해적의 흔적이 남아 있긴 했지만. 얼마 후 그는 그녀와 함께 가고 있었다.

"브라운 부인, 확실히 정신이 나간 것처럼 보이세요!"
"정신이 나간 게 뭔지 몰라서 네가 그런 말을 하는 거야!"
"조심하세요!"

톰이 소리쳤다.

브라운 부인이 초록색 잔디 위에 잠들어 있던 갈색 개에 걸려 넘어졌다.

"브라운 부인!"
"알겠니?"

브라운 부인이 거기 앉아 있었다.

"클라라 굿워터 때문이야! 그녀가 마법을 건 거야!"
"마법이라고요?"
"걱정 마, 얘야. 여기 계단이 있지. 네가 먼저 가서 눈에 보이지 않는 끈을 차 버려. 문에 있는 벨을 눌러라. 하지만 잽싸게 손을 떼어야 해. 손에 물기가 있으면 몸이 타서 재가 될 거야!"

톰은 벨을 만지지 않았다.

"클라라 굿워터!"

브라운 부인이 약 바른 손가락으로 벨을 얼른 눌렀다.

낡고 큰 집의 시원하고 어두운 빈 방에서 은빛 종소리가 아득하게 울리다 사라졌다.

톰은 귀를 기울였다. 더 먼 곳에서 생쥐 움직이는 소리 비슷한 게 났다. 그림자가 보였는데 멀리 있는 응접실에서 커튼이 바람에 날려 움직이는 것인지도 몰랐다.

"누가 오셨어요?"

조용한 목소리가 들렸다.

그리고 갑자기 거기 굿워터 부인이 박하사탕처럼 상큼한 모습으로 나타났다.

"톰, 엘마이라, 웬일이야. 무슨……."

"내게 달려오지 마세요! 우린 당신이 마법을 쓰는지 확인하려고 왔어요!"

굿워터 부인은 미소를 지었다.

"당신 남편은 우체부만 하는 게 아니라 탐정 일도 하나 보네. 여길 염탐하니 말이야."

"남편은 우편물은 하나도 안 봤어요."

"이 집 저 집 다니는 사이에 우편엽서를 보고 웃거나 우편으로 주문한 신발을 신어 보던데, 뭐."

"남편이 봐서 그러는 게 아니에요. 당신이 직접 책 이야길 했잖아요."

"그냥 농담이야. 마녀가 될 거라고 했어! 그런 말을 했지. 그러자 샘이 벼락이라도 맞은 것처럼 문을 쾅 닫고 줄행랑을 놓았지. 그 사람 머리가 텅 빈 게 틀림없어."

"어제 다른 데서도 마법 이야길 하셨다던데……."

"샌드위치 클럽에서 한 말 말이지……."

"정확히 말하면, 물론 전 초대받지 못 했지만요."

"이봐. 그날 보통 할머니 시중드는 날이잖아."

"사람들이 초대만 해 주면 할머니 시중드는 날은 얼마든지 바꿀 수 있어요."

"샌드위치 클럽에서는 단지 햄 샌드위치를 먹으면서 큰 소리로 '마침내 마녀 자격증을 땄어요. 몇 년을 공부했거든요.'라고 말한 것밖에 없어."

"전화로 들은 그대로네요!"

"정말 현대 문명의 이기는 멋지군!"

굿워터 부인이 말했다.

"남북 전쟁 후 쭉 인동넝쿨 여성회 회장이신 데 대해 직접 여쭤 보고 싶은데요. 숙녀들에게 마법을 걸어서 회장으로 선출되신 거예요?"

"잠시라도 그런 의심을 한 적이 있어?"

굿워터 부인이 말했다.

"내일은 선거 날이고 제가 알고 싶은 건 또 출마하실 건가 하는 것뿐이에요. 부끄럽지 않으세요?"

"첫 번째 질문에 대해서는 출마한다는 게 답이고 두 번째 질문에 대해서는 전혀 부끄럽지 않아. 여길 봐. 내가 이 책들을 산 것은 조카인 라울에게 주려고 해서야. 갠 이제 막 열 살이 되었는데 모자에서 토끼를 찾으며 돌아다녀. 그래서 모자에서 토끼를 찾는 게 멍청한 사람들의 머리에서 뇌를 찾는 것보다는 쉽단 말을 했지. 그리고 그 아이를 지켜보다가 그런 선물을 사 주기로 한 거야."

"성경에 걸고 당신 말은 안 믿어요."

"어쨌든 그래. 내가 마녀에 대해 농담하길 좋아하는 건 사실이야. 내가 나의 마법에 대해 설명했을 때 숙녀들이 다 환호했어. 당신도 거기 있었으면 좋았을걸."

"내일 당신과 싸우기 위해 십자가 달린 목걸이와 선의 힘을 줄 수 있는 조직을 동원할 거예요."

엘마이라가 말했다.

"이제, 또 다른 어떤 마법을 집에 숨겨 놓고 있는지 말해 주세요."

굿워터 부인이 문 쪽의 작은 탁자를 가리켰다.

"나는 온갖 마법 약초를 사들이고 있어. 이상한 냄새가 나는데 라울이 좋아하지. 저기 작은 주머니에 있는 건 디시스루타고, 이건 새비스 뿌리고 저건 에번 약초야. 여기 검은 유황이 있는데 요즈음에는 뼛가루라고들 하는 거지."

"뼛가루라고요!"

엘마이라가 펄쩍 뛰며 뒤로 물러서다가 톰의 발목을 찼다. 톰이 비명을 질렀다.

"그리고 여기 다북쑥과 고사리 잎이 있는데 이걸로 총을 멈추게 할 수 있고 꿈에 박쥐처럼 날 수도 있어. 여기 이 책 10장에 그렇게 씌어 있어. 성장기 아이에겐 이런 생각이 두뇌 발달에 좋을 것 같아서. 라울이 있는 걸 믿지 않는 표정이네. 자, 여기 그 아이의 스프링필드 주소를 줄게."

"그래요." 하고 엘마이라가 말했다.

"그리고 내가 편지를 쓰면 그날 스프링필드로 가는 버스를 타고 가서 보통 우편 담당에게 내 편지를 받아 와 아이 글씨로 답장을 하시려는 거죠? 난 당신을 잘 알아요!"

"브라운 부인, 솔직히 말해 봐. 인동넝쿨 여성회 회장이 되고 싶은 거지, 맞지? 십 년 동안 매년 출마했잖아. 자기가 자기를 추천해서 말이야. 그리고 늘 한 표밖에 못 얻었지. 당신 자신이 찍은 그 한 표. 만일 다른 부인들이 당신을 회장으로 뽑고 싶었으면, 당신을 밀었을 거야. 하지만 내가 볼 때는 당신 자신의 표 말고는 한 표도 못 얻어. 말해 줄까? 내일 오후에 내가 당신을 추천하고 찍어 줄게. 그러면 어때?"

"물론 좋죠."

엘마이라가 말했다.

"작년에는 선거 직전에 지독하게 감기가 걸렸어요. 집집마다 찾아다니면서 선거 운동을 할 수가 없었어요. 재작년에는 다리가 부러졌어요. 너무 이상하지 않아요?"

그녀는 방충망 뒤에 있는 부인을 슬쩍 흘겨보았다.

"그게 전부가 아니에요. 지난 달에는 여섯 번이나 손가락을 베고, 열 번이나 무릎에 멍이 들고, 뒤쪽 현관에서 두 번이나 떨어졌어요, 아시겠어요? 두 번이나! 창문을 깨고, 접시를 네 개나 떨어뜨리고, 빅스비에서 1달러 49센트나 주고 산 꽃병을 깼어요. 앞으로 우리 집이나 이 근처에서 깨지는 접시 값은 모두 당신이 내야 해요!"

"크리스마스 때쯤 되면 난 빈털터리가 되겠군. 엘마이라 브라운, 몇 살이지?"

"아마 당신의 검은 책 중 하나에 써 있을 걸요. 서른다섯 살이에요."

"자, 그러면 당신이 살아온 서른다섯 해를 생각하면……."

굿워터 부인은 입을 꼭 다물고 숫자를 세면서, 눈을 깜박였다.

"날짜로 치면 약 1만 2775일이고, 하루에 세 번씩 그런 일이 일어났다면, 1만 2000번의 소동과 1만 2000번의 실수와 1만 2000번의 재난이 있었겠네. 정말 다채로운 삶이군, 엘마이라 브라운. 악수하지!"

"저리 가세요!"

엘마이라는 그녀를 밀어냈다.

"당신은 일리노이 주 그린타운에 사는 여자들 중 두 번째로 칠칠치 못한 여자야. 앉을 때마다 아코디언 소리를 내고, 설 때마다 고양이를 걷어차잖아. 초원을 지날 때마다 웅덩이에 빠지고 말이야. 당신의 인생은 긴 내리막길이야. 엘마이라 앨리스 브라운, 왜 그 사실을 받아들이지 못하는 거야?"

"그런 재수 없는 일이 일어난 건 제가 칠칠치 못해서가 아니라, 당신이 2킬로미터도 채 떨어지지 않은 곳에 있기 때문이었어요. 그래서 콩 항아리를 깨거나 전기에 감전되었던 거예요."

"이봐. 이 정도 크기의 도시에서는 누구나 하루 중 어느 순간에는 2킬로미터 떨어져 있게 돼."

"그럼 내 근처에 있었다는 건 인정하시는 거죠?"

"여기서 태어난 건 인정하지만, 커노샤나 자이언에서 태어났으면 훨씬 더 좋았을 거야. 엘마이라, 치과 의사에게 가서 그 뱀 같은 혀를 어떻게 좀 할 수 있나 알아 봐."

"오!"

엘마이라가 말했다.

"오, 오, 오!"

"날 지나치게 몰아붙이는군. 마법에 관심이 없었는데 앞으로는 좀 더 공부를 해 보아야 겠어. 자 들어 봐! 이제 당신은 보이지 않을 거야. 거기 서 있는 동안, 마법을 걸 거야. 이제 당신은 내 눈앞에서 사라질 거야."

"그렇게는 못 해요!"

"물론 할 수 있지."

마녀가 받아들였다.

"당신을 전혀 보이지 않게 만들 수도 있으니까."

엘마이라는 손거울을 꺼냈다.

"여기 내가 있는걸요!"

그녀는 더 가까이 바라보면서 헐떡거렸다. 그녀는 하프를 조율하는 사람처럼 이리저리 머리카락을 만지다가 한 가닥을 뽑아 쳐들었다.

"지금 이 순간까지 회색 머리카락은 없었어요!"

마녀는 매력적인 미소를 지었다.

"그걸 물병에 담가 봐. 그러면 내일 아침에 지렁이가 나올 거야. 오, 엘마이라, 제발 자신의 모습을 똑똑히 봐. 발이 삐고 넘어진 걸 다른 사람 탓으로 돌리며 살다니! 셰익스피어를 읽은 적이 있어? 여기 무대 지문이 있어. '떠들썩한 소동!' 그게 당신이야, 엘마이라. 떠들썩한 소동! 이제 머리에 혹이 생기고, 밤에 가스가 새어 나올 거야. 그런 말 하기 전에 집으로 가! 저쪽으로 가 버려!"

그녀는 마치 엘마이라가 파리 떼라도 되는 것처럼 손사래를 쳤다.

"이런, 올해는 파리 새끼들이 많네!"

그녀는 안으로 들어가 문을 잠갔다.

"여긴 못 넘어와요, 굿워터 부인."

엘마이라가 팔짱을 끼고 말했다.

"마지막으로 기회를 주겠어요. 인동넝쿨 부인회 회장직 후보에서 사퇴하던지 아니면 내일 나와 정정당당하게 겨루세요. 내가 회장에 입후보하고 공정한 경쟁을 통해 이길 테니까요. 여기 있는 톰을 데리고 갈 거예요. 얘는 순수하고 착한 아이니까. 그리고 순수함과 선(善)이 이길 거예요."

"하지만 내가 순진하다고 믿진 마세요, 브라운 부인."

톰이 말했다.

"우리 엄마 말로는……"

"아무 말도 하지 마라, 톰, 선은 선이야! 넌 거기로 함께 가서 내 오른편에 서 있어."

"그러죠."

톰이 말했다.

"이 마녀가 오늘 밤 양초로 내 인형을 만들고 녹슨 바늘로 심장과 영혼을 마구 찔러 댈 텐데 오늘 밤만 내가 무사히 넘길 수 있다면 그렇게 하자. 만일 동이 터 올 때 쭈글쭈글만 커다란 무화과가 내 침대에 있으면, 톰, 누가 그 무화과를 과수원에서 따 온 건지 알겠지? 그리고 굿워터 부인이 195살까지 회장을 하는지 잘 지켜봐라."

"자, 엘마이라,"

굿워터 부인이 말했다.

"난 지금 305살이야. 옛날에는 날 암컷이라고 불렀지."

그녀는 손가락으로 길을 가리켰다.

민들레 와인 **195**

"에이브라카더브라 - 짐머티 - 잼! 어떻게 됐어?"

엘마이라는 현관을 뛰어 내려갔다.

"내일 봐요!"

그녀가 소리를 질렀다.

"그럼 그때까지!"

굿워터 부인이 말했다.

톰은 어깨를 으쓱하고 엘마이라를 따라가며 보도에 있는 개미들을 걷어찼다.

엘마이라가 차도를 건너다가 비명을 질렀다.

"브라운 부인!"

톰이 소리쳤다.

뒤꽁무니부터 차고에서 빠져나오던 자동차가 엘마이라의 오른쪽 엄지발가락을 치었다.

한밤중에 엘마이라 브라운 부인은 발이 몹시 아팠다. 그래서 그녀는 일어나 부엌으로 가 찬 닭고기를 먹고 물건 목록을 하나도 빠짐없이 깔끔하게 만들었다. 우선 작년에 걸린 병들을 열거했다. 감기 세 번, 소화불량 네 번, 위 확대 한 번, 관절염, 요통, 통풍으로 추측되는 병, 심한 기관지, 초기 천식, 팔에 난 반점. 거기다 귀의 반고리관 종양으로 며칠 동안 취한 나방처럼 비틀거렸던 것, 요통, 두통, 구역질 증세. 약값은 98달러 78센트.

두 번째로, 지난 열두 달 동안 집에서 깨진 물건. 램프 두 개, 꽃병 여섯 개, 접시 열 개, 수프 접시 한 개, 창문 두 짝, 의자 한 개, 소파 쿠션 한 개, 유리컵 여섯 개, 샹들리에 유리알 하나. 총 비용은 12달러 10센트.

세 번째는, 바로 오늘 밤의 통증. 자동차에 치인 엄지발가락이 몹시 아팠다, 위가 뒤집혔다, 등이 뻣뻣하고 다리가 쑤셨다, 눈은 타는 솜뭉치 같았다, 입 안은 먼지를 씹은 것처럼 껄끄러웠다, 귀에서는 종소리가 났다. 얼마로 계산할지 고민하면서 그녀는 침실로 갔다.

개인적인 고통에 대해 만 달러.

"이건 법정까지 가지 말고 합의를 해야지!"

그녀가 반쯤은 소리가 나게 말했다.

"에?"

그녀의 남편이 깼다.

그녀는 침대에 누웠다.

"죽을 수는 없어."

"뭐라고?"

그가 물었다.

"난 죽지 않을 거야!"

그녀가 천장을 바라보며 말했다.

"그게 내가 평소에 늘 주장하던 바야."

이렇게 말하고 나서 남편은 돌아누워 곧 코를 골았다.

엘마이라 브라운은 아침 일찍 일어나 도서관과 약국을 들러 다시 집으로 돌아왔다. 정오에 남편 샘이 빈 우체부 가방을 들고 집으로 왔다. 그때 그녀는 온갖 화학 약품을 섞느라고 정신이 없었다.

"점심은 아이스박스에 있어요."

엘마이라는 큰 유리그릇에 담긴 초록색 죽을 젓고 있었다.

"세상에, 그게 뭐야?"

남편이 물었다.

"밀크셰이크를 40년간 햇볕에 내다 놓은 것 같은데……. 곰팡이도 슬었네."

"마법에는 마법으로 싸울 거예요."

"그걸 마실 거야?"

"대사를 앞두고 인동넝쿨 여성회에 가기 직전에 마실 거예요."

사무엘 브라운은 킁킁대며 그 혼합액의 냄새를 맡았다.

"내 말 들어. 어떻게 된 일인지 내게 설명하고 그 다음에 마셔. 이 안에 뭐가 있어?"

"천사 날개에서 떨어진 눈, 사실은 박하예요. 도서관에서 빌려 온 책에 따르면 몸을 태우는 지옥의 불을 가라앉혀 준대요. 포도밭에서 금방 딴 포도로 만든 포도 주스. 암흑의 환영과 마주칠 때 명확하고 유연한 사고를 할 수 있게 해 준대요. 그리고 붉은 장군풀, 타르타르 크림, 흰 설탕, 달걀 흰자, 좋은 대지의 기운을 담고 있는 샘물과 토끼풀. 오, 하루 종일이라도 읊을 수 있어요. 여기 목록에 있는 것들이에요. 악에 대항하는 선, 검은 힘에 대항하는 순백의 힘이죠. 질 수는 없어요!"

"오, 이길 거야. 맞아."

남편이 말했다.

"하지만 미리 알 수 있어?"

"이길 거라고 생각하세요! 난 마법을 제대로 하기 위해 톰을 데리러 가는 길이에요."

"불쌍한 녀석."

남편이 말했다.

"당신 말대로 순수한 아이지. 인동넝쿨 여성회에서 바겐세일 하는 날에는 이 사람 저 사람이 다 걔를 데려가려 하겠군."

"톰은 괜찮을 거예요."

엘마이라가 말했다. 그리고 거품이 나는 혼합액을 가져와서 퀘이커 표 오트밀 상자에 넣고 뚜껑을 닫은 후 드레스를 밟거나 새로 산 98센트짜리 스타킹 올이 풀리지 않도록 신경을 쓰면서 집 밖으로 나갔다. 그녀는 톰의 집으로 가는 내내 점잔을 빼고 걸었다. 톰은 그녀가 시킨 대로 흰 여름 정장을 입고 집에서 기다리고 있었다.

"휴!"

톰이 말했다.

"그 상자 안에 뭐가 있어요?"

"운명."

엘마이라가 말했다.

"정말 운명이 들어 있으면 좋겠네요."

그녀보다 두 발짝 앞서 걸으며 톰이 말했다.

인동넝쿨 여성회 사무실은 부인들로 꽉 차 있었다. 부인들은 서로 옷 매무새를 봐 달라며 치마를 당기고 속옷이 보이지 않는지 확인하고 있는 중이었다.

1시에 엘마이라 브라운 부인은 흰 정장을 한 소년을 거느리고 계단으로 올라왔다. 그 아이는 코를 막고 한쪽 눈을 찡그리고 있어서 자신이 어디로 가는지 어렴풋이밖에 몰랐다. 브라운 부인은 모인 사람들을 둘러보고 나서 퀘이커 표 오트밀 상자 뚜껑을 열고 그 속을 들여다보았다. 그러고는 숨을 헐떡이더니 그 속에 있는 걸 전혀 마시지 않고 도로 뚜껑을 닫았다. 그녀는 홀 안으로 들어갔다. 그녀를 따라 비단옷이 바스락대는 소리가 옮겨 갔다. 많은 부인이 소곤거리며 떼 지어 그녀의 뒤를 따라갔다.

그녀는 톰과 함께 뒤에 앉았고 톰은 그 어느 때보다 불행해 보였다. 그는 모인 부인들을 보려고 한쪽 눈을 떴다가 영원히 감아 버렸다. 엘마이라는 거기에 앉아 그 액체를 천천히 조금씩 마셨다.

1시 30분에 회장인 굿워터 부인이 의사봉을 두드렸고, 스무 명 정도의 부인들을 제외하고는 모두 이야기를 멈췄다.

"숙녀 여러분."

레이스로 장식된 실크 옷을 입은 그녀가 흰색이나 회색 모자를 쓴 부인들을 향해 외쳤다.

"이제 선거 시간입니다. 하지만 시작하기 전에 뛰어난 필상학자의 아내인 엘마이라 브라운 부인."

방에 킥킥대는 소리가 퍼졌다.

"필상학자가 뭐니?"

엘마이라는 팔꿈치로 두 번 톰을 쳤다.

"모르겠어요."

톰은 눈을 꼭 감고 작은 소리로 퉁명스럽게 대답했다. 어둠 속에서 그녀가 팔로 자신을 치는 걸 느꼈다.

굿워터 부인이 계속 말했다.

"내가 말하듯, 우리의 뛰어난 서기 사무엘 브라운의 아내……(더 큰 웃음소리)…… 미국 체신부에 종사하는 사무엘 브라운의 아내인, 브라운 부인께서 의견을 밝히고 싶어 합니다. 브라운 부인?"

엘마이라가 일어섰다. 그녀가 앉았던 의자가 뒤로 넘어지면서 곰 덫에서 나는 것 같은 찰칵 소리가 났다. 그녀는 마루 위로 3센티미터쯤 뛰어올랐다가 비틀거리며 선 다음, 발꿈치를 들고 걸었다. 그러자 언제라도 와르르 무너질 것 같은 우지끈 소리가 났다.

"난 할 말이 많아요."

그녀가 한 손에 성경과 빈 오트밀 상자를 들고 말했다. 다른 손으로는 톰을 잡고 앞으로 헤쳐 나가는 중이었다. 몇 사람의 팔꿈치에 부딪치고는 도리어 그들에게 "무슨 짓이에요! 조심하셔야죠!"라고 중얼거렸다. 연단에 도착한 그녀가 뒤로 돌다가 물 컵을 넘어뜨리는 바람에 물이 연단 위로 쏟아졌다. 이런 일이 일어난 순간 그녀는 다시 한 번 굿워터 부인을 째려본 다음 작은 손수건으로 닦았다. 그러고는 은밀하게 의기양양한 표정을 지으면서 비어 있는 비약의 잔을 꺼내 굿워터 부인에게 높이 들어 보인 뒤 속삭였다.

"이 안에 뭐가 있는지 알죠? 제가 마셨어요. 마법의 원이 날 둘러싸고 있어요. 이제는 칼로도 날 벨 수 없고 자귀로도 뚫고 들어올 수 없어요."

모인 부인들은 서로 이야기를 하느라고 아무도 그녀의 말을 듣지 않았다.

굿워터 부인이 고개를 끄덕이며 팔을 들자 부인들이 조용해졌다.

엘마이라는 톰의 손을 꼭 잡았다. 톰은 눈을 감고 몸을 움츠렸다.

"숙녀 여러분."

엘마이라가 말했다.

"저도 여러분과 동감입니다. 지난 수년 동안 여러분께서 무슨 일을 겪었는지 잘 알고 있습니다. 여러분께서 왜 여기 있는 굿워터 부인을 회장으로 뽑았는지도 잘 알고 있습니다. 여러분은 식사를 마련해 주어야 할 아들, 딸, 남편이 있습니다. 여러분은 알뜰하게 살림도 해야 합니다. 우유가 상하고, 빵이 떨어지고, 케이크가 납작해지는 걸 그냥 두고 볼 순 없으셨을 것입니다. 여러분은 삼 주 내내 집 안에 이하선염이나 천연두, 백일해가 돌길 원하진 않으셨겠죠. 남편이 차에 부딪치거나 시외의 고압선에 감전되길 바라지 않았을 거예요. 하지만 이젠 다 끝났습니다. 이제 당당하게 사셔도 됩니다. 더 이상 속쓰림이나 요통은 없을 것입니다. 제가 마법의 주술을 가져왔습니다. 여기 있는 이 마녀를 처형할 것입니다!"

모든 사람이 주위를 둘러봤지만 마녀는 보이지 않았다.

"*회장* 말입니다!"

엘마이라가 외쳤다.

"날 말하는군!"

굿워터 부인이 모인 사람들 모두를 향해 손을 흔들었다.

"오늘."

엘마이라는 책상을 꼭 잡고 숨을 몰아쉬었다.

"제가 도서관에 갔습니다. 마법을 물리칠 방법을 찾았습니다. 남을 이용하는 사람들을 없앨 수 있는 방법, 마녀가 이곳을 떠나 사라지게 하는 방법 말입니다. 그리고 우리 모두의 권리를 위해 싸울 수 있는 방법을 찾았습니다. 저는 점점 제가 강해지는 것을 느낍니다. 온갖 좋은 뿌리와 화학 약품이 제 안에서 작용해 마법의 힘이 생긴 걸 느낍니다. 저는 갖고 있습니다……."

그녀는 멈추고 주위를 둘러보았다. 그녀는 눈을 한 번 깜박였다.

"전 타르타르 크림을 갖고 있습니다. 그리고……, 저는…… 흰 매부리 발톱과 달빛에 시어진 우유를…… 가지고 있습니다."

그녀는 말을 멈추고 잠시 생각에 잠겼다. 그녀는 입을 다물었다. 마음 깊은 곳에서 우러나온 작은 소리가 힘겹게 입가에서 새어 나오려고 했다. 그녀는 어떻게 하는 게 더 강력한 말이 될지 생각하느라고 눈을 감았다.

"브라운 부인, 괜찮아요?"

굿워터 부인이 물었다.

"좋아요!"

브라운 부인이 천천히 말했다.

"전 빻은 당근과 파슬리 뿌리와 잘게 썬 담배와 노간주 열매를 넣었어요……."

그녀가 다시 멈추었다. 마치 멈추라고 하는 어떤 목소리를 들은 것 같았다. 그녀는 모든 사람의 얼굴을 둘러보았다.

그 방이 천천히 움직이기 시작했다. 처음에는 왼쪽에서 오른쪽으로, 그 다음에는 오른쪽에서 왼쪽으로 움직였다.

"로즈메리 뿌리와 미나리아재비 꽃……."

그녀의 소리는 거의 들리지 않았다. 그녀는 톰의 손을 놓았다. 톰은 한쪽 눈만 뜨고 그녀를 보았다.

"월계수 잎과 한련 꽃잎……."

그녀가 말했다.

"앉는 게 나을 거 같아."

굿워터 부인이 말했다.

옆에 있던 숙녀 한 사람이 일어나서 창문을 열었다.

"말린 빈랑 열매, 라벤더, 야생 사과 씨."

브라운 부인이 말을 계속하려다 멈추었다.

"이제 서둘러서 선거를 합시다. 다들 투표를 하세요. 난 표를 만들겠어요."

"서두르지 마, 엘마이라."

굿워터 부인이 말했다.

"그래요. 그러죠."

엘마이라가 몸을 떨며 심호흡을 했다.

"기억하세요, 숙녀 여러분. 이제 더 이상 두려워하지 마세요. 늘 하고 싶었던 대로 하세요. 날 뽑아 주세요. 그리고……."

다시 방 안이 술렁이고 있었다.

"정직한 행정을 할 겁니다. 굿워터 부인을 회장으로 선출하고 싶으신 분은 '예' 하세요."

"예."

방 전체가 대답했다.

"엘마이라 부인을 선출하고 싶으신 분은?"

그녀는 침을 삼켰다.

잠시 후에 그녀 혼자만 대답했다.

"예."

그녀는 멍해져서 연단 위에 서 있었다.

방 전체가 침묵에 잠겼다. 그 침묵 속에서 엘마이라 브라운은 쉰 소리를 냈다. 그녀는 목에 손을 갖다 대고, 몸을 돌려 멍한 표정으로 굿워터 부인을 바라보았다. 굿워터 부인은 지갑에서 아무렇지도 않게 작은 양초 인형을 꺼냈다. 그 인형에는 녹슨 압핀이 꽂혀 있었다.

"톰."

엘마이라가 말했다.

"화장실로 안내해 다오."

"예, 알았어요."

그들은 처음에는 걷다가, 빨리 걸었고 그 다음에는 달려갔다. 엘마이라는 앞장서서 군중 사이를 뚫고 통로로 달려갔다……. 그녀는 문에 도착하자 왼쪽으로 걷기 시작했다.

"안 돼, 엘마이라. 오른쪽이야, 오른쪽!"

굿워터 부인이 소리쳤다.

엘마이라는 왼쪽으로 돌아 사라졌다.

경사진 길에서 석탄이 아래로 쏟아지는 것 같은 소리가 났다.

"엘마이라!"

부인들은 여학생 농구팀처럼 서로 부딪치면서 여기저기 뛰어다녔다. 굿워터 부인만 똑바로 걸었다.

톰은 난간을 꼭 잡은 채 계단 아래를 바라보았다.

"40계단!"

그가 신음소리를 냈다.

"땅바닥까지 40계단이네."

몇 달이, 몇 해가 지난 다음에도 사람들 사이에 취한 엘마이라 브라운이 어떻게 계단을 하나하나 지나며 굴러 떨어졌는지에 대한 이야기가 떠돌았다. 그녀는 쓰러지자마자 의식을 잃었고 계단에서 미끄러졌다기보다는 고무 뼈로 된 고무공처럼 떼굴떼굴 굴러 떨어졌다. 그녀는 땅바닥에 떨어졌다 눈을 뜨고 정신이 좀 들자 뭐가 되었건 자신의 심기를 불편하게 만든 것으로부터 뺑소니쳤다. 정말이지 너무 심하게 멍이 들어서 문신을 한 것처럼 보였다. 그러나 팔목이 삔 것도, 발목이 접질린 것도 아니었다. 그녀는 사흘 동안 우스꽝스럽게 고개를 비스듬히 들고 다녔으며 사람을 쳐다볼 때 고개를 돌리지 못하고 눈동자만 돌렸다. 하지만 중요한 것은 히스테리 상태의 부인들이 모인 가운데 굿워터 부인이 계단 아래의 엘마이라를 무릎 위에 눕혀 놓고 눈물을 흘린 사실이었다.

"엘마이라, 내가 약속할게, 엘마이라. 내가 맹세할게. 제발 살아나기만 해. 죽지만 말아. 내 이야기를 들어 봐, 엘마이라. 들어 봐! 앞으로는 좋은 일에만 마법을 쓸게. 더 이상 나쁜 일에는 마법을 쓰지 않을게. 할 수만 있으면 더 이상 개에게 걸려 넘어지거나, 문지방에 걸려 넘어지거나, 손가락을 베이거나, 계단에서 떨어지지 않도록 할게. 엘리시움, 엘마이라, 엘리시움, 내가 약속할게! 살아야 해! 제발 살아나야 해! 봐, 인형에서 압핀을 뽑을게! 엘마이라, 말해 봐! 이젠 일어나서 말해 봐. 그리고 다시 계단으로 올라와 투표를 해야지. 내가 회장, 인동넝쿨 부인회 회장직을 줄게. 그래도 되지요, 숙녀 여러분?"

모인 부인들은 일제히 너무 큰 소리로 대답했다. 그 소리에 그들이 휘청거릴 정도였다.

위층에서 이 소리를 들은 톰은 아래층에서 사람이 죽었다고 생각했다.

그가 계단을 반쯤 내려갔을 때, 되돌아오는 부인들과 마주쳤다. 그들은 마치 다이너마이트 폭발을 피해 오는 사람들처럼 보였다.

"저리 가라, 애야!"

굿워터 부인이 앞장서서 웃다 울다 하며 오고 있었다.

엘마이라 브라운 부인이 똑같은 모습으로 뒤따랐다.

그 두 사람 뒤에 다른 123명의 부인회 회원들이 따라왔다. 그들은 자신들이 장례식에서 돌아오는 길인지 무도회에 가는 길인지 모르는 것 같았다.

톰은 그들이 지나가는 모습을 지켜본 후 고개를 저었다.

"이제 난 더 이상 필요 없군."

그가 말했다.

"이젠 전혀 필요 없군."

그래서 그는 그들 몰래 발꿈치를 들고 살살 걸어 내려갔다. 걸어가는 내내 톰은 계단 난간을 꼭 붙들었다.

24

"본 대로 말하자면,"

톰이 말했다.

"간단히 말해 완벽하게 끝났어. 부인들은 미친 사람처럼 굴었어. 모두 코를 풀고 주위에 서 있었지. 엘마이라 브라운 부인은 계단 밑에 앉아 있었어. 부인은 부러진 데가 없었어. 부인의 뼈는 젤리로 되어 있나 봐. 그리고 그 마녀는 동정심을 얻으려고 울고 있었어. 그러다가 모두 갑자기 웃으면서 계단을 올라오는 거야. 상상해 봐. 난 잽싸게 빠져 나왔지!"

톰은 셔츠를 헤치고 타이를 풀었다.

"마법이라고 했어?"

더글러스가 물었다.

"일요일부터 치면 여섯 가지 마법이야."

"넌 그걸 믿어?"

"믿을까 말까 해."

"야, 이 마을에는 그런 일 천지야."

더글러스가 지평선을 바라보며 말했다. 지평선 근처 하늘에는 고대의 신과 무사의 형상을 한 구름이 가득했다.

"마법과 양초 인형과 바늘과 신선주 이야기지?"

"신선주는 아니야, 토하는 게 나을 거야. 왝! 왝!"

톰은 위를 움켜잡고 혀를 내밀었다.

"마녀라……."

그렇게 말한 더글러스는 알 수 없다는 표정으로 눈을 가늘게 떴다.

25

 사방에서, 사방에서 사과가 하나씩 떨어지는 소리가 들리는 날이 다가온다. 처음에는 여기 하나, 저기 하나 떨어지지만 그러고 나면 여기 셋, 저기 넷 떨어지고 그러고 나면 또 아홉 개씩, 스무 개씩 떨어져 마침내 폭우처럼 쏟아져 내린다. 어두워져 가는 부드러운 잔디밭에 이렇게 사과가 떨어지면 말발굽 소리가 난다. 당신은 나무에 매달린 마지막 사과가 된다. 그러고는 바람이 불어 하늘을 잡고 있던 손을 놓으면 지상으로 떨어진다. 잔디밭에 떨어지기 전에 나무가 있었다는 것이나, 다른 사과들이 있었던 것이나, 여름이었던 것이나, 나무 아래 푸른 잔디밭이 있었던 것을 몽땅 잊어버릴 것이다. 당신은 어둠 속으로 떨어질 것이다…….
 "아니야!"
 대령은 눈을 번쩍 뜨고 휠체어에 꼿꼿하게 앉았다. 그는 차가운 손을 뻗어 전화를 찾았다. 아직 전화가 있구나! 그는 잠시 눈을 깜박이며 전화를 가슴에 꼭 안았다.

"난 그 꿈이 싫어."

그는 아무도 없는 방에 대고 말했다.

마침내 그는 떨리는 손으로 전화기를 들고 장거리 전화 교환수를 불러 전화번호를 하나 알려 준 후 기다렸다. 그는 언제라도 징그러운 아들, 딸, 손자, 간호사, 의사들이 몰려와 감각이 점점 마비되는 그의 마지막 사치를 빼앗아 가기라도 할 것 같은 불안에 침실 쪽을 바라보았다. 며칠 전 아니 몇 년 전 일이었나? 가슴에 단검을 찌른 것처럼 심장이 아프던 그날, 아래에서 아이들 소리가 났었지……. 그 아이들의 이름이 뭐였지? 찰스, 찰리, 척, 그래! 그리고 더글러스였어! 그리고 톰이었어! 그는 기억을 되살렸다. 홀에서 그의 이름을 부르다가 문이 잠겨 있자 그들은 되돌아갔다. "흥분하면 안 됩니다."라고 의사가 말했다. 방문객 절대 금지, 방문객 절대 금지, 방문객 절대 금지. 아이들이 거리로 나가는 소리가 들렸다. 그들을 본 그는 손을 흔들었다. 그러자 그 아이들도 손을 흔들었다.

"대령님…… 대령님……."

그리고 이제 그는 혼자 앉아 있었다. 작은 회색 두꺼비 같은 심장이 이따금씩 가슴 여기저기서 약하게 뛰고 있었다.

"프리라이 대령님."

교환수가 말했다.

"부탁하신 전화입니다. 멕시코시티, 에릭슨 3899입니다."

멀긴 했지만 아주 맑은 목소리가 들렸다.

"여보세요."

"조르쥐!"

노인이 외쳤다.

"프라이 나리. 또 전화를 하셨어요? 돈이 많이 들 텐데요."

"상관없어! 자네가 뭘 해야 하는지 알고 있지?"

"그래요. 창문 말씀이시죠? 잠시만요."

목소리가 들렸다.

수천 킬로미터 떨어진 남쪽 땅에서, 그 땅의 건물 사무실에서 전화로부터 멀어지는 발자국 소리가 들렸다. 노인은 몸을 앞으로 숙이고 수화기를 꼭 잡은 다음 주름투성이인 귀에 갖다 댔다. 다음 소리를 기다리는 동안 귀가 아팠다.

창문이 올라갔다.

아, 노인이 한숨을 쉬었다.

더운 황색 정오 열린 창문으로 들어온 멕시코시티의 소리가 전화 속으로 전해졌다. 조르쥐가 거기서 환한 대낮을 향해 전화기를 빼 들고 서 있는 모습이 떠올랐다.

"나리……."

"아니야, 아니야. 제발 듣게 해 줘."

금속성 경적이 울리는 소리, 브레이크가 찍 미끄러지는 소리, 붉은 자줏빛 바나나와 정글 오렌지를 파는 과일 행상의 소리가 들렸다. 프리라이 대령의 발이 움직이기 시작했다. 그는 휠체어 손잡이를 잡고 걷는 동작을 했다. 긴장하여 눈을 찌푸리고 계속 큰 소리로 쿵쿵댔다. 건포도 같은 파리로 뒤덮인 채 햇볕에 말려지는 고깃덩어리 냄새 같았다. 그리고 아침 비로 촉촉해진 자갈길 냄새가 났다. 뾰족한 수염이 난 그의 뺨이 햇빛에 후끈 달아오르는 느낌이었다. 그는 다시 스물다섯 살이 되었다. 걷고, 바라보고, 미소짓고, 살아서 행복했으며, 아주 민첩하게 색채와 냄새를 마시고 있었다.

문 두드리는 소리가 났다. 그는 잽싸게 전화를 옷 속에 감추었다.

간호사가 들어왔다.

"안녕하세요?"

그녀가 말했다.

"괜찮으세요?"

"괜찮아."

노인은 기계적으로 대답했다. 그는 거의 볼 수가 없었다. 문 두드리는 소리에 놀랐지만 그의 일부는 여전히 멀리 떨어진 다른 도시에 가 있었다. 그는 제정신이 돌아오길 기다렸다. 여기서는 질문에 공손하게 대답하고, 정상적으로 행동해야만 한다.

"맥박을 재러 왔어요."

"지금은 안 돼!"

노인이 말했다.

"어디 가실 거 아니잖아요?"

간호사가 미소를 지었다.

그는 그녀를 가만히 쳐다보았다. 10년 동안 그는 아무데도 간 적이 없었다.

"손목을 내미세요."

그녀의 손가락이 한 쌍의 측경기처럼 단호하고 정확하게 그의 맥박을 재고 거기서 아픈 징조를 찾아냈다.

"흥분하셨네요. 뭘 하셨어요?"

그녀가 물었다.

"아무 짓도 안 했어."

그녀의 시선이 흔들리다가 전화기가 사라진 탁자 위에 머물렀다. 그 순간 3000킬로미터 떨어진 곳에서 나는 희미한 경적 소리가 들렸다.

그녀는 옷 밑에 숨겨 놓은 전화기를 꺼내서 그의 얼굴 앞에 갖다 댔다.

"왜 이런 짓을 하세요? 다시는 안 그러겠다고 약속하셨잖아요? 이러니까 건강이 악화되시는 거예요, 안 그래요? 흥분해서 너무 이야기를 많이 하시게 돼요. 아이들이 여기서 이리저리 뛰어다니고······."

"걔들은 조용히 앉아서 이야기만 들었어."

대령이 말했다.

"그리고 난 걔들이 전혀 들은 적 없는 새로운 이야기를 해 주었지. 버펄로 들소 이야기 말이야. 보람 있는 일이었어. 상관없어. 열이 조금 났을 뿐이야. 아직도 살아 있잖아. 이렇게 살아 있는데 죽을 병이라는 거야? 상관없어. 살아 있기만 하면 열은 언제 나도 괜찮아. 그 전화기 줘. 아이들이 와서 이야기 듣는 걸 금지했잖아. 그러면 적어도 방 밖에 있는 사람과 이야기하는 건 허락해 줘야지."

"죄송합니다, 대령님. 손자 분께 이 사실을 알려야겠어요. 지난 주에 전화기를 가져가시려는 걸 제가 말렸잖아요. 이제는 가져가시게 해야겠어요."

"여긴 내 집이야. 내 전화고. 당신 월급을 주는 사람은 나야!"

"건강을 위해 흥분하지 마세요."

그녀가 그의 휠체어를 밀어 방을 가로질렀다.

"이제 주무세요, 젊은 양반!"

침대에 누워 그는 전화를 돌아보고 또 보았다.

"잠시 가게에 다녀올게요."

간호사가 말했다.

"다시는 전화를 못 하시게 휠체어는 아래층 홀에 감춰 놓을 거예요."

그녀는 빈 휠체어를 방 밖으로 밀고 갔다. 그러고는 아래층 입구에서 멈추더니 전화를 돌리는 소리가 들렸다.

멕시코시티에 전화하고 있는 걸까? 그는 궁금했다. 감히 그러지는 못하겠지!

현관문이 닫혔다.

그는 지난주에 여기 이 방에서 있었던 일을 생각했다. 대륙을 지나 걸려 온 은밀한 마약 같은 전화, 파나마 지협, 우림에 싸인 정글의 나라, 파란 난초가 피는 고원, 호수와 언덕…… 말하기…… 말하기…… 부에노스아이레스…… 그리고…… 리마…… 리우데자네이루…….

그는 차가운 침대에서 일어났다. 내일이면 전화가 끊긴다! 얼마나 탐욕스러운 바보였던가! 그는 침대 아래서 가냘픈 상아 다리를 꺼냈다. 젊은 시절 그가 자는 동안 사람들이 다리를 떼어 내서 지하실 아궁이 화로에 버리고 대신 이 다리를 그의 몸에 붙여 놓은 것 같았다. 수년 동안 그들은 그를 완전히 망가뜨려 놓았다. 그의 손과 팔을 떼어 내고 체스 말처럼 약하고 소용 없는 대용품을 달아 주었다. 그리고 이제 잘 보이지 않는 기억마저 간섭하려 들었다. 과거로 연결해 주는 전화선까지 끊으려 했다.

그는 침대에서 떨어진 후 굴러서 방을 가로질러 갔다. 전화기를 잡아쥐고 벽에 기대어 앉았다. 그는 장거리 교환수를 불렀다. 심장이 더 빨리, 더 빨리 뛰어서 터질 것 같았고 눈앞이 깜깜했다.

"빨리, 빨리!"

그는 기다렸다.

"부에노?"

"조르쥐, 전화가 끊겼어."

"다시는 전화하시면 안 됩니다, 나리."

멀리서 목소리가 들렸다.

"나리, 간호사가 전화했어요. 몹시 아프시다면서요. 전화를 끊어야겠어요."

"아니야, 조르쥐! 제발!"

노인이 사정했다.

"마지막으로 한 번만 내 말을 들어 봐. 내일이면 전화를 끊는대. 다시는 자네에게 전화할 수 없어."

조르쥐는 아무 말도 하지 않았다.

노인이 계속 말했다.

"신을 위해 조르쥐! 우정을 위해! 아니면, 옛날을 위해! 자네 이게 무슨 뜻인지 몰라서 그래? 자넨 나랑 동갑인 데도 움직일 수 있잖아! 난 십 년간 아무 데도 가지 못했어."

그는 전화기를 떨어뜨렸다가 가까스로 다시 집어 들었다. 고통으로 심장이 터질 것 같았다.

"조르쥐! 자네 거기 있지? 그렇지?"

"이번이 마지막이시죠?"

조르쥐가 말했다.

"약속할게!"

그 전화기는 수천 킬로미터 떨어진 책상 위에 놓여 있었다. 다시 그 낯익은 발자국 소리, 멈추는 소리, 마지막으로 창문이 올라가는 소리가 들렸다.

"들어 봐."

노인은 자신에게 속삭였다.

그때, 다른 햇빛 아래 있는 수많은 사람의 소리와 희미하게 울리는 오르간 소리가 들렸다. 「라 마림바」였다. 오, 사랑스러운 춤곡.

노인은 눈을 꼭 감고 낡은 성당 사진이라도 찍으려는 사람처럼 손을 들었다. 그의 몸은 통통하게 살이 찌고, 더 젊어지고, 발바닥 아래 뜨거운 보도가 느껴졌다.

그는 말하고 싶어졌다.

"자네 아직도 거기 있지, 그렇지? 그 도시 사람들은 다 이제 막 낮잠이 들었지. 가게는 문을 닫고 어린 남자 아이들이 '복권 사세요!'라며 소리 지르고 있지. 너희, 그 도시 사람들은 모두 거기 있지. 그 사람들 사이에 내가 있었던 게 믿어지지 않아. 어느 도시든 멀리 떨어져 있으면 환상이 되어 버리지. 뉴욕이든 시카고든 그곳에는 사람들이 살고 있지만 멀리서 보면 아무도 존재하지 않는 도시처럼 보여. 내가 여기 일리노이 주의 조용한 호숫가에서 마치 없는 것처럼 살 듯이. 우리 모두 곁에 없을 때는 서로에게 존재하지 않는 사람이 되지. 그래서 소리를 듣고, 멕시코시티가 아직도 거기에 있고, 사람들이 움직이며 살고 있는 걸 알게 되지……."

그는 수화기를 귀에다 꼭 갖다 대고 앉았다.

그러자 마침내 가장 존재하지 않을 것 같은 소리인 모퉁이를 도는 초록색 전차 소리, 이국적인 갈색 피부의 사람들을 가득 태운 초록색 전차 소리가 또렷하게 들려왔다. 사람들이 달려와 마침내 승리의 함성을 지르며 전차에 올라타고 흔들리다가 끽 소리와 함께 모퉁이를 돌아 사라지는 소리. 시장 난로의 프라이팬에 토르티야 소리만 남기고 멀리 사라지는 사람들. 아니면 3000킬로미터의 구리 전선을 따라 떨리는 윙윙 소리인가…….

노인은 바닥에 주저앉았다.

시간이 흘러갔다.

아래층 문이 천천히 열리고 가벼운 발자국 소리가 났다. 그들은 주저하다가, 위층으로 올라왔다. 중얼거리는 소리가 들렸다.

"우린 여기 오면 안 돼!"

"대령님께서 전화를 하셨어. 우리가 와 주길 몹시 원하셨어. 실망시켜 드릴 수는 없어."

"아프시잖아!"

"맞아! 그렇지만 간호사가 나가면 오라고 하셨어. 잠깐만 들어가 인사만 하고……."

침실 문을 활짝 열었다. 세 소년은 노인이 거기 바닥에 주저앉아 있는 걸 보았다.

"프리라이 대령님?"

더글러스가 가만히 불렀다.

그의 침묵에는 뭔가가 있었다. 아이들은 모두 입을 떼지 못했다.

그들은 발꿈치를 거의 들다시피 하고 노인에게 다가갔다.

더글러스는 몸을 숙이고 이제는 아주 차가워진 노인의 손에서 전화기를 떼어 냈다. 수화기를 귀에다 갖다 대고 들어 보았다. 멀리서 낯선 최후의 소리가 들렸다.

3000킬로미터 떨어진 곳에서 창문 닫히는 소리가.

26

"붐!"

톰이 말했다.

"붐! 붐! 붐!"

그는 법원 앞 광장에 있는 남북 전쟁 당시 사용했던 대포 위에 앉아 있었다. 더글러스는 대포 앞에 있다가 가슴을 움켜쥐고 잔디밭에 쓰러졌다. 그리고 일어나지 않았다. 그냥 생각에 잠긴 얼굴로 그대로 거기 누워 있었다.

"곧 낡은 연필이라도 꺼낼 것처럼 보이는데."

톰이 말했다.

"생각을 좀 해 보자!"

더글러스가 대포를 보면서 말했다. 그는 몸을 뒹굴며 하늘과 나무를 보았다.

"톰, 불쑥 이런 생각이 떠올랐어."

"무슨 생각?"

"어제 칭 링 수가 죽었어. 어제 바로 여기 이 도시에서 남북 전쟁이 영원히 끝났어. 바로 어제 여기서 링컨이 죽었고, 리 장군과 그랜트 장군과 다른 수십만의 사람들이 남과 북을 위해 죽었어. 그리고 어제 오후에 프리라이 대령님의 집에서 일리노이 주 그린타운만큼 거대한 한 떼의 버펄로가 벼랑에서 떨어져 허공으로 사라졌어. 어제 그 거대한 먼지 더미가 가라앉았어. 그 순간에는 난 의미를 몰랐어. 끔찍한 일이야, 톰, 끔찍한 일이야! 이 모든 군인과 리 장군과 그랜트 장군과 어니스트 에이브와 칭 링 수가 사라졌는데 이제 뭘 하지? 그렇게 많은 사람이 그렇게 빨리 죽으리라고는 생각지도 못했어. 그런데 그랬어. 분명히 그랬어!"

톰은 대포 위에 걸터앉아 형을 내려다보고 있었다. 형의 목소리가 아스라이 사라져 갔다.

"지금 공책 있어?"

더글러스는 머리를 흔들었다.

"집에 가서 잊어버리기 전에 써야 해. 세상 인구의 절반이 매일 형 앞에서 사라지는 건 아니니까."

더글러스는 몸을 일으켰다. 그는 아랫입술을 깨물면서 법원 앞 잔디밭을 천천히 가로질러 걸어갔다.

"붐."

톰은 조용히 말했다.

"붐, 붐!"

그러고 나서 그는 큰 소리로 말했다.

"형! 형이 잔디밭을 가로지를 때 세 번이나 죽였어! 더그, 내 말 들려? 헤이, 더그 형? 오케이. 됐어."

그는 대포 위에 앉아서 녹슨 포신을 보았다. 그리고 한쪽 눈을 찡그렸다.

"붐!"

점점 작아져 가는 사람을 향해 그가 속삭였다.

"붐!"

27

"자!"

"스물여덟!"

"자!"

"서른!"

"자!"

"서른하나!"

지렛대가 아래로 내려갔다. 민들레 와인이 가득 찬 병의 뚜껑이 노란색으로 밝게 빛났다. 할아버지가 마지막 병을 더글러스에게 넘겼다.

"올 여름 들어 두 번째 수확이다. 6월이 선반 위에 있구나. 자, 이제 8월이 위로 올라간다."

더글러스는 따뜻한 민들레 와인 병을 들었지만 그것을 선반 위에 놓지는 않았다. 숫자가 붙여진 다른 병들이 선반 위에서 기다리고 있었다. 그 병들은 모두 비슷했다. 다른 점이 전혀 없었다. 모두 빛나고, 모두 반듯하고, 모두 넉넉해 보였다.

살아 있다고 깨달은 날에 대한 생각이 스쳤다. 왜 그날이 다른 날보다 빛나지 않았지?

존 허프가 이 세상 끝에서 떨어져 나가 사라진 날이 있었지? 왜 그날이 다른 날보다 더 어둡지 않았지?

어디, 어딘가에 바람이 불면 파도처럼 일렁이는 밀들 사이를 고래처럼 뛰어다니는 개들이 있을까? 초록 기계나 전차의 번개 치는 냄새가 어디에 있을까? 와인은 기억할까? 기억할 리가 없어! 아니면 어쨌든 기억하는 것 같지 않아.

어느 책엔가 이런 말이 씌어 있었다. 사람들이 한 말과 사람들이 부른 노래가 아직 살아 저 우주 멀리 아득한 켄타우로스 좌까지 갈 수 있으면 조지 워싱턴이 자면서 한 이야기나, 시저가 등에 칼을 맞고 놀라서 지른 소리를 들을 수 있다는 것이다. 그러면 빛은 어떻게 되지? 한 번 나타난 것은 모두 그냥 죽지 않는다. 아니, 죽을 수 없다. 그것은 세상 어딘가에 있을 것이다. 어쩌면 꽃가루 사이에, 벌들이 모아 온 호박빛 꽃가루로 화사한 꿀이 가득찬 벌집 속에 있는지도 모른다. 어쩌면, 잠자리 3만 개의 눈 속에서 한 해 동안의 색깔과 광경 모두를 찾을 수 있을지도 모르겠다. 아니면 민들레 와인 한 방울을 현미경에 떨어뜨리면 거기에 독립 기념일의 불꽃이 베수비어스 산(이탈리아 폼페이 근처에 있는 활화산——옮긴이)처럼 폭발할지도 모르겠다. 어쩜 그렇게 믿어야 할지도 모르겠다.

그렇지만……. 더글러스는 프리라이 대령이 넘어져서 땅 속 2미터 아래에 묻힌 날짜가 적힌 이 와인 병의 숫자를 보아도, 검은 침전물 1그램, 거대하게 피어오르는 버펄로 먼지 한 점, 사일로의 총에서 나온 유황 한 줄기도 찾을 수 없었다……

"8월이 올라가요."

더글러스가 말했다.

"예, 그래요. 하지만 세상살이란 기계도 친구도 다 사라지고 마지막으로 민들레 몇 송이만 추수하는 거군요."

"쯧쯧. 마치 장례식의 조종 같구나."

할아버지가 말했다.

"그건 욕보다 더 끔찍한 말이야. 하지만 비누로 입을 씻으라고는 하지 않으마. 대신 민들레 와인을 한 모금 마시렴. 여기, 이제 쭉 들이켜 봐라. 맛이 어떠냐?"

"입 안이 타요! 하!"

"이제 올라가서 골목을 세 번 뛰고 공중제비를 다섯 번 하고 팔굽혀펴기를 여섯 번 하고 나무 두 그루에 올라가거라. 그럼 조문객이 아니라 지휘자가 될 거야. 준비!"

뛰면서 더글러스는 생각했다. 팔굽혀펴기 네 번, 나무 하나 올라가기, 공중제비 두 번이면 될 거야!

28

 8월 1일 정오, 빌 포레스터는 막 차에 올라탔다. 그는 아주 맛있는 아이스크림을 사러 시내에 가는데 같이 갈 사람이 있냐고 소리쳤다. 5분도 채 안 되어 더글러스는 뜨거운 보도를 벗어나 소다 냄새가 나는 가게와 상큼한 바닐라 향이 나는 동굴 모양의 방을 지나고 있었다. 땀은 났지만 기분이 좋아 가볍게 몸을 흔들며 걸었다. 빌 포레스터와 함께 더글러스는 눈처럼 하얀 대리석 소다수 통 옆에 앉았다. 그들은 가장 이상한 아이스크림들을 읊어 댔고 가게 주인이 "구식 라임 바닐라 아이스……"라고 했을 때, "바로 그거예요!"라고 빌 포레스터가 말했다.
 "그걸로 주세요!"
 더글러스가 말했다.
 아이스크림을 기다리면서 그들은 회전의자를 천천히 돌렸다. 은색 주둥이, 빛나는 거울, 조용해진 천장 선풍기, 작은 창문 위의 초록색 셰이드, 하프 줄 의자들이 눈앞을 스쳐 갔다. 그러다 멈추어 아이스크림 숟가락을 입에 넣고 있는 아흔다섯 된 헬렌 루미스 할머니에게서 눈길을 떼지 못했다.

"젊은이."

그녀가 빌 포레스터에게 말했다.

"자넨 정말 상상력이 뛰어나고 귀족적이야. 또, 보통 남자 열 명 정도의 의지를 갖고 있어. 그렇지 않으면 메뉴에 있는 보통 아이스크림이 아닌 라임 바닐라 아이스 같은, 듣도 보도 못한 걸 주문하면서 전혀 망설이거나 구차한 변명없이 그렇게 당당할 순 없을 거야."

그는 그녀를 향해 정중하게 고개를 숙였다.

"둘 다 이쪽으로 와서 앉지."

그녀가 말했다.

"신기한 아이스크림이나 우리가 좋아할 듯한 그런 것들에 대해 이야기해 보자고. 걱정 마. 돈은 내가 낼 테니."

그들은 웃으면서 아이스크림을 들고 그녀의 탁자 쪽으로 갔다.

"넌 스폴딩 같은데."

그녀가 소년에게 말했다.

"할아버지와 머리 모양이 똑같네. 그리고 자네, 자네는 윌리엄 포레스터지. 《크로니클》에 아주 좋은 기사를 많이 쓰더군. 다 말할 순 없지만 자네 이야기는 많이 들었어."

"저도 할머니를 아는데요."

빌 포레스터가 말했다.

"미스 헬렌 루미스 양이시죠?"

그는 망설이다가 계속 말했다.

"한때 당신을 사랑했어요."

"음, 그렇게 말을 시작하니 기분이 썩 좋은걸."

그녀는 조용히 자신의 아이스크림을 펐다.

"또 다시 만날 수 있는 구실이 생겼네. 아니야. 내게 언제, 어디서, 어떻게, 날 사랑하게 되었는지는 말하지 마. 그건 다음 만남을 위해 아껴 두게. 자네들과 이야기를 하다 보니 먹고 싶지가 않네. 입맛이 달아났어. 자, 보자! 음, 이제 집에 가야 할 시간이네. 자넨 기자니까 내일 3시와 4시 사이에 차를 마시러 오게. 자넬 위해서 이 도시가 인디언 교역소이던 시절부터의 역사를 간략하게 말해 줄 수 있어. 그러다 보면 우리 둘 다 호기심이 나 이야깃거리가 생길 거야. 포레스터, 자넬 보니 내가 칠십 년, 그래, 칠십 년 전에 데이트하던 신사가 생각나."

그녀는 그들의 맞은편에 앉아 있었다. 그것은 길을 잃고 떨고 있는 회색 나방과 이야기하는 것 같았다. 그 목소리는 저 멀리서, 눌린 꽃잎과 오래된 나비의 가루로 뒤덮인 낡은 회색빛 물체에서 나오는 소리 같았다.

"자."

그녀가 일어났다.

"내일 올 거지?"

"물론 갈게요."

빌 포레스터가 말했다.

그녀는 청년과 소년을 뒤로하고 시내로 향했다. 그들은 천천히 아이스크림을 먹으면서 사라져 가는 그녀의 모습을 지켜보았다.

다음날 윌리엄 포레스터는 오전에 신문에 낼 지방 뉴스를 점검하고 오후에는 시외에 나가 잠시 낚시를 했다. 작은 물고기 몇 마리밖에 잡지 못했지만 즐거운 마음으로 돌아왔다. 그리고 아무 생각 없이, 아니면 적어도 무의식적으로, 3시에 어떤 거리를 향해 차를 몰았다. 손이 저절로 운전대를 돌렸다. 그는 큰 로터리를 지나 담쟁이넝쿨로 덮인 어떤 집 입구에 멈추었다. 그는 차에서 내리면서 차가 자신의 담배 파이프만큼이나 낡고 흠집이 많은 게 마음에 걸렸다. 이 새로 칠한 빅토리아풍 삼층집의 거대한 정원에서 보니 자신의 차가 한층 더 지저분해 보였다. 정원 끝에서 뭔가가 유령처럼 희미하게 움직였고 속삭이는 소리가 들렸다. 그리고 거기, 오랜 시간과 먼 거리를 건너온 미스 루미스가 혼자 앉아 그를 기다리고 있었다. 번쩍이는 은 찻잔과 은 찻주전자가 준비되어 있었다.

"이렇게 준비하고 여자가 기다리는 건 처음이에요."

그는 걸어오며 말했다.

"또, 제가 약속 시간을 지킨 것도 처음이에요."

그가 시인했다.

"왜 그런 거지?"

그녀가 버드나무 의자에 등을 기대며 물었다.

"모르겠어요."

"자."

그녀가 차를 따르기 시작했다.

"우선, 자네가 보기에는 세상이 어때?"

"전 전혀 모르겠어요."

"소위 지혜의 시작이로군. 열일곱 때는 세상을 다 아는 것 같지. 스물일곱인데도 여전히 다 안다고 생각하면 아직도 열일곱이지."

"흘러간 세월에서 아주 많이 배우신 것 같으세요."

"모든 걸 아는 것처럼 보이는 건 늙은이의 특권이야. 하지만 그것도 연기고 가면이야. 다른 연기나 가면과 마찬가지로 우리 늙은이들 사이에선 서로 윙크를 하고 웃으며 '내 가면, 내 연기, 내 확신이 어때?', '인생은 어차피 연극 아니야?', '내 연기가 썩 괜찮지 않았어?'라고 하지."

두 사람은 조용히 웃었다. 그는 등을 뒤로 기대고 웃었다. 몇 개월 만에 처음으로 자연스럽게 소리 내어 웃는 것이었다. 두 사람 모두 잠잠해지자, 그녀는 두 손으로 찻잔을 들고 찻잔 속을 들여다보았다.

"우리가 이렇게 늦게 만난 건 행운이야, 알겠어? 내가 스물하나의 몹시 어리석을 때였으면 자넬 안 만났을 거야."

"스물한 살 된 예쁜 처녀들에게는 특별한 법칙이 있나 보죠?"

"내가 예뻤을 것 같아?"

그는 흔쾌하게 고개를 끄덕였다.

"하지만 어떻게 알아?"

그녀가 물었다.

"백조를 잡아먹은 용의 입가에 남아 있는 백조 깃털 몇 개를 보고 짐작하는 거야? 보통 그렇지. 내 몸은 이제 용이야. 비늘과 주름밖에 없어. 그래서 용은 백조를 먹는 거야. 그녀를 본 지도 몇 년이나 되었는걸. 그녀가 어떻게 생겼는지 기억도 안 나. 그래도 그녀를 느껴. 아직도 내 안에 살아 있는 걸. 백조라는 본질은 하나도 변하지 않았어. 봄이나 가을 아침에 잠이 깨면 밭을 가로질러 숲으로 산딸기를 따러 가야 하는데 하는 생각이 들기도 해! 아니면 호수에 가서 수영을 하거나 새벽에 동틀 때까지 밤새도록 춤을 추어야지 하는 생각도 들어! 그러고 나서 참 난 이제 늙고 지친 용이지 하는 깨달음이 오면서 화가 나. 난 허물어져 가는 탑에 갇힌 공주야. 나갈 길은 없고 왕자가 나타나 마법을 풀어 주길 기다리고 있어."

"책을 쓰실 걸 그랬어요."

"아, 물론 썼지. 노처녀가 달리 할 일이 뭐 있겠어? 서른까지야 멋진 생각이 들끓어 정신을 차릴 수 없었지. 그런데 내가 정말 좋아하던 남자가 더 이상 날 기다리지 않고 다른 여자와 결혼해 버렸어. 그 남자에 대한 복수심과 자신에 대한 분노를 못 이겨서 여행을 떠났지. 내 가방은 온통 여행 스티커로 뒤덮여 있었어. 파리에서 난 혼자였고, 비엔나에서도, 런던에서도 혼자였어. 결국 그건 일리노이 주 그린타운에서 혼자인 것과 마찬가지였지. 근본적으로 혼자인 거야. 오, 아직 자네에게는 생각을 하고, 매너를 바꾸고, 대화를 나눌 시간이 많아. 하지만 가끔 삼십 년간 주말마다 같이 있어 줄 동반자를 구할 수만 있다면 내 재산을 다 주어도 좋겠다는 생각을 해."

그들은 차를 마셨다.

"오, 내가 자기 연민에 빠졌군."

그녀는 기분 좋게 말했다.

"자네 이야길 해 보지. 서른하나인데 왜 아직 미혼이지?"

"이렇게 말할게요."

그가 말했다.

"당신같이 생각하고, 말하고, 행동하는 여자를 찾기 힘들어서요."

민들레 와인 231

"이런."

그녀가 심각하게 말했다.

"젊은 여자가 나처럼 말하길 기대하면 안 되지. 그건 이 나이가 되어야 가능한 일이야. 우선, 너무 젊으니까. 둘째, 보통 남자들은 여자가 머리가 좋은 걸 알면 걸음아 나 살려라 하고 도망치니까. 아마 머리 좋은 여자를 몇은 만났을 거야. 그런 여자들이 일부러 더 감추었을 거야. 보물을 찾으려면 이리저리 더 살펴보고 판자를 몇 개 더 들춰 보아야지."

그들은 다시 웃고 있었다.

"난 아마 까다로운 노총각이 될 거예요."

"아니, 아니, 그래선 안 돼. 그건 옳지 않아. 오늘 오후에 여길 오지 말았어야 했어. 이 길은 이집트의 피라미드까지 가야 끝나는 길인데. 피라미드가 아주 좋기는 하지만 미라는 친구로 좋진 않지. 가고 싶은 곳은 어디고, 정말로 하고 싶은 일은 뭐지?"

"이스탄불, 포트사이드, 나이로비, 부다페스트를 보고, 책을 쓰는 거죠. 담배를 실컷 피우는 것, 낭떠러지에서 떨어지다가 중간쯤 나무에 걸리는 것, 한밤중에 모로코 골목길에서 몇 번쯤 총을 맞는 것, 아름다운 여인을 사랑하는 것."

"음, 내가 다 들어줄 순 없겠는 걸."

그녀가 말했다.

"하지만 여행을 많이 해서 그런 도시들에 대해 이야기는 해 줄 수 있어. 그리고 오늘 밤 11시쯤 내가 미처 잠들기 전에 우리 집 잔디밭을 가로질러 온다면 남북 전쟁 때 쓰던 장총으로 쏘아 주지. 그렇게 하면 여행에 대한 욕망이 채워질까?"

"아주 근사할 것 같은데요."

"어딜 먼저 가고 싶어? 난 자넬 데려갈 수 있어. 난 마법을 걸 수 있거든. 이름만 대 봐. 런던? 카이로? 카이로란 말에 얼굴이 환해지네. 그러면 카이로로 가. 자 이제 긴장을 풀게. 저 맛있는 담배를 파이프에 가득 채워 넣고 뒤로 기대게."

그는 뒤로 기대어 앉아 파이프에 불을 붙이고 긴장을 풀며 반쯤 웃었다. 그녀는 이야기를 시작했다.

"카이로……."

그녀가 말했다.

시간은 보석과 뒷골목과 이집트 사막에 부는 바람 사이로 지나갔어. 태양은 황금빛이었고 삼각주로 흘러가는 나일 강은 흙탕물이었어. 피라미드 꼭대기에서 아주 민첩하고 젊은 아가씨가 웃으면서 해가 비치지 않는 쪽으로 올라오라고 했어. 그는 올라갔고 마지막 계단을 올라갈 때 그녀가 손을 내밀어 도와주었어. 그러고 나서 그들은 낙타를 타고 웃으며 거대한 스핑크스를 향해 성큼성큼 다가갔지. 밤늦게 원주민이 사는 구역에서 작은 망치로 은과 청동을 두들기는 소리가 들렸어. 그리고 이름 모를 현악기의 소리가 멀리, 멀리, 멀리, 멀리 사라졌지…….

윌리엄 포레스터는 눈을 떴다. 헬렌 루미스는 모험을 마치고 다시 고향으로 돌아왔다. 고향의 정원, 식어 버린 은 주전자의 차, 늦은 햇살에 말라 버린 과자로 돌아왔다. 두 사람은 아주 친해졌다. 그는 한숨을 쉬고 몸을 쭉 뻗은 후 다시 한숨을 쉬었다.

"이렇게 편한 건 생전 처음이에요."

"나도 그래."

"제가 너무 늦게까지 있었네요. 한 시간 전에는 돌아갔어야 하는데."

"너무 즐거웠어. 하지만 멍청한 노파한테서 자네가 본 건……."

그는 의자에 기대서 눈을 반쯤 감고 그녀를 보았다. 가느다란 빛만 새어 들어올 정도로 가늘게 눈을 떴다. 그는 고개를 이쪽으로 조금 저쪽으로 조금 기울였다.

"뭘 하는 거야?" 하고 그녀가 불편해하며 물었다.

"이렇게 조금만."

그가 중얼거렸다.

"조금만 움직여서, 이렇게 해 주면……."

그는 혼자서 생각했다. '주름을 지우고 시간을 조정해 다시 수십 년 전으로 돌아갈 수 있어요.'

그가 갑자기 움칫했다.

"뭐가 잘못됐어?"

그녀가 물었다.

그것이 사라졌다. 그것을 다시 잡기 위해 그는 눈을 떴다. 그게 실수였다. 눈을 감고 시간을 지우면서 느긋하게 뒤로 기댄 채 있었어야 했는데…….

그가 말했다.

"한순간이었지만, 보았어요."

"뭘?"

"물론, 백조죠."

그가 생각했다. 소리를 내진 않았다. 틀림없이 입술만 달싹거렸다.

다음 순간 그녀는 아주 꼿꼿하게 앉았다. 손을 단호하게 무릎 위에 얹고 그에게서 눈을 떼지 않았다. 그가 무력하게 바라만 보고 있자 그녀의 눈매가 깊어지더니 눈물이 글썽였다.

"미안해요."

그가 말했다.

"정말 미안해요."

"아니야, 그러지 마."

그녀는 꼿꼿하게 앉아 얼굴이나 눈에 손을 갖다 대지 않았다. 그녀는 포갠 두 손을 꼭 쥐었다.

"이젠 가. 그래. 내일 다시 와도 되지만 지금은 제발 가 줘. 그리고 아무 말도 더 하지 마."

그녀를 그늘 아래 탁자에 남겨 둔 채 그는 정원을 통과했다. 뒤를 돌아볼 수가 없었다.

나흘, 여드레, 열이틀이 지났다. 그리고 그는 차, 저녁 식사, 점심 초대를 받았다. 그들은 녹음이 우거진 오후 내내 이야기하며 앉아 있었다. 예술에 대해, 문학에 대해, 삶에 대해, 사회에 대해, 정치에 대해. 그들은 아이스크림과 새고기를 먹고 질 좋은 포도주를 마셨다.

"누가 무슨 이야기를 하든 난 개의치 않아."

그녀가 말했다.

"사람들이 뭐라고들 쑤군대지, 그렇지?"

그가 불편해하며 자세를 바꿨다.

"알아. 여자는 아흔다섯이 되어도 남들 입에 오르내리지."

"제가 오지 않을 수도 있어요."

"오, 아니야."

그녀가 소리쳤다. 그리고 다시 침착해졌다. 더 조용한 목소리로 그녀가 말했다.

"그럴 순 없어. 사람들이 뭐라든 개의치 않잖아? 우리의 상식으로는 괜찮은 거잖아?"

"전 개의치 않아요."

그가 말했다.

"자." 하고 그녀가 등을 기대고 앉았다.

"우리 놀이를 하지. 이번에는 어디를 갈까? 파리? 난 파리를 생각했는데."

"파리."

그가 조용히 끄덕이며 말했다.

그녀가 이야기를 시작했다.

"자, 1885년이고 우리는 뉴욕 항에서 배를 타고 있어. 우리의 짐과 티켓이 있고, 저기 마천루가 보이네. 이젠 바다네. 이제 마르세유로 들어가고 있어……."

그녀는 다리 위에서 세느 강의 맑은 물을 들여다보고 있었다. 잠시 후 갑자기 나타난 그가 그녀 옆에 서서 흘러가는 여름 물결을 보고 있었다. 그녀의 하얀 손엔 와인 잔이 들려 있었으며, 그는 놀라울 정도로 잽싸게 그녀 쪽으로 몸을 기울인 후 그녀와 와인 잔을 부딪쳤다. 그의 얼굴은 베르사유 궁전의 거울 방에 나타났다가 다음 순간 스톡홀름의 김이 나는 스칸디나비아식 전채 요리 너머에 나타났다. 그러고 나서 두 사람은 베니스의 운하에서 이발소 간판의 숫자를 헤아리고 있었다. 그녀가 혼자 했던 일들을 이제는 그와 함께하고 있었다.

8월 중순 늦은 오후에 그들은 서로 마주 보고 앉아 있었다.
"아셨어요?"
그가 말했다.
"제가 이 주 반 동안 매일 여기에 온 걸?"
"말도 안 돼!"
"정말 즐거웠어요."
"그래, 하지만 젊은 아가씨들도 많지……."
"아가씨들에게는 없는 게 당신에겐 다 있어요. 친절하고, 지적이고, 위트 있으세요."
"말도 안 돼. 늙으면 누구나 친절하고 지적으로 돼."
그녀가 멈추더니 한숨을 쉬었다.
"자, 당황할 말을 할게. 우리가 아이스크림 가게에서 만난 첫날 기억나? 내게 어떤 느낌을 가지고 있다고 했지? 한때 사랑했다고 했지? 그 이야기를 다시는 안 꺼내고 일부러 날 기다리게 만들었어. 이제 그 불편한 감정에 대해 모조리 설명해 줘."
그는 무슨 말을 해야 할지 몰랐다.
"정말 당황이 되네요."

그가 항의했다.

"털어놓아 봐!"

"몇 년 전에 당신 사진을 봤어요."

"난 절대로 사진을 안 찍는데."

"오래전에 스무 살 때 찍으신 사진이에요."

"아, 그 사진. 자선 바자나 무도회 때면 먼지를 털어 인쇄하는 그 사진 말이군. 온 마을 사람들이 웃지. 나도 웃는걸."

"그런 사진을 싣다니 신문이 너무 잔인해요."

"아니야. 내가 그러라고 했어. 만일 내 사진을 원한다면, 1853년에 찍은 사진을 쓰라고. 날 그렇게 기억해 달라고 한 거야. 현재의 내 얼굴을 잠시 잊어 달라고 했어."

"모두 말씀 드릴게요."

그는 손을 깍지 낀 채 잠시 멈추었다. 그 사진을 기억해 내는 중이었다. 그의 기억 속에 그 모습이 뚜렷이 떠올랐다. 여기 이 정원에서도 그 사진 속의 모습이 그대로 떠오른 적이 있었다. 처음으로 독사진을 찍기 위해 포즈를 취한 처녀 시절 헬렌 루미스의 아주 젊고 아름다운 얼굴이었다. 그는 수줍게 미소 짓는 그녀의 얼굴을 떠올렸다.

봄의 얼굴이고 여름의 얼굴이자 토끼풀 향기처럼 따뜻한 느낌의 얼굴이었다. 그녀의 입에서는 석류가 빛났고 그녀의 눈은 정오의 하늘이었다. 그녀의 얼굴을 만지는 것은 어느 12월 아침 일찍 일어나 창문을 열고 손을 뻗어 밤새 조용히 내린 예기치 않은 하얀 눈을 만지는 새로운 경험이었다. 그리고 이 모든 것, 이 따뜻한 향기와 이 부드러움은 사진의 화학 작용이라는 기적 속에 영원히 갇혀 있었다. 어떤 시계로도 시간을 단 1초도 움직이게 할 수 없었다. 처음 느낀 서늘한 흰 눈은 영원히 녹지 않고 천 년의 여름을 견디었다.

그것이 그 사진이고, 그가 그녀를 알게 된 연유였다. 이제 그는 다시 이야기를 하고 있었다. 그 사진을 기억해 내 마음속에 새겨 둔 다음이었다.

"처음 그 사진을 봤을 땐, 소박한 머리 모양을 한 여성의 소박한 보통 사진이었어요. 난 그렇게 오래전에 찍은 사진인 줄 전혀 몰랐어요. 그 신문에 난 기사는 그날 밤 헬렌 루미스가 무도회를 이끌게 되리라는 것이었어요. 난 신문에서 사진을 찢었어요. 그날 하루 종일 그 사진을 가지고 다녔어요. 무도회에 갈 작정이었어요. 그리고 그날 오후 늦게 그 사진을 들여다보고 있는데 누군가가 그 이야기를 해 주었어요. 그 아름다운 아가씨 사진은 아주 오래전에 찍은 것인데 매년 신문에 난다고요. 그 사진을 들고 가 그날 밤 당신을 찾을 생각은 하지 말라고 했어요."

그들은 오랫동안 정원에 앉아 있었다. 그는 그녀의 얼굴을 바라보고, 그녀는 멀리 정원 담장을 바라보았다. 분홍색 장미가 담장 위로 기어올라가고 있었다. 그녀가 무슨 생각을 하는지는 알 수 없었다. 그녀의 얼굴은 무표정했다. 잠시 의자를 흔들던 그녀가 조용히 말했다.

"차를 좀 더 마실까? 여기 있어."

그들은 차를 마시며 앉아 있었다. 그녀가 손을 뻗어 그의 팔을 어루만졌다.

"고마워."

"뭐가요?"

"나를 찾으러 무도회에 가려고 한 거나, 내 사진을 오린 거나, 다. 정말 고마워."

그들은 정원 사이로 난 길을 걸었다.

"그리고 이젠 내 차례야."

그녀가 말했다.

"70년 전에 한때 날 사랑했던 어떤 젊은이 이야기를 한 적이 있었지? 그가 죽은 지 50년도 더 되었어. 그러나 젊었을 때, 아주 잘 생겼었지. 그는 며칠이고 말을 몰고 마구 달렸어. 여름밤이면 마을 주변의 초원을 달렸지. 늘 햇볕에 그을린 얼굴은 건강하고 야성적이었지. 손엔 늘 베인 자국이 있었고 연통처럼 담배 연기를 뿜어 댔지. 그리고 마치 나는 것처럼 걸어 다녔어. 직업도 갖지 않고 기분 내키는 대로 돈을 다 날렸지. 그러다 내게서 멀리 달아나 버렸지. 내가 그보다 더 멋대로인데다 결혼해서 안정되게 살고 싶지가 않았던 거야. 바로 그래서였어. 살아 있는 그를 다시 볼 수 있으리라고는 생각지도 않았어. 그런데, 자네는 생생하게 살아 있잖아. 자넨 그 청년처럼 아무 데나 담뱃재를 흘리고, 서투르면서도 우아해. 난 자네가 무슨 짓을 할지 훤히 알고 있어. 그런데도 자네가 뭔가를 하면 늘 깜짝 놀라지. 환생은 헛소리라고 생각했는데 어느 날 그걸 믿게 되었어. 내가 길에서 로버트, 로버트 하고 불렀다면, 윌리엄 포레스터 자네가 뒤돌아보았을까?"

"모르겠어요."

그가 말했다.

"나도 모르겠어. 그래서 인생이 재미있는 거야."

8월이 거의 다 지나갔다. 서서히 가을의 첫 한기가 마을에 스며들고 나무에는 단풍이 살짝 들기 시작했다. 언덕은 희미하게 홍조를, 밀밭은 사자 갈기 빛을 띠어 갔다. 이제 이런 날들의 패턴에 익숙해졌다. 그것은 글씨 연습을 위해 l, w, m을 예쁘게 쓰고, 또 쓰는 것 같았다. 매일매일 섬세한 곡선을 그리고 또 그렸다.

8월 오후 어느 날, 포레스터는 정원을 가로질러 갔다. 헬렌 루미스가 탁자에서 정성껏 글씨를 쓰고 있었다.

그녀는 펜과 잉크를 한쪽으로 치웠다.

"자네에게 편지를 쓰고 있었어."

그녀가 말했다.

"자, 제가 여기 왔으니까 그런 수고를 안 하셔도 되겠네요."

"아니, 이건 특별한 편지야. 이걸 봐."

그녀는 그에게 푸른 봉투를 보여 주었다. 그녀는 그 봉투를 납작하게 눌러 봉하려던 참이었다.

"이게 어떻게 생겼는지 기억해. 이걸 우편으로 받을 때쯤엔 난 죽어 있을 거야."

"그런 말씀 마세요."

"여기 앉아서 내 말을 들어 봐."

그는 앉았다.

"사랑하는 윌리엄,"

그녀가 파라솔 그늘에서 말했다.

"며칠 후면 난 죽을 거야. 정말이야."

그녀는 손을 들었다.

"아무 말도 하지 마. 난 두렵지 않아. 내 나이까지 살게 되면 자네도 두렵지 않을 거야. 난 가재를 싫어했는데, 그건 내가 가재를 먹으려고 시도하지 않아서야. 여든 살 생일날 처음으로 가재를 먹어 봤어. 지금도 가재를 아주 좋아하는 편은 아니지만 이제는 절대로 가재 맛을 믿지 못하거나 두려워하진 않아. 죽음도 가재 같을 거야. 난 죽음과 타협할 수 있어."

그녀는 손을 저었다.

"하지만 그걸로 충분해. 중요한 건 다시는 자네를 볼 수 없다는 거야. 장례식은 생략할 거야. 특별한 문을 통과해 죽음의 세계로 가는 여성도 잠자리로 물러나는 여성 못지않게 사생활을 보호 받을 권리가 있어."

"죽음을 예측할 수는 없어요."

마침내 그가 말했다.

"50여 년 동안, 홀에 있는 할아버지가 물려주신 시계를 보았어. 태엽을 감으면 언제 시계가 멈출지 예측할 수 있어. 노인도 마찬가지야. 노인은 천천히 움직이던 기계가 언제 멈출지 알아. 오, 제발 그런 눈으로 보지 마. 제발."

"어쩔 수 없어요."

그가 말했다.

"즐거웠잖아. 그렇지 않았어? 여기서 매일 이야기를 나눈 건 아주 특별한 사건이야. 흔한 말로 '정신적 만남'이야."

그녀는 손으로 푸른 봉투를 뒤집었다.

"사랑은 정신적이라는 걸 늘 알고 있었어. 때로 육체가 그 사실을 부인하긴 하지. 육체는 자신만을 위해서 살지. 단지 먹고 밤을 기다릴 뿐이야. 근본적으로 밤을 좋아하니까. 하지만 윌리엄, 태양에서 태어난 수천 시간을 인식할 수 있는 늘 깨어 있는 정신은 어떻게 하지? 그 불쌍하고 이기적인 밤의 물건인 육체와 늘 깨어 있는 태양 같은 지성 사이에서 균형을 잡을 수 있겠어? 모르겠어. 난 여기 자네의 정신과 내 정신이 있다는 것, 우리가 함께 지낸 오후가 그 어떤 시간보다도 좋았다는 것밖에 몰라. 그 이야기라면 할 말이 많지만, 다음으로 미루어 두지."

"이젠 시간이 많지 않은 것 같은데요."

"맞아. 하지만 또 다음에 만날 수 있을 거야. 시간은 이상하고 인생은 그 두 배쯤 이상해. 톱니바퀴가 잘못 엇물려 너무 일찍, 아니면 너무 늦게 돌아. 시간을 아주 잘못 맞춘 거야. 하지만 어쩜 난 과거의 어리석은 짓에 대해 벌을 받고 있는 건지도 몰라. 어쨌든 다시 한 번 돌고 나면, 제대로 바퀴가 돌 거야. 그러는 사이에 자넨 착한 아가씨를 만나 결혼하고 행복해질 거야. 하지만 내게 한 가지는 약속해야 해."

"뭐든지 약속할게요."

"윌리엄, 너무 오래 살지는 않겠다고 약속해 줘. 가능하다면, 쉰 전에 죽겠다고. 좀 힘들기야 하겠지만, 이런 충고를 하는 이유는 또 다른 헬렌 루미스가 태어날지 몰라서야. 자네가 아주 아주 늙어서 1999년 오후에 중앙로를 걷다가 스물하나인 나를 보고 다시 모든 균형이 깨지면, 그건 끔찍한 일일 거야. 그렇지 않아?"

"1985년이나 1990년 오후에 톰 스미스나 존 그린이나 그런 이름의 청년이 시내를 걷다가 아이스크림 가게에 들러서 이상한 아이스크림을 시킬 거야. 같은 또래의 젊은 처녀가 거기 앉아 있다가 그 아이스크림의 이름을 듣고 무슨 일인가가 일어나리란 예감이 들 거야. 어떻게 무슨 일이 일어날지는 나도 몰라. 그녀 역시 왜 그리고 어떻게일지 확실히는 모를 거야. 그 청년도 역시 모를 거야. 그 아이스크림의 이름이 두 사람 다에게 아주 듣기 좋은 이름일 거야. 그들은 이야길 시작할 거야. 그리고 서로의 이름을 알 때쯤이면 둘이서 함께 아이스크림 가게를 나올 거야."

그녀는 그를 보고 웃었다.

"이건 아주 깔끔하지. 하지만 이렇게 깔끔한 이야기밖에 할 수 없는 날 용서해 줘. 이게 자네에게 남겨 줄 바보 같은 이야기야. 이제 다른 이야기를 할까? 무슨 이야길 할까? 우리가 아직도 여행하지 않은 곳이 있던가? 스톡홀름에 갔던가?"

"예, 아주 멋진 도시죠."

"글래스고? 그래, 다음에는 어딜 가지?"

"일리노이 주 그린타운은 왜 안 가는 거죠?"

그가 말했다.

"여기 말이에요. 우린 함께 이 도시를 간 적이 없어요."

그녀는 그와 똑같이 등을 뒤로 기댄 채 말했다.

"그러면 내가 열아홉밖에 안 되었던 아주 오래전 이 도시에서 일어난 일을 말할게……."

겨울밤이었다. 그녀는 하얗게 달빛이 비치는 연못에서 스케이트를 타고 있었다. 그녀의 그림자가 미끄러지며 속삭이고 있었다. 그린타운의 여름밤이었다. 공중에, 볼에, 가슴에 불꽃이 일고 있었다. 눈 역시 활활 타오르고 있었다. 불꽃놀이의 빛도 이에 비하면 아무것도 아니었다. 그리고 돌아다니기 좋은 10월의 밤이 되었다. 그녀는 노래를 부르면서 부엌 고리에 걸린 땅콩버터 사탕을 떼 내고 있었다. 그리고 봄날 밤이 되었다. 그녀는 교외 강가의 이끼 위를 달려가 부드럽고 따뜻한 화강암으로 둘러싸인 호수에서 수영을 하기도 했다. 이제 다시 하늘에서 불꽃이 터지는 독립 기념일이었다. 어느 집 현관에서나 빨간 불꽃, 파란 불꽃, 하얀 불꽃이 마구 터지고 있었다. 그녀의 현관에서 마지막 폭죽이 사그라지면서 눈부시게 현란한 빛을 냈다.

"이런 것들을 볼 수 있어?"

헬렌 루미스가 물었다.

"내가 이런 일들을 하며 이런 것들과 함께 있는 게 보여?"

"네."

윌리엄 포레스터가 눈을 감은 채 말했다.

"전 당신을 볼 수 있어요."

"그러면."

그녀가 말했다.

"그러면……."

오후가 지나고 빠르게 석양이 질 무렵까지 그녀는 계속 이야기했다. 그녀의 목소리가 정원에서 울려 퍼졌다. 길을 지나가는 사람이 있었으면 멀리서 그 조그만 소리가 희미하게, 희미하게 울리는 게 들렸을 것이다…….

이틀 후 윌리엄 포레스터는 자신의 방 책상에 앉아 있었다. 그때 편지가 왔다. 더글러스는 그 편지를 이 층으로 가져가 윌에게 건네주었다. 더글러스는 마치 그 안에 무엇이 있는지 아는 것처럼 보였다.

윌리엄 포레스터는 파란 봉투를 알아보았으나 뜯어보지 않았다. 셔츠 주머니에 넣었을 뿐이다. 소년을 잠시 바라보다가 그가 말했다.

"더그, 이리 와. 내가 한턱 낼게."

그들은 말없이 시내로 걸어갔다. 조용히 있어야 한다는 것을 직감한 더글러스는 아무 말도 하지 않았다. 가을이 오는 게 아닌가 했으나 아직도 완연한 한여름이었다. 구름은 끓어오르고 금속 빛 하늘은 새까맣게 그을어 있었다. 그들은 아이스크림 가게로 들어가 대리석 분수 옆에 앉았다. 윌리엄 포레스터는 편지를 꺼내서 앞에 놓았으나 여전히 뜯지 않았다.

그는 콘크리트와 초록색 천막 위로 쏟아지는 노란 햇빛을 보았다. 햇빛은 길 건너 창문 간판의 금빛 글자에도 부딪혀 빛나고 있었다. 그는 벽 위에 걸린 달력을 보았다. 1928년 8월 27일이었다. 그는 손목시계를 보았다. 그러자 가슴이 천천히 뛰는 게 느껴졌고 시계 초침이 아주 천천히 움직였다. 거기서 달력은 영원히 그 날짜에 얼어붙을 것 같았다. 태양은 하늘에 못 박힌 채 영원히 지지 않을 것 같았다. 그의 머리 위 선풍기 아래로 따끈한 공기가 퍼졌다. 열린 문 옆에 여자들이 모여 웃고 있었다. 그는 그들 너머로 도시의 모습과 높이 있는 법원 시계를 바라보았다. 그러고는 편지를 뜯어 읽기 시작했다.

그는 회전의자를 천천히 돌리며 조용히 입으로 그 단어들을 자꾸 되뇌었다. 마침내 큰 소리로 말한 다음 다시 반복했다.

"라임 바닐라 아이스크림 하나요."

다시 말했다.

"라임 바닐라 아이스크림 하나요."

29

더글러스와 톰과 찰리는 그늘 한 점 없는 길을 따라 페인트칠을 하며 왔다.

"톰, 이제 정말로 말해 봐."

"뭘 정말로 말해?"

"행복한 결말인 게 정말이야?"

"토요일 조조 영화를 보면 알 수 있어."

"그래, 그런데 인생도 행복한 결말이야?"

"밤마다 기분 좋게 잠자리에 든다는 것뿐이야, 형. 그게 하루에 한 번 있는 행복한 결말이야. 그 다음 날 아침이면 어쩜 모든 게 엉망이 될지도 몰라. 하지만 그 다음 날도 밤이 되면 잠자리에 들 거고 한동안 누워 있으면 모든 게 괜찮아질 거야."

"난 포레스터 씨와 루미스 할머니 얘기를 하고 있는 거야."

"우리가 할 수 있는 일은 없어. 그녀는 죽었는걸."

"알아! 하지만 누군가가 실수를 한 것 같지 않아?"

"그는 할머니가 그림 속의 처녀라고 생각하는데 그 사이에 그녀가 1억년이나 더 늙어 버린 게 실수라고? 터무니없는 소리야."

"터무니없는 소리라고? 세상에."

"지난 며칠 동안 포레스터 씨가 지나가며 조금씩 이야기를 했어. 한참이나 머리를 굴렸는데 이제야 어떤 이야긴지 알겠어. 왠지 모르겠지만 그 이야기를 조금도 바꾸고 싶지 않아. 바꾼다면, 할 말이 뭐 있겠어? 아무것도……."

"형은 울고 싶다는 걸 인정하지 않는 것뿐이야. 그냥 한참 울고 나면 모든 게 괜찮아질 거야. 그러면 행복한 결말이 와. 그리고 밖으로 나가 다시 사람들과 어울려 다니면 돼. 그게 이해의 시작이야. 포레스터 씨는 한참 울고 주위를 둘러본 다음 이제는 모든 게 끝났고 다시 아침이 왔다는 걸 받아들이는 수밖에 없어. 오후 5시에라도 말이야."

"그건 전혀 행복한 결말처럼 들리지 않는 걸."

"하룻밤을 잘 자든, 10분을 소리치든, 초콜릿 아이스크림 한 상자를 먹든, 아니면 그 셋을 함께 하는 게 좋은 약이야, 더그 형. 형은 지금 톰 스폴딩 의사 선생님 말씀을 듣고 있어."

"조용히 해, 얘들아."

찰리가 말했다.

"우린 거의 다 왔는걸."

그들은 모퉁이를 돌았다.

한겨울에 그들은 여름의 일부를 찾아다녔고 밤의 난로나 얼어붙은

스케이트장 가에 있는 모닥불에서 여름의 파편을 발견했다. 이제 한여름에 그들은 잊혀진 겨울의 작은 일부, 몇 조각이라도 찾아 헤매고 있었다.

모퉁이를 돌자 거대한 벽돌 건물에서 빛이 쏟아져 나왔다. 이미 외우고 있는 간판이지만 그 간판을 읽자 온몸이 상쾌해졌다. 그 간판이 그들이 찾으러 온 것을 알려 주었다.

여름철 얼음 창고.

여름에 여름철 얼음 창고라니! 그들은 웃으면서 그 단어를 발음했고 그 어마어마한 동굴 속을 들여다보았다. 거기에는 22킬로그램, 45킬로그램, 90킬로그램짜리 얼음 덩어리, 빙하와 빙산, 1월에 내렸으나 잊혀진 눈이 암모니아 연기를 뿜으며 유리처럼 맑은 물을 흘리고 있었다.

"이걸 느껴 봐."

찰리 우드먼이 한숨을 쉬었다.

"더 이상 바랄 게 없지 않니?"

눈부신 여름날 한가운데 서 있는 그들에게 자꾸자꾸 겨울의 입김이 뿜어져 나왔다. 그들은 위의 얼음 기계에서 무지개 빛을 내며 끊임없이 떨어지는 안개에 축축해진 나무 플랫폼 냄새를 맡고 있었다.

그들은 얼음을 씹었다. 손이 얼 정도로 차가워서, 손수건으로 얼음을 잡은 후 손수건을 씹어야 했다.

"이 모든 증기, 이 모든 안개."

톰이 속삭였다.

"눈의 여왕. 그 이야기를 기억하지? 아무도 그런 이야기, 눈의 여왕 이야기를 믿지 않아. 그러니까 눈의 여왕이 와서 숨어 있어도 아무도 믿지 않아. 그녀가 숨어 있어도 놀라지 마."

그들은 서늘한 물방울이 위에서부터 긴 붕대처럼 흐르는 것을 보았다.

"아니야."

찰리가 말했다.

"누가 여기 사는지 알아? 한 남자야. 소름 끼치는 한 남자. 생각해 봐."

찰리가 갑자기 목소리를 한껏 낮추었다.

"외로운 남자."

"외로운 남자라고?"

"여기서 태어나서 자랐고 여기에 살고 있어! 겨울 내내, 참, 그 추위 속에서도 여기에 살았어, 더그! 그렇지 않으면 어떻게 일 년 중 가장 더운 날 나타나 우리를 겁주겠어? 그의 냄새가 나지 않니? 그렇다는 걸 진짜로 알고 있잖아. 외로운 남자…… 외로운 남자……."

연기와 물방울이 어둠 속에서 아롱거렸다.

톰이 비명을 질렀다.

"괜찮아, 더그."

찰리는 씩 웃었다.

"톰의 등에 조그만 얼음 덩어리를 넣은 것뿐이야. 그게 다야."

✶30✶

법원 시계가 일곱 번 울렸다. 종소리의 메아리가 멀리 사라졌다.

더운 여름날 황혼이 여기 일리노이 주 북부 외딴 작은 도시의 강가에, 숲에, 초원에, 호수에 홀로 머물러 있었다. 보도는 아직 활활 타고 있었다. 가게들은 문을 닫았고 거리에는 그늘이 드리워져 있었다. 그리고 달이 두 개 떠올랐다. 엄숙한 검은 법원 위로 솟아 사방으로 네 개의 얼굴을 비추는 달같이 둥근 시계와, 검은 동쪽에서 바닐라 빛 흰색으로 떠오르고 있는 진짜 달.

가게의 높은 천장에서 선풍기가 돌고 있었다. 보이지는 않지만 현관의 어두운 구석에 사람들이 몇 명 앉아 있었다. 가끔씩 담뱃불이 분홍색으로 빛났다. 현관문이 삐걱대다가 쾅 하고 닫혔다. 여름밤 자주색 보도를 더글러스 스폴딩이 달리고 있었다. 개와 소년들이 그의 뒤를 따라갔다.

"안녕하세요, 라비니아!"

아이들은 펄쩍펄쩍 뛰어갔다. 그 아이들을 향해 조용히 손을 흔들면서, 라비니아 넵스는 혼자 앉아 하얀 손가락으로 긴 레모네이드 잔을 들어 입에다 갖다 대고 홀짝거리며 기다렸다.

"라비니아, 나 왔어."

그녀는 돌아보았다. 프랜신느가 머리끝에서 발끝까지 하얀 옷을 입고 현관 계단에 서 있었다. 그녀에게서 백일초와 무궁화 꽃 냄새가 났다.

라비니아 넵스는 앞문을 잠그고, 반쯤 남은 레모네이드를 현관 난간에 두며 말했다.

"영화 보기에 좋은 날이야."

그들은 길을 따라 걸었다.

"어딜 가고 있니, 얘들아?"

펀 할머니와 로버타 할머니가 길 건너편 현관에서 물었다.

라비니아는 부드러운 어둠의 바다를 건너 대답했다.

"찰리 채플린을 보러 엘리트 극장에 가요!"

"이런 날 밤에는 돌아다니지 마라."

펀 할머니가 소리쳤다.

"외로운 남자에게 목 졸리지 말고. 문을 잠그고 총을 들고 벽장 속에 숨어 있어야 해."

"아이, 말도 안 돼!"

라비니아는 할머니들이 문을 쾅 닫고 잠그는 소리를 들었다. 오븐처럼 달구어진 보도 위에 여름밤의 따뜻한 기운이 남아 있는 걸 느끼며 그녀는 계속 걸어갔다. 이제 막 구운 따뜻한 빵의 딱딱한 껍질 위를 건는 기분이었다. 열기가 옷 아래서 다리를 어루만지며 올라와 슬며시 불쾌하지 않게 점령하는 느낌이었다.

"라비니아. 너 외로운 남자에 대한 이야기를 믿는 건 아니지?"

"저런 여자들은 괜히 입이 근지러워 그러는 거야."

"그래도 사실이잖아. 하티 맥돌리스는 두 달 전에 죽었고, 로버타 페리는 한 달 전에 죽었고 이제 엘리자베스 램셀이 사라졌어……."

"어리석은 하티는 떠돌이 남자와 도망간 게 분명해."

"하지만 나머지 애들은? 걔들도 모두 목 졸려 죽었는걸. 모두 혀가 입 밖으로 나왔대."

그들은 도시를 둘로 갈라놓은 협곡의 가장자리에 섰다. 그들 뒤에는 불이 환하게 켜진 집과 음악이 있고, 그들 앞에는 축축한 심연과 이따금 반딧불이 비치는 어둠이 있었다.

"오늘 밤 극장에 가지 말아야 되는 게 아닐까?"

프랜신느가 말했다.

"외로운 남자가 우릴 따라와 죽일지도 몰라. 난 이 협곡이 싫어. 이것 좀 봐!"

라비니아는 바라보았다. 협곡은 밤낮 없이 계속 물을 돌리는 발전기였다. 움직이는 거대한 소리, 생물, 곤충 혹은 식물이 수군대며 윙윙대는 소리가 들렸다. 거기서는 온실 냄새 같은 게 났다. 은밀한 증기와 오랜 세월 물에 씻긴 바위와 모래가 만들어 낸 냄새였다. 그리고 늘 검은 발전기가 윙윙댔다. 그리고 반딧불이 날아다니며 거대한 전깃불처럼 번쩍였다.

"오늘은 밤늦게 협곡을 지나가기 싫어. 라비니아 너 혼자 여기 이 계단을 내려가 다리를 건너. 그럼 아마 외로운 남자가 기다리고 있을 거야."

"말도 안 돼!"

라비니아 넵스가 말했다.

"너 혼자 가면 네 발자국 소리밖에 안 들릴 거야. 집에까지 가는 길 내내 너 혼자일 거야. 라비니아, 그 집에 혼자 사는 게 무섭지 않아?"

"노처녀는 혼자 사는 걸 좋아해."

라비니아는 어둠 속으로 사라지는 덥고 그늘진 길을 가리켰다.

"지름길로 가자."

"난 무서워!"

"아직 이르잖아. 외로운 남자는 어두워져야 나타나는데, 뭐."

라비니아는 친구의 팔을 끌고 내려와서 구불구불한 길을 지났다. 귀뚜라미의 온기가 느껴졌고 개구리 소리도 들렸다. 모기 소리가 들릴 정도로 사방이 조용했다. 그들은 말라 버린 여름 풀잎과 발목을 찌르는 가시를 헤치며 갔다.

"우리 뛰자!"

프랜신느가 헐떡거렸다.

"싫어!"

그들은 모퉁이를 돌았다. 그리고 거기에 그것이 있었다.

타는 듯이 무더운 밤 깊은 나무 그늘 아래 마치 부드러운 별과 편안한 바람을 즐기러 야외에 나온 사람처럼 팔을 양쪽으로 우아한 배의 노처럼 늘어뜨린 채 엘리자베스 램셀이 누워 있었다!

"소리 지르지 마!"

라비니아는 손을 뻗어 프랜신느를 붙잡았다. 그녀는 목이 메어 울고 있었다.

"안 돼! 안 돼!"

엘리자베스는 마치 물 위에 떠오른 것처럼 거기에 누워 있었다. 그녀의 얼굴에 달빛이 비쳤다. 크게 뜬 눈은 부싯돌 같았고 혀가 입 밖으로 나와 있었다.

"죽었어!"

프랜신느가 말했다.

"오, 그녀는 죽었어! 그녀는 죽었어!"

귀뚜라미가 비명을 지르고 개구리가 목청을 높였다. 더위에 지친 수천 개의 그림자 사이에 라비니아가 서 있었다.

"경찰을 부르는 게 낫겠어."

마침내 그녀가 말했다.

"날 잡아, 라비니아, 날 잡아 줘. 난 추워, 정말. 이렇게 추운 건 처음이야!"

라비니아는 프랜신느를 붙잡았다. 경찰이 부스럭대며 덤불을 헤치고 왔다. 여기저기 손전등 불빛이 번쩍댔고 사람들의 목소리가 뒤섞였다. 8시 30분이 되어 가고 있었다.

"12월처럼 추워. 난 스웨터가 필요해."

눈을 감고 라비니아에게 기대면서 프랜신느가 말했다.

경찰이 말했다.

"이젠 가셔도 됩니다. 좀 더 물어볼 게 있으니 내일 경찰에 출두하세요."

라비니아와 프랜신느는 경찰에게서, 그리고 헝겊에 덮인 채 협곡의 풀 위에 누워 있는 그 가냘픈 여자에게서 멀어졌다.

라비니아는 가슴이 쿵쾅거렸다. 그녀 역시 2월의 추위가 느껴져 떨었다. 갑자기 몸 전체에 눈이 내리고 달빛이 그녀의 연약한 손가락을 더 하얗게 씻어 냈다. 그리고 그녀는 프랜신느가 자신에게 기대어 울면서 한 말들을 모조리 기억했다.

저 멀리서 목소리가 들렸다.

"같이 가 드릴까요?"

"아니에요, 혼자 갈 수 있어요."

라비니아는 누구에겐가 이야기한 후 계속 걸어갔다. 그들은 사람들이 수군대며 여기저기 뒤지는 협곡을 통과해 걸어갔다. 빛이 비치고 사람들이 웅성대며 조사가 진행 중인 작은 세계, 웅얼거리고 딸깍대는 협곡에서 점점 더 멀어졌다.

"죽은 사람은 처음이야."

프랜신느가 말했다.

라비니아는 시계를 보았다. 마치 팔과 손목이 1000킬로미터는 떨어져 있는 것 같았다.

"8시 30분밖에 안 되었다. 헬렌을 데리고 극장에 가자."

"극장이라니!"

프랜신느가 화들짝 놀랐다.

"우린 극장에 가야 해. 가서 이걸 잊어버려야 해. 기억이 남으면 좋지 않아. 지금 집에 가면 기억이 남을 거야. 마치 아무 일도 없었던 것처럼 극장으로 가면 돼."

"라비니아, 괜히 그러는 거지!"
"정말이야. 이젠 웃고 잊어버려야 해."
"하지만 엘리자베스가 저기 있어. 걘 네 친구고 내 친구이기도 해."
"우린 걔를 도울 수 없어. 스스로를 도울 수 있을 뿐이야. 이리 와."
그들은 어둠 속에서 협곡 쪽의 돌길로 올라갔다. 그때 갑자기 거기에 더글러스 스폴딩이 나타났다. 그는 그들의 길을 막고 가만히 서 있었으나 그들을 쳐다보는 게 아니라 움직이는 빛과 시체를 내려다보는 경찰의 목소리를 듣고 있었다.
그는 버섯처럼 새하얘져서, 손을 허리에 대고 협곡을 내려다보고 있었다.
"집으로 가!"
프랜신느가 소리쳤다.
그는 듣지 않았다.
"너!"
프랜신느가 비명을 질렀다.
"집으로 가. 저리 가. 내 말 들려? 집으로 가, 집으로, 집으로 가!"
그는 듣지 않았다.
더글러스는 홱 돌아서서 그들을 바라보았다. 그는 마치 그들이 거기에 존재하지 않는 것처럼 응시했다. 그가 입을 움직였다. 그는 흑흑 소리를 내더니 조용히 돌아서서 달려갔다. 그는 멀리 보이는 언덕 위로 달려가더니 더운 어둠 속으로 사라졌다.
흐느끼던 프랜신느가 다시 소리 내어 울었다. 그러면서 그녀는 라비니아 넵스와 함께 계속 걸어갔다.

"이제 왔구나! 아주 안 오는 줄 알았어!"

헬렌 그리어는 현관 계단을 발로 톡톡 차면서 서 있었다.

"한 시간이나 늦었어. 무슨 일 있었니?"

"우린……."

프랜신느가 말을 꺼냈다.

라비니아가 그녀의 팔을 꽉 잡았다.

"큰일 났어. 협곡에서 엘리자베스 램셀을 발견했어."

"죽었어? 그녀는 죽었어?"

라비니아가 고개를 끄덕였다. 헬렌은 숨 가빠 하면서 목에다 손을 갖다 댔다.

"누가 발견했어?"

라비니아는 프랜신느의 손목을 꼭 잡았다.

"우린 몰라."

여름밤 젊은 처녀 세 명이 서로 바라보며 서 있었다.

"집 안으로 들어가서 문을 잠가야 할 것 같아."

마침내 헬렌이 말했다.

그녀는 스웨터를 가지러 갔다. 아직 더운 날씨인데도 갑자기 겨울밤 같다고 불평을 했다. 그녀가 사라지자, 프랜신느가 미친 듯이 속삭였다.

"왜 쟤한테 말하지 않았어?"

"쟤를 놀라게 할 이유가 없잖아?"

라비니아가 말했다.

"내일. 내일까지 시간은 많아."

세 여자는 검은 길을 따라 나무 아래로 걸으며 갑자기 문을 걸어 잠근 집들을 지나쳤다. 그 소식은 정말 잽싸게 집에서 집으로, 현관에서 현관으로, 전화에서 전화로 퍼졌다. 그녀들이 지나갈 때 자물쇠가 딸각거리고 커튼을 친 창문 틈으로 사람들이 내다보는 게 느껴졌다. 바닐라 빛 밤에, 아이스크림이 꽉 들어찬 밤에, 모기 방지 로션을 손목에 바른 밤에, 달리던 아이들이 갑자기 게임을 그만두고 유리와 나무 문 뒤에 숨는 밤에, 아이스 캔디가 정말 이상한 모양이 되어 버렸다. 아이들이 집 안으로 끌려 들어갈 때 아이들 손에서 미끄러진 라임과 딸기는 범벅이 되어 녹아 버렸다! 사람들은 청동 문고리를 채우고 더운 방에서 땀을 뻘뻘 흘리고 있었다. 달구어져 김이 나는 보도에는 돌차기 놀이용으로 하얀 분필로 반쯤 그리다 만 금이 있었다. 조금 전에 누군가가 날씨가 얼어붙을 걸 예측이라도 한 것 같았다.

"이런 날 밤에 우리가 밖에 나와 있는 건 미친 짓이야."

헬렌이 말했다.

"외로운 남자라도 숙녀 셋을 한꺼번에 죽일 수는 없어."

라비니아가 말했다.

"여럿이 있으면 안전해. 게다가 살인이 일어나기에는 시간이 너무 일러. 언제나 한 달 간격으로 살인 사건이 일어났잖아."

공포에 질린 얼굴 위로 그림자가 떨어졌다. 나무 뒤에서 한 사람이 나타났다. 누군가가 주먹으로 친 것처럼, 세 여자가 각각 비명을 질렀다.

"잡았어!"

한 남자가 그들에게 달려들었다. 그 남자는 웃으면서 밝은 곳으로 나왔다. 다시 웃으며 그는 나무에 기댄 채 숙녀들에게 살짝 손짓을 했다.

"헤이! 내가 외로운 남자야!"

프랭크 딜런이 말했다.

"프랭크 딜런!"

"프랭크!"

"프랭크."

라비니아가 말했다.

"이런 유치한 짓을 한 번만 더 하면, 총으로 쏘아 버릴 거야!"

"대단하군!"

프랜신느는 히스테리컬하게 울기 시작했다.

프랭크 딜런은 웃기를 멈추었다.

"저, 미안해."

"저리 가!"

라비니아가 말했다.

"엘리자베스 램셀 이야기 못 들었어? 협곡에 죽은 채 발견된 거. 그런데 여자들을 겁주러 돌아다녀? 우리에게 다시는 말 걸지 마!"

"어, 저······."

그들은 움직였다. 그는 그들을 따라갔다.

"외로운 남자, 거기 서 있어. 한번 겁먹어 봐. 가서 엘리자베스 램셀의 얼굴을 봐. 얼마나 재미있나. 안녕!"

라비니아는 별이 빛나는 그늘 길을 따라 두 친구와 함께 갔다. 프랜신느는 얼굴에 손수건을 갖다 댔다.

"프랜신느, 농담이야."

헬렌은 라비니아 쪽을 돌아보았다.

"앤 왜 이렇게 우는 거야?"

"시내에 도착하면 말해 줄게. 어쨌든 영화를 보러 가자! 됐어. 자 이리 와. 돈을 준비해. 거의 다 왔다!"

가게 안의 공기는 작은 연못처럼 늘어져 있었다. 그 공기를 큰 선풍기로 휘저어 내보내자 아르니카와 토닉 소다 냄새가 바깥 벽돌 길로 퍼졌다.
"10센트짜리 박하사탕 주세요."
라비니아가 가게 주인에게 말했다. 반쯤 텅 빈 길에서 본 다른 사람들의 얼굴과 마찬가지로 그의 얼굴도 창백하게 굳어 있었다.
"극장에서 먹으려고 해요."
가게 주인이 은빛 삽으로 초록색 사탕을 퍼서 10센트어치 무게를 달 때 그녀가 말했다.
"오늘 아주 예뻐 보이는데. 라비니아 양, 오늘 초콜릿 소다를 사러 왔을 때 아주 멋져 보였어. 그래서인지 어떤 사람이 누구냐고 묻기까지 했어."
"오?"
"라비니아 양이 걸어 나가는 걸 지켜보다 말고 계산대 근처에 앉아 있던 남자가 '저 아가씬 누구예요?'라고 묻더라고. '아, 라비니아 넵스죠. 이 마을에서 가장 예쁜 아가씨죠.'라고 대답했지. '예쁜 아가씨군요.' 그리고 그가 물었어. '저 아가씬 어디 살지요?'"
여기서 가게 주인은 불편해하면서 말을 멈추었다.
"알려 주진 않으셨죠?"
프랜신느가 말했다.

"설마 그 남자에게 주소를 알려 주신 건 아니죠? 안 그랬죠?"

"별 생각 없이 말해 주었어. '협곡 근처에 있는 파크 거리에 삽니다.'라고 그냥 지나가는 말로 그랬어. 그런데 이제 막 협곡에서 일어난 사건 얘기를 들었어. 내가 무슨 짓을 한 건지, 하느님 맙소사!"

그는 사탕을 지나치게 가득 담아 봉지를 건넸다.

"아저씬, 바보세요!"

프랜신느가 소리쳤다. 그녀는 눈물을 글썽였다.

"미안해. 물론, 별일 아닐 거야."

라비니아는 그녀를 응시하고 있는 세 사람과 함께 서 있었다. 별다른 느낌은 들지 않았지만, 단지 너무 흥분하는 바람에 목이 좀 따끔거렸는지 모른다. 그녀는 기계적으로 돈을 내밀었다.

"그 박하사탕은 그냥 줄게."

가게 주인이 돌아서서 종이를 정리하며 말했다.

"자, 지금 당장 뭘 해야 할지 알았어!"

헬렌이 가게에서 걸어 나왔다.

"우리 모두 택시를 불러 타고 집으로 가야 해. 난 라비니아 너를 노리는 사냥 파티에 끼고 싶지 않아. 그 남자는 못된 짓을 하려는 거야. 너에 대해 물었댔잖아. 다음에 협곡에서 죽고 싶어?"

"그냥 남자일 뿐이야."

라비니아가 천천히 몸을 돌려 시내 쪽을 보면서 말했다.

"프랭크 딜런도 남자야. 하지만 그 사람이 외로운 남자일지도 모르지."

프랜신느가 따라 나오지 않은 걸 알고 그들은 돌아보았다. 그녀가 오고 있었다.

"가게 주인에게 그 남자가 어떻게 생겼는지 말해 보라고 했어. 모르는 사람이래."

그녀가 말했다.

"어두운 색 옷을 입고 있었는데, 좀 창백하고 마른 편이래."

"우린 모두 지쳤어."

라비니아가 말했다.

"택시를 잡아도 난 안 갈 거야. 내가 다음 희생자라면 다음 희생자가 되지 뭐. 인생에는 너무 흥분할 일이 없어. 특히 서른셋 된 노처녀에게는 더 그래. 내가 그걸 즐기더라도 상관 마. 어쨌든 바보 같은 짓이야. 난 예쁘지도 않은데, 뭐."

"오, 하지만 넌, 라비니아. 이제 엘리자베스가……. 넌 이 마을에서 가장 예뻐."

프랜신느가 말을 멈추었다.

"네가 남자들을 멀리해서 그렇지 조금만 곁을 주었으면 몇 년 전에 결혼했을 거야!"

"프랜신느, 훌쩍거리지 마! 이제 극장 매표소에 다 왔어. 41센트를 주고 찰리 채플린 표를 살 거야. 택시를 타고 가고 싶으면 너희 둘 다 가. 난 혼자 앉아 영화를 보다가 혼자 집으로 갈 거야."

"라비니아, 미쳤어? 그렇게 둘 순 없어."

그들은 극장으로 들어갔다.

첫 상영이 끝나고 휴식 시간이었다. 어두운 객석은 거의 비어 있었다. 세 여자는 앞쪽 중간쯤에 앉았다. 오래된 청동 광택제 냄새가 났다. 낡은 빨간 벨벳 의자들 사이로 매니저가 나타나 공지 사항을 알렸다.

"오늘 밤에는 극장을 일찍 닫고 모든 사람을 내보내라는 경찰의 부탁이 있었습니다. 그래서 예고편은 생략하고 곧 본 영화를 상영하겠습니다. 영화는 11시에 끝납니다. 끝나면 바로 집으로 돌아가십시오. 길에서 서성대지 마십시오."

"우리 들으라고 하는 소리야, 라비니아!"

프랜신느가 속삭였다.

전등이 꺼지고 다시 영화가 시작되었다.

"라비니아."

헬렌이 속삭였다.

"뭐?"

"우리가 들어왔을 때, 검은 양복을 입은 남자가 이쪽으로 왔어. 우리 통로로 오더니 우리 뒷줄에 앉았어."

"오, 헬렌!"

"우리 바로 뒤에?"

세 여자는 한 명씩 몸을 돌려 바라보았다.

거기에 은빛 스크린에서 반사된 빛이 비춰 무시무시한 하얀 얼굴이 보였다. 어둠 속에서 모든 남자의 얼굴이 둥둥 떠 있는 것 같았다.

"지배인을 불러야 해!"

헬렌이 통로를 올라갔다.

"영화를 멈추세요! 불을 켜세요!"

"헬렌, 돌아와!"

라비니아가 일어나 소리쳤다.

그들은 빈 소다 잔을 소리 나게 내려놓았다. 모두 윗입술에 바닐라가 묻었다. 그들은 웃으면서 혀로 바닐라를 핥았다.

"얼마나 바보 같은 짓을 했는지 알겠어?"

라비니아가 말했다.

"쓸데없이 그렇게 야단법석을 떨다니. 정말 창피했어."

"미안해."

헬렌이 조그맣게 말했다.

이제 11시 30분이었다. 어두운 극장에서 확 쏟아져 나온 사람들이 서둘러 사방으로 흩어졌고 그들도 헬렌을 비웃으며 극장을 나왔다. 헬렌도 자신이 한 짓을 웃어넘기려고 했다.

"헬렌, 네가 통로를 올라가며 외쳤잖아. '불을 켜요! 난 죽을 것 같아요! 그 *외로운* 남자가 여기 있어요!'"

"러신에서 온 지배인 동생이었는데!"

"내가 사과할게."

아직도 돌고 있는 커다란 선풍기를 올려다보며 헬렌이 말했다. 휘저어진 늦은 밤의 더운 공기가 바닐라, 산딸기, 박하, 리졸 냄새를 풍기며 퍼져 나갔다.

"소다 마시러 오지 말 걸 그랬어. 경찰이 경고했잖아……."

"제발, 경찰 이야기는 그만둬. 무섭지 않아. 그 외로운 남자는 이제 100만 킬로미터쯤 떨어진 곳에 있을 거야. 몇 주 동안은 돌아오지 않을 거고, 오더라도 경찰이 체포할 거야. 두고 봐. 영화 정말 좋지 않았니?"

라비니아가 웃었다.

"가게 닫습니다, 아가씨들."

시원스럽게 하얀 타일이 깔린 가게의 정적을 뚫고 주인이 불을 껐다. 바깥 거리는 사람도, 차도, 트럭도 없이 텅 비어 있었다. 작은 가게 창문에는 아직도 환하게 불이 들어와 있었다. 더워 보이는 양초 인형이 푸르스름한 하얀 다이아몬드 반지를 낀 손을 들고 있거나, 스타킹을 보여 주기 위해 오렌지 빛 다리를 쳐들고 있었다. 텅 빈 강 같은 거리 위로 세 여자가 떠내려갈 때, 유리 안의 마네킹은 불타는 푸른 눈으로 그들을 지켜보고 있었다. 창문에 아른거리는 그들의 모습이 흐르는 검은 강물에 뜬 꽃잎 같았다.

"우리가 비명을 지르면 사람들에게 들릴까?"

"어떤 사람들?"

"마네킹들, 창문에 전시된 마네킹들 말이야."

"오, 프랜신느."

"저……."

창문에는 딱딱하게 굳은 사람들이 조용히 서 있었다. 그리고 거리에는 이들 셋밖에 없었다. 그들이 달구어진 길 위를 똑똑 소리를 내며 걷자 건너편 가게에서 총소리 같은 메아리가 따라왔.

그들이 지나가자 희미하게 빛나던 빨간 네온사인이 죽어 가는 곤충처럼 윙윙댔다.

뜨겁게 달구어진 하얀 가로수 길이 눈앞에 펼쳐졌다. 양쪽에 나무가 우뚝 서 있었다. 바람은 나무 꼭대기에 있는 잎만 살랑 건드리고 지나갔다. 법원 꼭대기에서 보면 그들은 먼 곳의 엉겅퀴 세 송이처럼 보였다.

"우선, 너네 집까지 바래다줄게, 프랜신느."

"아니야, 내가 너희들을 집까지 바래다줄게."

"바보 같은 소리 마. 넌 일렉트릭 파크에 살고 있잖아. 만일 날 바래다주면 혼자서 협곡을 건너와야 해. 그러면 나뭇잎 하나만 떨어져도 넌 쓰러져 죽을걸?"

프랜신느가 말했다.

"내가 너희 집에서 자도 돼. 넌 예쁜 아가씨잖아!"

그래서 그들은 걸어갔다. 달빛에 잠긴 잔디밭과 콘크리트 바다 위로 떠내려가는 그들은 예쁜 옷 세 벌처럼 보였다. 라비니아는 양쪽에 늘어선 검은 나무들을 스쳐 가며 친구들이 중얼거리는 소리를 듣고 웃으려고 애썼다. 밤이 더 빨리 지나가는 것 같았다. 그들은 천천히 걷고 있는데도 마치 달려가는 것 같았다. 모든 것이 빨리 지나가고 하얗게 달구어지고 있었다.

"우리 노래 부르자."

라비니아가 말했다.

그들은 노래를 불렀다.

"빛나라, 빛나라, 가을……."

그들은 팔짱을 끼고 조용히 노래를 부르며 앞만 보고 갔다. 달구어진 보도가 서늘해져 발밑에서 움직이고 또 움직이는 게 느껴졌다.

"들어 봐!"

라비니아가 말했다.

그들은 여름밤의 소리를 들었다. 귀뚜라미 소리가 들렸고 멀리 떨어진 법원 시계가 11시 45분을 알리고 있었다.

"들어 봐!"

라비니아는 들었다. 어둠 속에서 현관 그네가 삐걱거리는 소리가 났다. 아무 말도 하지 않고 털 씨가 그네에 앉아서 마지막 담배를 피우고 있었다. 분홍빛 재가 천천히 흔들거리는 게 보였다.

그 담뱃불 빛이 희미해지다 마침내 사라져 버렸다. 큰 집을 밝히던 빛과 노란색과 초록색 허리케인 등불, 촛불과 석유등과 현관등. 이 모든 것이 동과 쇠와 강철 안에 갇혀 버린 것 같았다. 라비니아에게 사람들이 이 모든 것을 상자에 넣어 열쇠로 잠근 후 포장을 해서 어두운 곳에 두었나 하는 생각이 들었다. 사람들은 모두 달빛이 비치는 침대에 누워 있을 것이다. '여름밤 침실에서 모두 함께 안전하게 쉬고 있겠구나. 그런데 우리는 여름밤에 달구어진 보도를 따라서 걷고 있구나. 그리고 머리 위에는 가로등이 휘청거리는 그림자를 비추고 있구나.'

"너의 집에 다 왔어, 프랜신느. 잘 자."

"라비니아, 헬렌, 오늘 밤 여기서 자자. 너희는 응접실에서 자면 돼. 내가 따뜻한 코코아를 만들어 줄게. 재미있을 거야!"

프랜신느는 두 사람을 꼭 끌어안았다.

"안 돼."

라비니아가 말했다.

그러자 프랜신느가 울기 시작했다.

"또 이러지 마, 프랜신느."

라비니아가 말했다.

"네가 죽으면 안 돼. 넌 너무 착하고 예뻐. 넌 살아야 해. 제발, 오, 제발!"

프랜신느가 흐느끼며 말했다. 눈물이 볼을 타고 흘렀다.

"프랜신느, 네가 날 그렇게 아끼는지 몰랐어. 집에 가면 곧 전화할게."

"아, 그럴 거지?"

"그리고 별일 없다고 말할게. 그리고 내일 일렉트릭 파크로 소풍 가서 점심을 먹자. 내가 햄 샌드위치를 만들어 갈게. 어때? 영원히 살아 있다는 걸 보여 줄게!"

"그러면, 전화할 거지?"

"약속했잖아."

"잘 자, 잘 자!"

계단을 올라간 프랜신느가 문 뒤로 사라지더니 금방 쾅 하고 문을 닫았다.

라비니아가 헬렌에게 말했다.

"이제 내가 집까지 바래다 줄게."

법원의 시계가 시간을 알렸다. 그 소리가 텅 빈, 그 어느 때보다 텅 빈 마을에 울려 퍼졌다. 빈 거리와 빈 주차장, 빈 잔디밭 너머로 소리가 사라져 갔다.

"아홉, 열, 열하나, 열둘."

헬렌의 팔짱을 낀 채 라비니아가 셌다.

"좀 우습지 않니?"

헬렌이 물었다.

"무슨 뜻이야?"

"우리 두 사람은 여기 나무 아래 서 있는데, 사람들은 모두 안전하게 문을 잠그고 침대에 누워 있는 것 말이야. 1000킬로미터 안에서 집 밖에 우리밖에 없는 것 같아."

무더운 깊은 협곡 소리가 가까이에서 들렸다.

잠시 후 그들은 헬렌의 집 앞에 섰다. 그들은 오랫동안 서로를 바라보았다. 바람결에 깎인 잔디 냄새가 둘 사이를 가로질렀다. 흐려지기 시작한 하늘에서 달이 지고 있는 중이었다.

"같이 자자고 해도 안 잘 거지, 라비니아?"

"난 집에 갈 거야."

"때로는……."

"때로는 뭐?"

"때로는 사람들이 죽기를 원하는 것 같아. 너 오늘 밤 내내 좀 이상했어."

"난 무섭지 않은 것뿐이야."

라비니아가 말했다.

"그리고 궁금하기도 해. 난 늘 머리를 써. 논리적으로 보면 외로운 남자가 근처에 있을 리가 없어. 사방에 경찰들이 깔려 있잖아."

"경찰들은 귀마개를 하고 침대에서 자고 있을걸?"

"그럼 내가 아슬아슬한 삶을 즐긴다고 해 둬. 하지만 안전해. 정말 무슨 일이 일어날 것 같으면 너랑 함께 여기서 잘 거야. 날 믿어도 돼."

"어쩜 넌 살고 싶지 않은 건지도 모르겠어."

"너랑 프랜신느는 참. 솔직히!"

"죄책감이 들어서 그래. 네가 협곡 바닥까지 내려가 다리를 건널 때 난 따뜻한 코코아를 마시고 있을 거야."

"한 잔은 날 위해 마셔. 안녕."

라비니아 넵스는 한밤중의 거리를 혼자서 걸어갔다. 늦은 여름밤의 침묵을 뚫고 계속 걸어갔다. 어두운 창문들이 보이고 멀리서 개 짖는 소리가 들렸다. 그녀는 생각했다. '5분 후면 난 안전하게 집에 도착해 있을 거야. 5분 후면 바보 같은 프랜신느에게 전화를 하고 있을 거야. 난…….'

그때 어떤 남자의 목소리를 들었다.

그 남자가 멀리 나무들 사이에서 노래하고 있었다.

"오, 내게 6월의 밤을 주오, 달빛과 그대를……."

그녀는 조금 더 빨리 걸었다.

계속 노랫소리가 들렸다.

"내 팔 안에…… 그대 매력적인 그대……."

길 아래 침침한 달빛 속에서 한 남자가 아무렇지도 않게 천천히 길을 따라 걷고 있었다.

꼭 필요하면 근처 집들의 문을 두드릴 수도 있을 거라고 라비니아는 생각했다.

"오 내게 6월의 밤을 주오……."

그 남자가 노래를 했다. 그는 긴 곤봉을 갖고 있었다.

"달빛과 그대……. 어, 거기 누구야! 이런 야밤에 돌아다니다니, 넵스 양!"

"케네디 경관님!"

바로 케네디 경관이 있었다.

"집까지 바래다 주겠소!"

"고마워요. 그렇지만 혼자 갈게요."

"하지만 협곡 건너편에 살잖아……."

'그렇지.' 그녀는 생각했다. '하지만 남자와 함께는, 경찰이라도 남자와 함께 협곡을 건널 수는 없어. 누가 외로운 남자일지 알아?'

그녀가 말했다.

"아니에요. 빨리 걸어갈게요."

"여기서 기다리겠소."

그가 말했다.

"도움이 필요하면 비명을 질러요. 여기선 소리가 멀리 퍼지니까. 그럼 내가 달려가겠소."

"고마워요."

그가 혼자 가볍게 콧노래를 부르게 내버려 두고 그녀는 계속 걸어갔다.

'난 여기 있어.' 그녀는 생각했다.

협곡.

그녀는 113개의 계단 앞에 서 있었다. 그 계단은 경사가 가팔랐다. 다리를 건너 70야드를 간 후, 파크 거리로 가는 언덕을 올라가야 했다. 그리고 의지할 것이라곤 랜턴 하나밖에 없었다. '지금부터 3분 후면, 우리 집 문에 열쇠를 꽂을 수 있을 거야. 180초밖에 안 되는데 그 사이에 무슨 일이 일어나진 않을 거야.'

그녀는 깊은 협곡으로 들어가는 진초록 색의 긴 계단을 내려가기 시작했다.

'하나, 둘, 셋, 넷, 다섯, 여섯, 일곱, 여덟, 아홉, 열.' 그녀는 조그맣게 숫자를 셌다.

뛰고 있는 느낌이었으나 뛰고 있진 않았다.

"열다섯, 열여섯, 열일곱, 열여덟, 열아홉, 스물."

그녀는 숨을 몰아쉬었다.

"5분의 1이나 왔네!"

혼잣소리로 외쳤다.

협곡은 깊었다. 시커멓고, 시커멓고, 정말 시커맸다! 그리고 세상은 뒤로 물러나고 있었다. 사람들이 안전하게 침대에 누운 세상, 잠긴 문들, 시내, 가게, 극장, 전등, 모든 것이 사라졌다. 단지 협곡만 존재했고 그녀에게 그 검고 거대한 협곡은 살아 있었다.

'아무 일도 안 일어났잖아? 아무도 없잖아? 스물넷, 스물다섯. 어렸을 때 아이들끼리 하던 옛날 유령 이야기 생각나……'

그녀는 계단을 밟는 자신의 구두 소리를 들었다.

'검은 사람이 너의 집으로 들어와 이 층 침실로 오는 이야기. 그리고 그는 지금 너의 방으로 올라오는 첫 번째 계단에 있어. 지금 두 번째 계단에 있어. 이제 세 번째 계단, 네 번째 계단, 다섯 번째 계단에 있어! 오, 그 이야기를 듣고 얼마나 웃으며 비명을 질렀던가! 그리고 지금 그 무서운 검은 사람이 열두 번째 계단에 있어. 이제 네 방문을 열고, 침대 옆에 서 있어. '널 잡았어!'"

그녀는 비명을 질렀다. 이런 비명은 난생처음이었다. 그녀는 이렇게 크게 비명을 지른 적이 없었다. 그녀는 발길을 멈춘 후, 꼼짝도 않고 서서 나무 난간을 꼭 붙잡았다. 그녀의 가슴이 폭발했다. 그 끔찍한 심장 소리가 온 우주를 채웠다.

'저기, 저기!'

그녀는 혼자서 비명을 질렀다.

'그 계단 마지막에 한 남자가 불빛 아래 서 있어! 아니, 이제 그가 사라졌어! 그는 거기서 기다리고 있어!'

그녀는 귀를 기울였다.

침묵.

다리에는 아무도 없었다.

아무도. 그녀는 가슴에 손을 얹고 생각했다. '아무도 없잖아. 바보! 내가 만든 이야기인데, 뭐. 정말 바보야. 어떻게 하지?'

그녀의 심장 소리가 사라졌다.

'경찰을 부를까……. 내 비명을 들었나?'

귀를 기울였지만 아무 소리도 들리지 않았다. 아무 소리도.

'계속 가자. 바보 같은 이야기야.'

그녀는 다시 계단을 세며 걸었다.

'서른다섯, 서른여섯, 조심, 넘어지지 마. 오, 난 바보야. 서른일곱 계단, 서른여덟, 아홉, 그리고 마흔, 두 계단을 더 가면 마흔둘……. 거의 반쯤 왔네.'

그녀는 다시 꼼짝도 하지 않았다.

'기다려.' 그녀는 혼잣말을 했다.

그녀는 한 계단을 내려갔다. 메아리가 울렸다.

한 계단을 더 내려갔다.

또 메아리가 울렸다.

잠시 후에 또 한 계단.

'누군가가 날 따라오고 있어.'

그녀는 협곡에 대고 속삭였다. 검은 귀뚜라미와 숨어 있는 진녹색 개구리와 검은 물에 대고 말했다.

'누군가가 계단에 있어. 겁이 나서 돌아보진 못하겠네.'

한 계단을 더 내려가자, 다시 메아리가 울렸다.

'내가 한 계단씩 내려갈 때마다, 그들도 한 계단씩 내려가는 거야.'

한 계단을 더 내려가자 다시 메아리 소리가 들렸다.

그녀는 협곡에 대고 힘없이 물었다.

"케네디 경관님이세요?"

귀뚜라미가 조용해졌다.

귀뚜라미가 듣고 있었다. 밤이 듣고 있었다. 바꾸어 말하면 멀리 여름밤 초원과 근처의 여름밤 나무들이 움직임을 멈추었다. 나뭇잎, 덤불, 별, 초원의 풀이 특유의 떨림을 멈춘 채 라비니아 넵스의 심장 소리를 듣고 있었다. 어쩌면 기차가 외롭게 지나가는 1000킬로미터 떨어진 시골 빈 기차역에서 갓도 없는 전구 아래 잘 보이지 않는 신문을 읽던 여행객이 고개를 들어 무슨 소리인가 할 수도 있었다. 딱따구리가 빈 통나무를 쪼고 있는 게 분명하다고 판단을 내릴지 몰랐다. 하지만 그것은 분명히 라비니아 넵스의 심장 소리였다.

침묵, 여름밤의 침묵이 1000킬로미터를 뒤덮고 있었다. 침묵은 그늘진 하얀 바다처럼 대지를 뒤덮고 있었다.

'더 빨리, 더 빨리!' 그녀는 계단을 내려갔다.

'뛰어!'

그녀는 음악 소리를 들었다. 어리석은 미친 사람처럼 거대하게 밀려오는 음악 소리를 들었다. 그리고 두려움과 당혹감에 떠밀려 뛰면서 깨달았다. 그녀의 정신 중 일부가 격정적인 드라마를 꾸민 후 그 드라

마 음악이 그녀를 더 높이, 더 높이, 더 빨리, 더 빨리 밀어붙이다가 추락시켰다. 그녀는 허둥지둥 달려 협곡 웅덩이 속으로 뛰어들었다.

'조금만 더.' 그녀는 기도했다. '백여덟, 아홉, 열 계단! 다 왔다! 이제 뛰어! 다리를 건너!'

다리에서 그녀는 뭘 해야 하는지를 팔에게, 몸에게, 공포에게 일렀다. 그녀는 이 백색 공포의 순간에 신체 모든 부위에게 충고했다. 그녀는 으르렁대는 계곡 물 위에 있는 텅 빈 다리 위를 달렸다. 쿵쿵 소리를 내는 푹신한 다리는 거의 살아나 그녀를 지배하려 들었다. 음악, 시끄럽고 날카로운 소리의 음악과 함께 거친 발소리가 따라왔다.

'그가 따라오고 있어, 돌아보지 마, 보지 마. 그를 보면 꼼짝도 못할 거야. 너무 무서울 거야. 달려, 그냥 달려!'

그녀는 뛰어서 다리를 건넜다.

'오, 하느님, 하느님, 제발, 제발 언덕을 올라갈 수 있게 해 주세요. 이제 위로 가고 있어. 길이야, 이젠 언덕이야. 오 하느님, 어두워. 그리고 모든 게 너무 멀리 있어. 비명을 질러 봐야 소용없을 거야. 어쨌든 비명을 지를 순 없어. 이젠 꼭대기까지 왔어. 이젠 거리에 도착했어. 오, 하느님, 제발 절 안전하게 보호해 주세요. 안전하게 집에 가면 다시는 혼자 돌아다니지 않을게요. 제가 바보였어요. 인정할게요. 제가 바보였어요. 공포가 뭔지 몰랐어요. 하지만 여길 벗어나 집에 가기만 하면 다시는 헬렌이나 프랜신느 없이 혼자 돌아다니지 않을게요! 이제 길이 나왔네. 길을 건너자!'

그녀는 길을 건넜다. 그리고 보도 위를 마구 달렸다.

'오 하느님, 현관이다! 우리 집이다. 오 하느님, 제발 안으로 들어가

안전하게 문을 잠글 수 있는 시간만 주세요!'

그리고 그녀는 거기서, 시간이 없는데 시간이 없는데 라고 생각하면서 순간적으로, 그런 상황에서 바보같이, 그것을 유심히 보았다——하지만 그것이 번쩍이며 현관 난간에 있었다. 그녀가 오래전에, 일 년 전에, 저녁 나절에 버려둔 반쯤 마신 차가운 레모네이드 잔이 거기 있었다! 레모네이드 유리잔이 조용히, 차분하게 거기 난간 위에 있었다……. 그러고 나서…….

그녀는 현관을 밟는 둔탁한 자신의 발소리를 들었다. 그리고 그 소리를 들으며 손으로 열쇠를 더듬어 찾은 다음 자물쇠에 마구 쑤셔 넣는 자신을 느꼈다. 자신의 심장 소리, 가슴에서 우러나는 비명 소리를 들었다.

열쇠가 제대로 들어갔다.

'문을 열어, 빨리, 빨리!'

문이 열렸다.

'이제 안이다. 쾅 닫아!'

그녀는 문을 쾅 닫았다.

'이제 잠가, 빗장을 잠가, 잠가!'

그녀는 필사적으로 헐떡였다.

'잠가, 꼭, 꼭!'

그 문도, 빗장도 꼭 잠갔다.

그 음악은 멈추었다. 다시 심장 소리가 들렸으나 침묵 속으로 사라져 가고 있었다.

'집! 오 하느님, 안전하게 집에 왔어! 안전하게, 안전하게, 안전하게,

집에 왔어!' 그녀는 문 안으로 들어갔다. '안전해, 안전해. 들어 봐. 아무 소리도 안 들리잖아. 안전해, 안전해. 오 하느님, 감사합니다. 안전하게 집에 왔어. 다시는 밤에 안 나갈 거야. 집에 있을 거야. 다시는 협곡을 건너지 않을 거야. 안전해, 오, 안전해. 집 안에서 안전해. 너무 좋아, 너무 좋아, 안전해! 집 안이라 안전해. 문은 잠겨 있어. 기다려. 창밖을 내다보자.'

그녀는 창밖을 보았다.

'왜지? 아무도 없네! 아무도, 아무도 따라오지 않았네. 아무도 쫓아오지 않았네.' 그녀는 숨을 고르고 겁에 질린 자신을 비웃다시피 했다. '논리적으로는 그게 맞아. 어떤 남자가 따라왔다면 날 잡았을 거야! 난 빨리 못 달리니까……. 현관이나 마당에도 아무도 없어. 정말 어리석었어. 아무것도 없는데 그렇게 뛰어왔다니. 협곡도 아주 안전하군. 어쨌든 상관없어. 집은 정말 따뜻하고 좋구나. 정말 여기에만 있고 싶어.'

그녀는 전등 스위치로 손을 뻗다가 멈추었다.

"뭐야?"

그녀가 물었다.

"뭐야, 뭐야?"

그녀 뒤쪽 거실에서 누군가가 헛기침을 했다.

＊31＊

"큰일났네. 그들이 다 망쳐 놓았어!"
"너무 믿지 마, 찰리."
"자, 우린 이제 무슨 이야기를 하지? 외로운 남자가 죽었으니까 그 남자 이야기는 소용없어! 이젠 더 이상 무섭지 않아!"
"무슨 말을 하는 거야, 찰리."
톰이 말했다.
"난 여름철 얼음 창고 문에 앉아서 그가 살아 있다고 생각하면 등골이 오싹해졌는데."
"그건 사실이 아니야."
"오싹해질 수 있다면 오싹해져야 해, 찰리."
더글러스는 톰과 찰리의 말을 듣지 않았다. 그는 라비니아 넵스의 집을 보고 중얼거렸다.

"어젯밤에 협곡에 있었어. 나는 봤어. 난 다 봤어. 집으로 오느라고 이곳을 지났지. 레모네이드 잔이 바로 현관 난간에 있었어. 그걸 마시고 싶단 생각을 했어. '마시고 싶어.'라고 생각했지. 난 협곡에 있었어. 그리고 난 여기, 모든 사건의 바로 한가운데 있었어."

톰과 찰리는 차례로 더글러스를 무시했다.

"그 문제에 대해 말하자면, 난 정말로 외로운 남자가 안 죽었다고 생각해."

톰이 말했다.

"오늘 아침 앰뷸런스가 와서 그 남자를 들것에 실어 갈 때 봤잖아?"

"그래."

톰이 말했다.

"자, 그게 외로운 남자야, 바보야! 신문을 봐! 10년 내내 피해 다니다가 노처녀인 라비니아 넵스의 재봉가위에 찔려 죽은 거야. 그녀가 그냥 살려 두었으면 좋았을 텐데."

"그녀가 쓰러져 목 졸려 죽었으면 좋겠어?"

"아니, 하지만 적어도 문밖으로 나와서 '외로운 남자야! 외로운 남자!'라고 비명을 지르며 길로 뛰쳐나왔을 수도 있었잖아? 그러면 그에게 도망칠 기회를 줄 수도 있었는데. 어젯밤 12시까지는 우리 동네에 재미있는 이야기가 있었는데, 이제부터는 시들해."

"찰리야, 이 말만 할게. 난 외로운 남자가 안 죽었다고 생각해. 그 남자 얼굴은 나도 봤고, 너도 봤고, 형도 봤잖아, 더그 형도 봤지?"

"뭐? 그래, 나도 봤어. 그래."

"우리 모두가 그 남자 얼굴을 보았어. 내가 이렇게 물을 테니까 대답해 봐. 그 남자가 정말로 외로운 남자처럼 보였어?"

"난……."

더글러스가 말하려다 멈추었다.

약 5초 동안 하늘에서 태양이 윙윙댔다.

"제기랄……."

마침내 찰리가 작은 소리로 말했다.

톰이 웃으며 기다렸다.

"전혀 외로운 남자 같지 않았어."

찰리가 헐떡였다.

"그냥 보통 사람처럼 보였어."

"맞아, 그래, 평범한 보통 사람이었어. 파리 날개 하나도 못 뗄 사람 같았어, 찰리. 파리 날개도 못 뗄 사람 같았다고! 정말 외로운 남자라면 적어도 외로운 남자처럼 보여야 하는데, 그렇지? 자, 밤에 엘리트 극장 앞에서 사탕 파는 아저씨랑 비슷했어."

"이 도시로 흘러 들어온 부랑자가 빈집인 줄 알고 들어갔다가 노처녀 넵스에게 살해당했다고 생각하는 거야?"

"응!"

"가만. 우리 중 누구도 외로운 남자가 어떻게 생겼는지 몰라. 사진도 없어. 그를 본 사람은 모두 죽었어. 하지만 너도, 더그 형도, 나도 그가 어떻게 생겼는지 알아. 그는 키가 커야 해, 그렇지?"

"맞아……."

"그리고 창백해야 해, 그렇지?"

"창백해야 한다, 그건 맞아."

"그리고 해골처럼 마르고 머리는 까맣고 길어야 해, 그렇지?"

"난 늘 그 말을 했어."

"그리고 눈은 크고 튀어나와야 하고 눈 색깔은 고양이처럼 초록색이어야 해, 그렇지?"

"정말 꼭 맞는 말이야."

"자, 그럼."

톰이 반박했다.

"넵스 누나 집에서 두 시간 전에 끌려 나간 그 불쌍한 남자 봤지. 그 남자는 어떻게 생겼지?"

"키는 작고, 얼굴은 벌겋고 좀 뚱뚱하고 머리숱은 많지 않고 머리카락이 듬성듬성 났어. 톰, 네 말이 정말 맞아! 이리 와! 사람들을 부르자! 사람들에게 가서 나한테 한 말을 해! 외로운 남자는 죽지 않았어. 그는 오늘 밤에도 어딘가에 숨어 있을 거야."

"그래." 하고 톰이 갑자기 생각에 잠겨 말을 하다 말았다.

"톰, 넌 정말 천재야. 누구도 이런 해결책을 내놓지 못할걸? 여름이 엉망이 될 바로 이 순간에, 네가 적절하게 해결해 주었어. 8월을 완전히 망친 건 아니야. 헤이, 얘들아!"

그리고 찰리는 팔을 흔들고 고함을 지르면서 뛰어 나갔다.

톰은 얼굴이 창백해진 채 라비니아 넵스의 집 앞 보도 위에 서 있었다.

"제기랄!"

그가 속삭였다.

"내가 지금 무슨 짓을 한 거야!"

그는 더글러스 쪽으로 몸을 돌렸다.

"더그 형, 내가 지금 무슨 짓을 한 거지?"

더글러스는 집을 바라보고 있었다. 그의 입술이 움직였다.

"어젯밤에 난 협곡에 있었어. 난 엘리자베스 램셀을 보았어. 집으로 오느라고 어젯밤 여길 지났어. 레모네이드 잔이 거기 난간에 있는 걸 보았어. 바로 어젯밤이었어. '저걸 마시고 싶어.'라고 생각했지……. '저걸 마시고 싶어.'라고……."

✳32✳

그녀는 손에 늘 빗자루나, 프라이팬이나, 걸레나, 밀가루 젓는 채를 들고 있었다. 아침이면 콧노래를 부르며 파이 모양을 만들고, 정오면 파이를 구워 내놓고, 해질 무렵에 파이를 식혀서 들여놓았다. 그녀는 스위스의 종지기처럼 소리를 내며 도자기 컵을 제자리에 놓았다. 그녀는 진공청소기처럼 미끄러져 가며 홀의 물건들을 제자리에 정돈해 두었다. 그녀가 거울처럼 닦아 놓은 창문마다 햇살이 환하게 들어왔다. 어떤 정원이든 그녀가 손에 모종삽을 들고 두 번만 지나가면 그 자리에 꽃들이 바르르 떨며 불꽃을 태웠다. 그녀는 조용히 잠들었고 밤에 세 번 이상 뒤척이지 않았다. 밤에는 손을 흰 장갑처럼 늘어뜨린 채 잠들었지만 새벽이면 다시 잽싸게 그 손을 움직였다. 잠이 깨서는 사람들이 액자 속의 그림인 것처럼 매만지고 액자를 똑바로 해 놓았다.

하지만 지금은⋯⋯?

"할머니."

모든 사람이 그렇게 말했다.

"증조할머니."

지금은 복잡한 계산이 끝나가는 것 같았다. 그녀는 칠면조와, 닭과, 새끼 새와, 신사와, 소년들을 배불리 먹였다. 그녀는 지붕과, 벽과, 병자와, 아이들을 씻겼다. 그녀는 리놀륨을 깔고, 자전거를 고치고, 시계에 태엽을 감고, 난로를 지피고, 수만 개의 심한 상처에 소독약을 발라 주었다. 그녀의 손길은 사방에 미쳤다. 이걸 다듬는가 하면, 저걸 붙잡고, 야구공을 던지고, 밝은색 크로케 채를 휘두르고, 기름진 땅에 씨를 뿌리고, 터진 만두피를 손보고, 스튜를 젓고, 아무 데서나 자는 아이들에게 이불을 덮어 주었다. 그녀는 셰이드를 내리고, 촛불을 끄고, 스위치를 끄면서 늙어 갔다. 그녀는 자신이 시작하고 끝낸 300억 가지 일들을 회상했다. 그리고 그것들을 모두 더해 총계를 내 마지막 숫자를 썼다. 이제는 서서히 0이라고 기입해야 했다. 할머니는 분필을 손에 쥔 채 인생에서 물러나 조용히 있었다. 이제 곧 지우개를 집기 위해 손을 뻗을 것이다.

"자 보자, 보자……."

증조할머니가 말했다.

그녀는 더 이상 소동을 벌이지 않고 집을 한 바퀴 돌고서 마침내 계단에 이르렀다. 그러고는 특별한 말을 남기지 않고 3층 자신의 방으로 갔다. 그녀는 눈처럼 차가운 침대 시트 아래 조용히 누워 화석처럼 죽어 가기 시작했다.

다시 목소리들이 들렸다.

"할머니! 증조할머니!"

그녀의 상태에 대한 소식이 계단을 내려와, 방 사이를 지나, 문과 창문, 느릅나무가 늘어선 거리를 지나 초록색 협곡 끝까지 퍼져 나갔다.

"그만, 이제, 그만!"

가족들이 그녀의 침대를 둘러쌌다.

"날 죽게 그냥 내버려 둬."

그녀가 속삭였다.

그녀의 병은 어떤 현미경으로도 볼 수 없는 것이었다. 가벼운 피로가 계속 깊어졌다. 그 피로가 참새 같은 그녀의 몸을 살짝 누르자 그녀는 졸립고, 더 졸립고, 아주 졸리워졌다.

그녀의 자식과 손자들의 입장에서는, 그런 단순한 몸짓, 이 세상에서 가장 여유 있는 몸짓이 그렇게 큰 슬픔을 불러일으킬 수 있다는 게 믿기지 않았다.

"증조할머니, 이제 들어 보세요……. 지금 계약을 깨시는 거나 마찬가지예요. 할머니가 안 계시면 집이 무너질 거예요. 적어도 일 년 정도는 경고 기간을 주셔야죠!"

증조할머니는 한쪽 눈을 떴다. 아흔 살의 할머니는 의사들을 차분히 바라보았다. 그 눈길은 텅 빈 집의 높은 둥근 천창에서 내려다보는 유령의 눈길 같았다.

"톰……?"

톰 혼자 그녀가 속삭이는 침대 옆으로 갔다.

"톰."

그녀가 멀리서 희미하게 말했다.

"톰, 남쪽 바다에서는 친구와 악수를 하고 작별 인사를 한 후, 배를 타고 멀리 떠나야 하는 날을 안단다. 그날이 오면 모두 그렇게 해야 하고 그건 자연스러운 거란다……. 그게 그 사람의 시간이란다. 오늘도 마찬가지야. 때로는 나도 토요일 조조 영화가 시작될 때부터 밤 9시까지 극장에 앉아 있는 너하고 같단다. 밤이 되면 아버지가 널 데리러 오시잖아. 같은 카우보이가 다시 같은 산꼭대기에서 같은 인디언을 쏠 때면 너도 의자에서 일어나 돌아보지 않고 미련 없이 문을 향해 통로로 걸어 나오는 게 최선이잖아. 그래서 난 아직 행복하고 즐거울 때 떠나려는 거란다."

그녀는 더글러스를 곁으로 불렀다.

"할머니, 내년 봄에는 누가 지붕을 고쳐요?"

아주 먼 옛날부터 해마다 4월이면 지붕을 쪼는 딱따구리 소리가 들렸다. 하지만 딱따구리 소리가 아니었다. 어떻게 올라갔는지 모르지만 증조할머니가 하늘 높이 지붕 위에서 노래를 부르면서 못을 박고 지붕 판자를 고치는 중이었다!

그녀가 속삭였다.

"더글러스, 지붕을 고치는 일은 그걸 좋아하는 사람에게만 시켜야 한다."

"네, 할머니."

"내년 4월에 주위를 돌아보고 '누가 지붕을 고치지?' 할 때 갑자기 얼굴이 환해지는 사람이 있을 거야. 그 사람이 지붕을 고쳐야 해, 더글러스. 지붕 위에 올라가면 마을 전체가 시골로 달려가고 시골은 대지의 끝으로 달려가는 게 보인단다. 빛나는 강과 아침 호수가 보인단다.

지붕 아래 나무에 있는 새들이 보이고 지붕 위로는 가장 멋진 바람이 사방에서 불어온단다. 그리고 어느 봄날 해 뜰 무렵 누군가가 풍향계까지 거뜬히 올라갈 거야. 하려고만 들면, 정말 멋진 시간이 펼쳐진단다……."

그녀의 목소리가 부드럽게 떨리며 가라앉았다.

더글러스는 울고 있었다.

그녀가 다시 일어났다.

"자, 왜 울고 있니?"

그가 말했다.

"내일이면, 여기 안 계시잖아요."

그녀는 작은 손거울로 자신을 본 후 그를 비추었다. 그는 거울 속에서 할머니와 자신의 모습을 본 후 다시 할머니 얼굴을 보았다. 그때 그녀가 말했다.

"내일 아침이면 7시에 일어나 세수를 하고 찰리 우드먼과 함께 교회로 갈 거야. 일렉트릭 파크로 소풍을 갈 거야. 수영도 하고, 맨발로 달리기도 하고 나무에 부딪혀 쓰러지고, 스피어민트 껌도 씹을 거야……. 더글러스, 더글러스, 이런! 손톱을 깎을 거지?"

"네, 할머니."

"그리고 7년마다 몸이 저절로 변하고 손가락과 심장의 늙은 세포는 죽고 새로운 세포가 생겨나. 하지만 그렇다고 고함을 지르지는 않잖니? 별로 신경을 안 쓰잖아?"

"안 써요, 할머니."

"자, 그러면 이렇게 생각해 봐. 손톱을 모으는 사람은 바보야. 껍질

벗겨지는 걸 두려워하는 뱀을 봤니? 오늘 여기 이 침대 안에 있는 것은 손톱이고 뱀 껍질일 뿐이야. 숨만 한번 크게 내쉬어도 난 가루가 될 거야. 중요한 건 지금 여기 누워 있는 내가 아니라, 침대 끝에서 돌아보고 있는 나란다. 그리고 아래층에서 저녁을 짓거나 차고의 차 밑에 누워 수리 중인 나일 거야. 도서실에서 책을 읽는 나일 거야. 중요한 건 새로운 부분이야. 난 오늘 죽어 가고 있는 게 아니야. 가족이 있는 사람은 죽지 않아. 난 오랫동안 너희 곁에 있을 거야. 지금부터 천 년이 흐르면 이 마을 전체에 퍼진 내 자손들이 유칼리나무 그늘 아래 앉아 시큼한 사과를 먹을 거야. 그게 슬픔에 잠긴 사람들의 질문에 대한 내 대답이야! 자 이제, 나머지 사람들을 들여보내!"

마침내 가족이 다 기다리며 방에 서 있었다. 그들은 기차역에서 누군가를 환송하는 것 같았다.

"자."

증조할머니가 말했다.

"난 여기 있어. 솔직히 말하자면 너희들 모두 빙 둘러서서 있으니까 좋구나. 다음 주에는 정원 손질을 하고 다락 청소를 하고 아이들 옷을 사야 하는데. 그땐 증조할머니라고 불리던 나의 일부는 더 이상 여기 없을 거야. 나의 다른 부분들, 버트 아저씨, 레오, 톰, 더글러스, 그리고 다른 사람들이 각자 내 일을 맡겠지."

"네, 할머니."

"내일 여기서 할로윈 파티는 안 했으면 좋겠어. 나에 대한 추모사 따위 생략해 주면 좋겠어. 살아 있을 때 이미 칭찬은 다 들었거든. 요리란 요리는 다 먹어 보았고, 춤이란 춤은 다 춰 보았어. 아직 먹어 보지 못한 타르트가 있고 휘파람으로 불지 못한 곡이 있긴 해. 하지만 무섭지는 않아. 호기심이 날 뿐이야. 죽음이라도 싫은 일을 내게 강요할 순 없어. 그러니 내 걱정은 마. 자, 모두 가. 날 좀 자게 내버려 둬……."

어디선가 조용히 문이 닫혔다.

"이제 더 낫군."

혼자 남은 그녀는 따뜻한 리넨 시트와 순모 이불로 된 따뜻한 눈 더미 속으로 파고들면서 사치스러운 기분이 들었다. 조각 이불의 색깔이 옛날 서커스의 깃발처럼 화려했다. 거기 누워 있자 그녀는 80여 년 전의 작은 소녀가 되어 비밀을 간직한 채 누워 있는 느낌이었다. 소녀 시절에는 잠에서 깨어나면 누운 상태에서 자신의 연약한 뼈를 쓰다듬곤 했다.

'오래전에 꿈을 꾸었지.' 그녀는 생각했다. '누군가가 날 깨울 때까지. 그 꿈이 너무 좋았지. 그때가 내가 태어난 때였나? 그리고 지금은? 지금은, 자 보자…….' 그녀는 생각해 보았다. '난 지금 어디 있는 거지? 90년이라…… 그 잃어버린 꿈과 실마리를 다시 어떻게 찾지?' 그녀는 작은 손을 내밀었다. '거기…… 그래 바로 그거야.' 그녀는 미소를 지었다. 따뜻한 눈 언덕에 깊숙이 묻혀 있던 그녀는 베개 위의 머리를 뒤척였다. '더 낫군. 이제, 그래.' 이제 그 꿈이 그녀의 머릿속에 조용히 떠올랐다. 끝없이 펼쳐진 바닷가를 따라 경쾌하게 움직이는 파도처럼 차분하게 그 꿈이 펼쳐졌다.

이제 옛날 꿈이 다가와 눈 더미에 묻힌 그녀를 들어 올려 기억에서 사라져 가는 침대 위를 떠다니게 했다.

그녀는 생각했다. '아래층에서 사람들이 은 식기를 닦고 있구나. 창고를 청소하고 홀의 먼지를 털어 내고 있구나.' 아래층에서 살아 움직이는 소리가 들렸다.

"잘 됐어."

꿈속에서 떠다니면서 증조할머니가 말했다.

"이 세상의 다른 모든 일처럼 다 잘 들어맞는군."

그리고 바다에 밀려 그녀는 다시 해변으로 돌아왔다.

✲33✲

"유령이다!"

톰이 소리쳤다.

"아니야."

목소리가 들렸다.

"바로 나야."

사과 향기가 나는 어두운 침실 안으로 유령 불이 들어왔다. 공중에 떠 있는 것 같은 1리터짜리 메이슨 병에서 노을 색의 빛들이 깜빡거리고 있었다. 그 빛을 받아 더글러스의 눈도 창백하고 엄숙하게 빛나고 있었다. 얼굴과 손이 어둠에 묻혀 그의 잠옷은 몸이 빠져나간 유령 같아 보였다.

"제기랄!"

톰이 쉰 소리를 냈다.

"반딧불 스무 마리, 서른 마리잖아!"

"쉿, 소리 지르지 마!"

"뭐 하려고 반딧불을 잡았어?"

"우리가 밤에 손전등을 켜고 책을 읽다가 걸렸잖아? 낡은 병에 반딧불을 담아 놓으면 아무도 의심하지 않을 거야. 장식품이라고만 생각할 거야."

"더그 형은 천재야!"

그러나 더글러스는 아무 대답도 하지 않았다. 그는 아주 엄숙하게 침대 옆 탁자 위에 간헐적으로 빛을 발하는 반딧불 병을 내려놓은 후 연필을 꺼내 메모지첩에 커다란 글씨로 쓰기 시작했다. 반딧불이 타고, 죽고, 또 타고, 죽는 동안 그는 연한 초록빛의 서른 마리나 되는 반딧불 아래서 눈을 빛내며, 10분, 또 20분 동안 대문자로 글씨를 쓴 후 고치고 또 고쳤다. 여름 동안 모은 사실들을 모조리 쓰고 또 썼다. 톰은 병 안의 작은 반딧불들이 빙빙 돌며 날아다니면서 만들어 내는 불꽃에 사로잡혀 있었다. 그동안 더글러스는 써 내려갔다. 그는 그 모든 것을 마지막 페이지에 요약했다.

물건에 의존할 수는 없다.
왜냐하면…….

예를 들면…… 그런 것은 기계처럼 부서지거나, 녹이 슬거나, 아니면 전혀 완성되지 않을 수도 있다……. 또는 차고에 박혀 끝날 수도 있고…….

민들레 와인 **293**

……운동화처럼, 단지 아주 멀리 아주 빠르게 달릴 수 있을 뿐이다. 그러고 나면 다시 땅에 붙잡힐 것이다…….

……전차처럼. 전차는 크지만 언제나 철로의 끝에 이른다…….

사람에 의존할 수 없다.

왜냐하면……

……그들은 멀리 떠난다.

……모르는 사람들이 죽는다.

……아주 잘 아는 사람들도 죽는다.

……친구들도 죽는다.

……책에서처럼 사람들이 사람들을 죽인다.

……가족들도 죽을 수 있다.

그래서……!

그는 숨을 두 번 연속 크게 들이마신 다음, 천천히 내쉬었다. 그리고 다시 숨을 들이마신 다음 꼭 다문 이 사이로 숨을 내쉬었다.

그래서, 그는 커다란 대문자로 끝냈다.

그래서 만약 전차와 소형차는 녹이 슬거나 부서지거나 망가질 수 있고, 친구나 아주 친한 친구는 한동안 멀리 떨어져 있을 수 있고, 영원히 멀리 갈 수 있고, 사람들이 살해당할 수 있고, 영원히 사실 것 같던 증조할머니 같은 사람들도 돌아가실 수 있다면…… 이 모든 것이 사실이라면…… 그러면…… 나, 더글러스 스폴딩은, 언젠가…… 죽어야 한다…….

그 반딧불 빛은 조용히 사라졌다. 마치 그의 엄숙한 생각 때문에 꺼진 것 같았다.

더 이상은 쓸 수가 없군. 더글러스는 생각했다. 더 이상 쓰지 말아야지. 안 쓸 거야. 난 안 쓸 거야. 오늘 밤에 다 쓰지는 말아야지.

그는 톰이 자신의 팔을 베고 자는 모습을 내려다보았다. 그는 톰의 손목을 만졌고 톰은 다시 침대로 돌아누우며 길게 숨을 내쉬었다.

더글러스는 차가운 검은 덩어리가 든 메이슨 병을 들었다. 그러자 마치 그의 손이 생명을 불어넣은 것처럼 그 병이 다시 차갑게 빛났다. 그것은 마지막 말을 기다리고 있었다. 그러나 그는 마지막 말을 쓰는 대신 창가로 가서 창문을 열었다. 병뚜껑을 연 다음 병을 기울여 바람 한 점 없는 어둠 속으로 창백하게 빛나는 반딧불을 쏟아 부었다. 그것들은 날갯짓을 하더니 멀리 날아가 버렸다.

더글러스는 사라져 가는 반딧불들을 지켜보았다. 그것들은 저물어 가는 황혼의 세계사처럼 차츰 희미해졌다. 그것들은 손에 남아 있던 마지막 따뜻한 희망처럼 그의 손을 빠져나갔다. 그의 얼굴, 몸, 몸 안의 공간이 어둠 속에 묻혀 버렸다. 그것들이 떠나자 그의 몸은 메이슨 병처럼 텅 비어 버렸다. 이제 자신이 그런 일을 한 것도 잊고 그는 몸을 추슬러 잠자리에 든 후 잠을 청했다…….

34

그녀는 밤마다 유리관 속에 앉아 있었다. 그녀의 몸은 여름의 살인적인 햇볕에 녹았다가, 유령 같은 겨울 바람에 꽁꽁 얼긴 했지만, 병약한 미소를 지으며 왁스로 깎은 매부리코를 주름진 연분홍 왁스 손 위로 숙인 채 기다리고 있었다. 그녀는 오래전에 펼쳐진 낡은 카드에 영원히 손을 대고 있다. 타로 마녀, 멋진 이름이었다. 은색 구멍에 1센트짜리 동전을 집어넣으면 저 멀리 아래에서, 뒤에서, 안에서, 기계가 신음 소리를 내고 이어 지렛대가 움직이며 바퀴가 돈다. 그녀가 번쩍이는 얼굴로 올라와 단 한 번 쏘아보기만 하면 눈이 먼다. 그녀의 왼손은 무자비하게 신비한 타로 카드의 해골, 악마, 사형수, 추기경, 광대를 흩어 놓는다. 다른 한편 그녀는 불행이나 살인, 희망이나 건강, 매일 아침의 부활이나 매일 밤의 죽음을 캐내기 위해 고개를 숙인다. 그러고 나서 그녀는 카드 한 장의 뒷면에 잽싸게 가늘게 글씨를 쓴 후 그것을 손

위에 떨어뜨려 준다. 마녀는 마지막으로 불가사의한 눈길을 보내며 다음 1센트 동전이 와서 그녀를 망각에서 구해 줄 때까지 몇 주고, 몇 달이고, 몇 해고 꼼짝도 하지 않고 있는다. 이제 죽은 상태의 그가 두 소년의 접근을 허락했다.

더글러스는 유리를 만졌다.

"그녀가 있어."

"그건 왁스 인형이야."

톰이 말했다.

"왜 그녀를 보라는 거야?"

"늘 왜라고 묻는구나!"

더글러스가 소리쳤다.

"왜냐하면, 그것이 그래, 왜냐하면!"

왜냐하면…… 아케이드의 불빛이 어두워졌다……. 왜냐하면…….

언젠가 너도 살아 있음을 알게 될 거야.

폭발! 격동! 빛! 기쁨!

넌 지금 웃고 돌아다니며 춤을 추고, 소리를 지르지.

하지만 곧 해가 질 거야. 아무도 못 보지만 8월의 정오에 눈이 와.

지난 토요일 상영된 카우보이 영화에서 한 남자가 하얀 스크린 위에 떨어져 죽었다. 더글러스는 소리를 질렀다. 몇 년 동안 그는 수십 억의 카우보이들이 총을 쏘고 교수형에 처해지고, 타 죽고, 산산조각이 나는 걸 보아 왔다. 하지만 지금 바로 이 사람은…….

그가 결코 걷지도, 뛰지도, 앉지도, 웃지도, 소리치지도 못하리라는 생각이 스쳤다. 이제 그 사나이의 몸은 차가워질 것이고 아무것도 못할 것이다. 더글러스의 이가 덜덜 떨렸고 심장이 마구 고동쳤다. 그는 눈을 감았고 온몸이 흔들렸다.

그는 다른 아이들로부터 멀리 떨어져야만 했다. 그 아이들은 죽음에 대해서는 생각지도 않고 그 남자가 마치 살아있기라도 한 것처럼 비웃고 고함을 질러 댔기 때문이다. 더글러스와 그 죽은 남자는 같이 배를 타고 해변에 있는 다른 사람들을 뒤로한 채 멀리 배를 저어 갔다. 빛나는 해변에서는 사람들이 펄쩍펄쩍 뛰며 기대하고 있었다. 더글러스와 죽은 사람이 배를 타고 나아가 이제 어둠 속으로 사라졌다는 것도 모르고 있었다. 더글러스는 흐느끼며 레몬 냄새가 나는 화장실로 달려가 구역질을 했다. 그의 목에서 소화전이 세 번이나 뿜어져 나오는 것 같았다.

구역질이 사라지길 기다리며 그는 생각했다. 내가 아는 모든 사람이 올 여름에 죽었구나! 프리라이 대령! 왜 전에는 이 사실을 몰랐지? 증조할머니! 정말, 진짜로. 그뿐 아니라 ……도. 그는 멈추었다. 나! 아니야, 날 죽일 수는 없어! '그래.' 어떤 목소리가 말했다. '그들은 원하기만 하면 아무리 네가 발길질을 하고 비명을 질러도…….' '난 죽고 싶지 않아!' 더글러스는 소리 없이 비명을 질렀다. '어쨌든 너도 그렇게 돼.' 어떤 목소리가 말했다. '어쨌든 너도…….'

극장 밖의 햇빛이 비현실적인 거리, 비현실적인 건물, 천천히 움직이는 사람들 위로 쨍쨍 내리쬐고 있었다. 마치 거대하고 밝은 바다 위에 가스 불이 활활 타고 있는 것 같았다. 그는 이제 마침내 집에 가서 그의 공책에 마지막 한 줄을 써야겠다고 생각했다.

언젠가, 나, 더글러스 스폴딩은, 죽어야만 한다…….

용기를 내 길을 건너는 데 무려 10분이나 걸렸다. 그의 심장은 천천히 뛰었고 아케이드가 보였다. 왁스 마녀가 다시 돌아와 있었다. 그녀는 언제나 먼지 낀 서늘한 그늘에 숨어 있었다. 그리고 손톱 아래 운명의 여신과 분노의 신을 감추고 있었다. 차가 지나가자 아케이드가 폭발하듯 빛났다. 그림자가 흔들리면서 타로 마녀가 그에게 빨리 들어오라고 손짓했다.

그는 마녀의 부름을 받아 들어갔고 5분 후에 생존에 대한 확신을 갖고 나왔다. 이제, 그는 톰에게 알려 줘야만 했다…….

"그녀는 거의 살아 있는 것 같아."

톰이 말했다.

"그녀는 살아 있어. 내가 보여 줄게."

그는 구멍에 1센트짜리 동전을 집어넣었다.

아무 일도 일어나지 않았다.

더글러스는 아케이드 건너편에 앉아 있는 주인 블랙 씨를 큰 소리로 불렀다. 그는 소다수 상자 모서리에 걸터앉아 3리터들이 노르스름한 색의 음료수 병을 따서 꿀꺽꿀꺽 마시고 있었다.

"마녀가 고장 났어요!"

블랙 씨는 눈을 반쯤 감고 씩씩거리며 다가왔다.

"핀볼이 고장 나고 핍쇼가 고장 나고 1센트 감전기가 고장 나더니."

그는 상자를 열었다.

"헤이, 자! 깨어나! 이 마녀는 버는 돈보다 고치는 돈이 더 많이 드는군."

블랙 씨는 유리 상자 뒤로 손을 뻗더니 '고장' 표시를 마녀 얼굴 위에 걸었다.

"마녀만 고장 난 게 아니야. 나, 너희, 이 도시, 이 나라, 이 세상이 다 고장 났어! 몽땅, 빌어먹을!"

그는 마녀를 향해 주먹질을 했다.

"이 쓰레기야. 들리니? 넌 쓰레기야!"

그는 다시 걸어가 소다수 상자 위에 걸터앉은 후 앞치마 돈주머니에 있는 동전들이 마치 쓰라린 위장이라도 되는 것처럼 움켜쥐었다.

"그녀가 그럴 리가 없어……. 오, 그녀가 고장일 리가 없어."

더글러스가 놀라서 말했다.

"그녀는 늙었어."

톰이 말했다.

"할아버지 말로는 할아버지가 아이일 때도, 그리고 그전에도 이 마녀가 여기 있었대. 그러니까 언젠가 마녀를 치워 버려야 해……."

"자, 이리 와."

더글러스가 속삭였다.

"오, 제발, 제발, 톰이 볼 수 있게 글씨를 써 봐."

그는 몰래 동전을 하나 더 기계에 넣었다.

"제발……."

아이들은 유리에 얼굴을 갖다 댔다. 그들의 숨결 때문에 유리가 뿌예졌다.

그러자 상자 깊은 곳에서 속삭임과 획 하는 소리가 들렸다.

그리고 천천히 마녀가 머리를 들었다. 그녀는 소년들을 보았고 그녀의 눈에는 그들을 얼어붙게 하는 뭔가가 있었다. 그녀가 손을 들더니 타로 카드 위에 거의 미친 듯이 글씨를 휘갈기기 시작했다. 그녀는 글쓰기를 잠시 멈추더니 다시 급하게 쓰기 시작했다. 그녀가 고개를 숙인 채 한 손은 멈추고 다른 한 손으로 글씨를 쓰자 기계가 덜덜 떨렸다. 그리고 마침내 아주 난폭하게 경련을 일으키며 글씨 쓰기가 끝났고 유리 상자에서 종소리가 났다. 불행으로 딱딱하게 굳은 마녀의 얼굴은 거의 공처럼 보였다. 기계에서 덜컥하는 소리가 나고 바퀴 하나가 삐져나오더니 작은 타로 카드 하나가 관을 타고 내려와 오므린 더글러스의 손 위에 떨어졌다.

"그녀는 살아 있어! 다시 작동하잖아!"
"카드에 뭐라고 씌어 있어, 형?"
"지난 주 토요일과 똑같아! 들어 봐……."
더글러스가 읽기 시작했다.

헤이, 아니 아니야!
죽고 싶어 하는 사람들은 바보야!
죽음의 종이 울릴 때
춤추고 노래하는 게 멋지지 않아?
바람이 불고 바닷물이 밀려올 때
술에 취해 춤추는 게 멋지지 않아?
그리고 노래해, 헤이, 아니 아니야!
헤이, 아니 아니야!

"그게 다야?"

톰이 말했다.

"끝에 메시지가 있어. 예언, 장수와 생기 넘치는 삶."

"아주 그럴싸한데! 자, 나도 하나 뽑아 줘 봐."

톰이 코인을 넣었다. 마녀가 부르르 떨었고 그의 손에 카드가 떨어졌다.

"이 집에서 맨 뒤에 나가는 사람은 마녀 엉덩이."

톰이 태연스럽게 말했다.

그들은 아주 빨리 달렸다. 주인은 한 손에 마흔다섯 개의 페니를 다른 손에 서른여섯 개의 페니를 꼭 움켜쥐고 숨을 헐떡였다.

불안하게 깜박이는 가로등 불빛을 받으며 더글러스와 톰은 끔찍한 사실을 발견했다. 타로 카드는 백지였다. 아무 메시지도 없었다.

"이럴 순 없어."

"흥분하지 마, 더그. 그건 그냥 낡은 보통 카드야. 우린 1센트를 버린 것뿐이야."

"그건 낡은 보통 카드가 아니야. 우린 1센트보다 더 큰 걸 잃었어. 이건 죽느냐 사느냐의 문제야."

길거리의 깜박이는 가로등 아래서 카드를 이리저리 돌려보던 더글러스의 얼굴이 새하얘졌다. 그는 거기에서 뭔가를 읽어 내려고 종이를 만지작거렸다.

"잉크가 떨어진 거야."

"잉크는 절대로 안 떨어져!"

그는 블랙 씨를 바라보았다. 마시던 음료수를 다 마신 그는 여전히 거기 앉아 투덜대며 욕설을 퍼붓고 있었다. 그는 자신이 얼마나 행운 아인지 모른 채 아케이드에 살고 있는 것이었다. 제발 아케이드가 부서지지 않게 해 주소서. 친구들이 사라지고 사람들이 살해되고 매장되는 현실 세계는 나쁘지만, 제발 아케이드만은 지금같이 있게 해 주소서. 제발, 제발……

이제 더글러스는 아케이드가 왜 이번 주에, 왜 오늘 밤에 그다지도 매력적인지 알았다. 완벽하게 적재적소에 있는 세상, 예측할 수 있는 세상, 확실하고 분명한 세상이 있기 때문이었다. 빛나는 은빛 구멍이 있고, 유리 뒤의 무서운 고릴라는 왁스로 만들어진 여주인공을 구하려는 왁스 영웅에게 영원히 찔릴 것이다. 그리고 화면에 비가 오며 지직대는 키스톤 콥스(무성 영화에 등장하는 멍청한 경관들 — 옮긴이) 주연의 무성 영화는 어둠 속에서 늘 빙빙 돌아가고 그 옆 전등 아래에는 인디언 머리가 그려진 1센트 동전이 수북이 쌓여 있을 것이다. 멍청한 경찰들은 영원히 기차, 트럭, 전차와 부딪치거나 거의 부딪칠 뻔하고, 부두에서 바다로 뛰어들지만 영원히 빠지지 않는다. 왜냐하면 이들은 다시 달려가 열차, 트럭, 전차와 부딪치고 허름하지만 친숙해서 아름다운 부두에서 다시 바다로 뛰어들어야 하기 때문이다. 세상 속의 세상인 1센트짜리 핍쇼는 옛날 사람들이 살던 방식과 그들이 행하던 의식을 끊임없이 반복해서 보여 준다. 원하기만 하면, 땀에 젖은 동전을 기계에 먹여 만족시키기만 하면, 라이트 형제는 키티호크에서 모래 바람을 타며 날고, 테디 루스벨트는 반짝이는 이를 드러낼 것이고, 샌프란시스코는 지어졌다 타 버리고, 타 버렸다가 다시 지어질 것이다.

더글러스는 오늘 밤 마을을 둘러보았다. 지금, 지금부터 1분 후 무슨 일인가가 일어날 것 같았다. 밤이건 낮이건 동전을 넣을 구멍은 없고, 손에 떨어지는 카드도 거의 없으며 설혹 카드를 읽는다 한들 카드에 의미 있는 말은 거의 없었다. 이곳 현실에서는 돈과 시간을 쓰고 기도를 해도 이루어지는 게 거의 없었다.

아케이드에서는 '이걸 가질 수 있어?' 기계로 번개를 만져 볼 수 있다. 그 기계의 크롬 핸들을 쥐면 떨리는 손을 전기가 관통해 짜릿짜릿하다. 샌드백을 주먹으로 치면 팔에 힘줄이 얼마나 많은지 알 수 있다. 거기서 로봇의 손을 잡고 있는 힘을 다해 팔씨름을 하면 숫자판에 불이 들어온다. 맨 꼭대기까지 불이 들어오면 최고로 난폭하다는 뜻이다.

아케이드에서는 이런저런 일을 할 수 있고, 이런저런 사건이 일어났다. 아케이드에서 나올 때면 낯선 교회에서 나오는 것처럼 평화로웠다.

그런데 지금은? 지금은?

그 마녀는 조용히 움직이다가 곧 유리관에서 죽을 것이다. 아케이드 안에는 현실 세계를 싹 무시하고 자신의 세계도 무시하면서 빈둥대는 블랙 씨가 있다. 훌륭한 기계도 사랑으로 돌보지 않으면 언젠가 녹이 슨다. 키스톤 콥스는 반쯤은 호수에 들어가고 반쯤은 나온 채, 반쯤은 차에 부딪친 채 영원히 녹슬어 갈 것이다. 라이트 형제는 결코 비행기를 이륙시키지 못할 것이다…….

더글러스가 말했다.

"톰, 우리 도서관에 가서 어떻게 된 일인지 알아보자."

그들은 길을 따라 내려오면서 아무것도 씌어 있지 않은 카드를 서로 주고받았다.

그들은 도서관 안에서 갓을 씌운 초록색 램프의 불빛 아래 앉아 있다가 밖으로 나와 사자 조각상을 탔다. 그들은 다리를 덜렁대며 인상을 썼다.

"블랙 영감은 내내 마녀에게 대고 고함을 지르면서 죽여 버리겠다고 협박해."

"더그 형, 마녀는 산 적이 없기 때문에 죽일 수도 없어."

"블랙 씨는 마녀가 살아 있거나 산 적이 있는 것처럼 대하잖아. 마녀에게 고함을 질러 대서 마침내 그녀가 포기했는지도 몰라. 아니 어쩌면 포기한 게 아니라 생명의 위협을 느낀다는 것을 우리에게 은밀하게 알려 주려고 그랬는지도 몰라. 보이지 않는 잉크. 어쩌면, 레몬주스! 이 카드에 블랙 씨가 봐선 안 되는 메시지가 있는지도 몰라. 아케이드에 있는 동안은 그가 볼 수도 있으니까 말이야. 가만! 내게 성냥이 있어."

"그런데 그녀가 왜 우리에게 메시지를 보냈지? 형?"

"카드를 들고 있어. 여기야!"

더글러스는 성냥불을 붙였다. 불은 카드 아래서부터 타올랐다.

"아야! 내 손가락 위에는 글씨가 없어, 더그 형, 성냥 치워."

"그거야!"

더글러스가 소리쳤다. 거기에 있었다. 가늘게 휘갈긴 글씨가 희미하게 나타났다. 믿을 수 없을 만큼 빙빙 돌리며 휘갈겨 쓴 글자가 점점 진해져 나선형을 띠기 시작했다……. 한 단어, 두 단어, 세 단어…….

"카드, 카드가 불타고 있어!"

톰이 고함을 지르고 그것을 떨어뜨렸다.

"밟아!"

하지만 그들이 펄쩍 뛰어올라 오래된 돌사자의 등에 발을 비벼 댈 무렵에는 카드가 이미 새까맣게 타 버린 후였다.

"더그 형! 이젠 무슨 말이 씌어 있었는지 알 수가 없어!"

더글러스는 타 버린 따뜻한 재를 손바닥 위에 올려놓았다.

"아니야, 난 그 단어를 기억해."

재는 바스락대며 그의 손가락 사이로 날아가 버렸다.

"작년 봄에 본 존 찰리 체이스의 코미디 기억하지? 거기서 프랑스 사람이 빠져서 프랑스어로 계속 뭔가 고함치지만 찰리 체이스는 못 알아듣잖아. 세꾸르(프랑스어로 '구해 주세요'라는 뜻 ― 옮긴이), 세꾸르! 그런데 누군가가 찰리에게 그 뜻을 말해 주자 그가 물속에 뛰어들어 그 사람을 구했잖아. 자, 이 카드 위에서 내 눈으로 똑똑히 보았어. 세꾸르라고 씌어 있었어!"

"왜 마녀가 프랑스어로 썼을까?"

"그래야 블랙 씨가 모르지, 이 바보야!"

"형, 카드가 탈 때 보인 건 남아 있던 물 자국일 거야……."

톰은 더글러스의 얼굴을 보고 말을 멈추었다.

"좋아, 화내지 마. 그게 '서커'든 뭐든. 하지만 다른 단어도 있었어……."

"마담 타로라고 씌어 있었어. 톰. 이제 알았어! 마담 타로는 실존 인물이야. 오래전에 살았던 점쟁이였어. 백과사전에서 사진을 본 적도 있어. 그녀를 보기 위해 사람들이 유럽 전역에서 몰려 왔었어. 자, 이제 알겠니? 생각해 봐, 자, 생각을 해!"

톰은 다시 사자의 등 위에 타고 앉아 아케이드 불빛이 반짝이는 거리를 바라보았다.

"그게 진짜 타로 부인은 아니지?"

"유리 상자 안, 온통 붉고 파란 비단 아래, 그 반쯤 녹은 오래된 왁스, 분명해! 어쩌면, 오래전에 누군가가 그녀를 질투하거나 미워해서 왁스를 뒤집어씌운 후 영원히 가두었는지도 몰라. 그래서 이 악당에게서 저 악당에게로 넘겨지고 수 세기가 지난 다음 마침내 일리노이 주의 그린타운에 오게 되었는지 몰라……. 유럽 왕들의 점을 보는 대신 인디언 머리가 새겨진 1센트 동전을 벌려고 일하게 된 거야!"

"악당들이라고? 그럼 블랙 씨가?"

"이름도 블랙이고 셔츠도 검고, 바지도 검고, 타이도 검잖아. 영화에서 보면 악당들은 검은 옷을 입잖아?"

"하지만 그녀가 왜 작년이나, 그 전에는 고함을 지르지 않았을까?"

"아무도 모르지. 백 년 동안 밤마다 그녀가 레몬주스로 카드에 메시지를 썼지만 사람들이 그냥 카드만 읽고 우리처럼 성냥불로 태워 진짜 메시지를 볼 생각을 못한 거지. 세꾸르가 무슨 뜻인지 우리가 안 게 다행이야."

"좋아, 그녀가 '구해 주세요.'라고 했다 쳐. 이제 뭘 해야 해?"

"물론 그녀를 구해야지."

"블랙 씨가 보는 앞에서 그녀를 훔치자고? 그리고 우리가 얼굴에 왁스를 뒤집어쓰고 다음 만 년 동안 유리 상자에 갇혀 있자고?"

"톰, 여긴 도서관이잖아. 우리가 블랙 씨와 싸울 수 있는 주문과 마법의 묘약으로 무장을 하자."

"블랙 씨를 붙들어 둘 수 있는 마법의 묘약은 하나뿐이야."

톰이 말했다.

"저녁에 1센트 동전을 수북이 가져다 주면, 그는……. 자, 보자."

톰은 자신의 호주머니에서 동전 몇 개를 꺼냈다.

"이거면 될 거야. 더그 형, 가서 책을 더 읽어 봐. 난 다시 아케이드로 뛰어가서 키스톤 콥스를 열다섯 번만 볼게. 아무리 봐도 지겹지 않아. 형과 내가 아케이드에서 만날 때쯤이면 그 마법의 묘약이 작용하고 있을 거야."

"톰, 지금 무슨 짓을 하려는지 알고 있니?"

"더그 형, 우린 공주를 구하려는 거야. 구하기 싫어?"

더글러스는 빙 돌더니 뛰어갔다.

톰은 도서관 문이 닫히는 것을 보았다. 그러고 나서 사자 등에서 뛰어내려 어둠 속으로 사라졌다. 도서관 계단 위에서 타로 카드의 재가 펄럭이다 멀리 날아가 버렸다.

아케이드 안은 어두웠다. 핀볼 기계가 거인의 동굴에 있는 흙더미처럼 뭔지 알 수 없게 시커멓게 놓여 있었다. 핍쇼에서는 테디 루스벨트와 라이트 형제가 뒤로 물러서 있거나 이제 막 나무 프로펠러에 시동을 거는 자세로 서 있었다. 마녀는 눈을 뿌옇게 하고 상자 칸에 앉아 있었다. 그때 갑자기 마녀의 눈동자 하나에 빛이 비추어졌다. 먼지 낀 아케이드 창문을 통해 손전등 빛이 새어 들어왔다. 육중한 사람이 잠긴 문 앞에 서서 열쇠로 자물쇠를 따고 있었다. 쿵 소리를 내며 문이 열리더니 열린 상태 그대로 있었다. 씩씩거리는 숨소리가 들렸다.

"나야, 아가씨."

블랙 씨가 비틀거리며 말했다.

책에 코를 처박고 걸어오던 더글러스는 문 옆 근처에 숨어 있는 톰을 보았다.

톰이 말했다.

"쉿! 그게 효과가 있었어. 키스톤 콥스를 열다섯 번 본 것 말이야. 그러고 나서 내가 그 돈을 모두 집어넣는 소리를 듣더니 블랙 씨 눈이 튀어나왔어. 그는 기계를 열고 동전을 꺼내더니 날 내보내고는 마법의 묘약을 마시러 술집으로 갔어."

더글러스는 살짝 몸을 들어 어두운 아케이드를 보았다. 거기에는 고릴라가 둘 있었다. 한 놈은 팔에 왁스로 만든 여주인공을 안고 전혀 움직이지 않았고, 다른 한 놈은 방 한가운데 멍하니 서서 이쪽 저쪽으로 흔들거리고 있었다.

"오, 톰. 넌 천재야. 정말 블랙 씨는 마법의 묘약에 완전히 갔어, 그렇지?"

더글러스가 속삭였다.

"물론 그래. 형은 뭘 찾아냈어?"

더글러스는 책을 툭툭 치며 낮은 목소리로 말했다.

"내가 말한 대로 타로 부인은 부자들의 응접실에서 죽음이나 운명 같은 걸 말해 줬는데 그러다가 실수를 했어. 나폴레옹에게 대놓고 전쟁에 패배해 죽을 거라고 말한 거야! 그래서……."

더글러스는 다시 먼지 낀 창문을 통해 멀리 유리 상자 속에서 침묵하고 있는 마녀를 보았다. 그의 목소리가 사라졌다.

"세꾸르."

더글러스가 중얼댔다.

"늙은 나폴레옹은 마담 터소의 왁스공을 불러 살아 있는 타로 마녀에게 끓는 왁스를 부었어. 그리고 지금은…… 지금은……."

"조심해, 형, 저 안에 블랙 씨가 있어! 무기 같은 걸 들고 있어!"

그건 사실이었다. 안에서 덩치 큰 블랙 씨가 엄청나게 욕설을 퍼붓고 있었다. 그는 마녀의 얼굴에서 20센티미터쯤 떨어진 곳에서 캠핑용 칼을 번쩍이고 있었다.

"이 가게 전체에서 사람처럼 보이는 게 그녀밖에 없어서 그녀를 죽이려는 거야."

톰이 말했다.

"그녀를 전혀 해치지 못할 거야. 곧 쓰러져서 잠이 들 거야."

"그렇지 않아."

더글러스가 말했다.

"마녀가 우리에게 경고한 것, 그리고 우리가 그녀를 구하러 오는 걸 알고 있는 거야. 우리에게 자신이 저지른 범죄의 비밀을 알리고 싶지 않은 거야. 그래서 어쩌면 오늘 밤 그녀를 영원히 부숴 버릴지도 몰라."

"그녀가 우리에게 경고한 걸 어떻게 알았을까? 여길 떠날 때까지는 우리도 몰랐는데."

"기계에 돈을 넣고 그녀에게 자백을 강요했을 거야. 그러면 그녀는 거짓말할 수가 없어. 카드에 써 있는 타로의 해골과 뼈다귀 말이야. 그녀는 진실을 말할 수밖에 없어서 소년처럼 보이는 두 명의 작은 기사가 그려진 카드를 준 게 분명해. 알겠지? 그게 우리야. 우리가 바로 곤봉을 들고 거리를 내려오는 기사들이야."

"마지막으로 한 번만!"

블랙 씨가 아케이드 안의 동굴에서 소리쳤다.

"동전을 넣잖아. 이제, 제발 마지막으로 한 번만 말해 줘! 이 빌어먹을 아케이드가 돈을 벌 거 같아, 아니면 내가 파산 신고를 해야 해? 다른 여자들하고 똑같군! 남자는 굶어 죽어 가고 있는데 거기 냉정하게 앉아만 있군! 내게 카드를 줘. 거기! 이제 보자."

그는 카드를 불빛에 비추어 보았다.

"오, 이런! 준비."

더글러스가 속삭였다.

"아니야!"

블랙 씨가 소리쳤다.

"거짓말쟁이! 거짓말쟁이! 이걸 가져가!"

그는 주먹으로 유리 상자를 쳤다. 어둠 속에서 유리가 산산조각이 나서 사방으로 흩어졌다. 유리 밖으로 나온 마녀는 옷을 벗은 채 두 번째 주먹이 날아오길 기다리며 차분하게 조용히 앉아 있었다.

"안 돼!"

더글러스가 문을 지나 뛰어들었다.

"블랙 씨!"

"더그 형!"

톰이 외쳤다.

톰이 외치는 소리에 블랙 씨가 뒤돌아보았다. 그는 마치 그녀를 찌르려는 것처럼 캠핑 칼을 마구 휘둘렀다. 더글러스는 꼼짝도 하지 않았다. 그러자 블랙 씨는 눈을 크게 뜨고 나서 한 번 깜박이더니 완전히 한 바퀴 돌고는 마룻바닥에 등을 대고 쓰러졌다. 쿵 소리가 나는데 천년이나 걸리는 것 같았다. 오른손에서 손전등이 떨어져 나갔고 왼손에선 칼이 은어처럼 멀리 튕겨져 나갔다.

톰이 어둠 속에 길게 누워 있는 사람을 보러 천천히 다가갔다.

"형, 블랙 씨 죽었어?"

"아니 마담 타로의 예언에 쇼크를 받은 것뿐이야. 봐, 화상을 입은 표정이잖아. 끔찍하지. 카드에서 예언한 대로일 거야."

그 남자는 마루에서 코를 골며 잠들었다.

더글러스는 흩어진 타로 카드를 집어서 턴 후 주머니에 넣었다.

"이리 와, 톰. 너무 늦기 전에 마녀를 여기서 꺼내자."

"그녀를 훔쳐 가자고? 미쳤어!"

"그러면 더 나쁜 범죄의 공범자가 될래? 예를 들면 살인 공범자가 되고 싶어?"

"그래, 저 낡은 인형은 어차피 못 죽여!"

하지만 더글러스는 그의 말을 듣고 있지 않았다. 그는 열린 유리 상자 쪽으로 손을 뻗었다. 그러자 마치 오랜 세월 기다렸다는 듯이 왁스로 된 타로 마녀가 살짝 한숨을 쉬며 앞으로 몸을 기울이더니 천천히, 천천히 그의 팔 안으로 쓰러져 안겼다.

시내의 시계가 9시 45분을 쳤다. 높이 뜬 달로 하늘 전체가 따뜻하지만 쓸쓸한 빛으로 가득 차 있었다. 은빛 보도 위로 검은 그림자들이 움직였다. 더글러스는 감촉이 좋고 아름다운 왁스 인형을 손에 들고 가다가 떨리는 나무 그림자 깊숙이 몸을 감추었다. 그는 뒤를 돌아보며 유심히 들었다. 달리는 쥐 새끼 소리가 들렸다. 톰이 모퉁이를 휙 돌더니 그의 옆에 섰다.

"더그 형, 난 뒤에 남아 있었어. 저, 블랙 씨가…… 무서워서. 그런데 그 사람이 다시 살아났어…… 욕을 하면서……. 오, 자기 인형을 들고 있는 형을 잡기라도 하면! 사람들이 어떻게 생각하겠어? 도둑질이라고 생각할 거야!"

"조용히 해!"

그들은 달빛 물결이 일렁이는 뒤쪽 거리에 귀를 기울였다.

"이제, 톰. 그녀를 구하는 걸 도와줘. 하지만 '인형'이라고 말하거나, 큰 소리로 말하거나, 그녀를 시체처럼 질질 끌면 안 돼."

"도와줄게!"

톰이 무게의 반을 맡았다.

"이런, 가볍네!"

"나폴레옹에게…… 할 때는 그녀가 정말 젊었거든."

더글러스는 말을 멈추었다.

"노인들은 무거워. 그래서 구분이 되는 거야."

"하지만 왜? 왜 그녀를 구하기 위해서 이렇게 달려야 해, 형, 왜?"

왜냐고? 더글러스는 눈을 깜박이며 멈추었다. 그는 나무들을 휙휙 지나쳐 너무 멀리 너무 오래 헉헉대며 달리느라 왜 달리는지를 잊어버렸다. 이제야 보도를 따라 움직이면서 자신의 눈에 드리워진 그림자, 손에서 나는 잔뜩 먼지 낀 왁스 냄새를 맡으면서, 비로소 자신이 왜 달리는지 생각할 여유가 생겼다. 톰에게 그 이유를 천천히 설명하는 그의 목소리가 달빛처럼 이상해졌다.

"톰, 2주 전에 난 내가 살아 있다는 걸 발견했어. 그래서 마구 뛰어다녔지. 그리고 나서 지난 주 영화를 보다가 언젠가 나도 죽으리라는 걸 깨달았어. 정말로 그런 걸 생각해 본 적이 없었거든. 그건 갑자기 YMCA가 영원히 문을 닫으리라는, 그리고 학교가, 우리 생각처럼 그렇게 나쁘지 않은 우리 학교가 영원히 문을 닫으리라는 걸 알게 된 것과 같았어. 시외의 복숭아나무가 모두 시들어 버리고 협곡이 메워져서 영원히 놀 장소가 없어지는 느낌이었어. 내가 생각할 수 있는 한 가장 오랫동안 아파서 누워 있고 모든 것이 어두워질 것 같았어. 그러자 덜컥 겁이 났어. 나도 모르겠어. 내가 원하는 건 이거야. 마담 타로를 돕자. 그녀를 몇 주 혹은 몇 달 동안 숨겨 놓고 그동안 도서관에 가 마법에 관한 책을 찾아내자. 어떻게 하면 그녀의 마법을 풀어 왁스 밖으로 나와 다시 세상을 돌아다니게 할 수 있는지 알아보자. 그러면 그녀가 정말 고마워할 거야. 악마와 컵, 그리고 칼과 뼈가 그려진 카드를 펼쳐 놓고 어떤 웅덩이에 빠져야 하는지, 어느 목요일 오후에 잠자코 침대에 있어야 하는지 알려 줄 거야. 난 영원히 살든지 아니면 그 비슷하게라도 될 거야."

"그걸 믿는 건 아니지?"

"아냐, 믿어. 아니 대부분은 믿어. 이제 봐. 협곡이다. 흙더미를 가로질러 갈 거야. 그런 뒤에……."

톰이 멈추었다. 더글러스가 멈추라고 했던 것이다. 소년들은 뒤를 돌아보지 않았지만, 그들을 따라오는 무거운 발자국 소리를 들었다. 한 발자국 한 발자국이 그다지 멀지 않은 호수의 마른 바닥에 대고 총을 쏘는 소리 같이 들렸다. 누군가가 고함을 지르고 욕을 하며 다가오고 있었다.

"톰, 널 보고 그 사람이 따라온 거야!"

그들이 달리는 순간 거인의 손이 올라가더니 그들을 옆으로 밀쳤다. 블랙 씨가 거기에 있었다. 두 소년 사이에 있었다. 그는 소리를 지르고 이를 갈면서 풀에다 침을 마구 뱉어 댔다. 그는 마녀의 목과 한쪽 팔을 잡고 이글거리는 눈으로 그들을 내려다보았다.

"이건 내 거야! 내 마음대로 할 거야! 도대체 왜 마녀를 가져가는 거야? 나의 재수없는 일, 돈, 사업, 모조리 망한 게 바로 이 인형 때문이야. 인형을 이렇게 할 거야!"

"안 돼요!"

더글러스가 소리쳤다.

그러나 투석기 같은 그의 거대한 팔이 달을 향해 인형을 들어 올린 후 그 연약한 몸을 빙빙 돌리더니 욕설과 함께 휙 하고 협곡 속으로 던져 버렸다. 인형은 쓰레기 더미와 함께 굴러 가서 흰 먼지와 검은 흙 속에 처박혔다.

"안 돼요!"

더글러스가 거기 앉아 아래를 내려다보면서 말했다.

"안 돼요!"

그 거인은 헐떡거리며 언덕 끝에서 휘청거렸다.

"너 대신 이 일을 해 준 걸 하느님께 감사하기나 해!"

그는 비틀거리며 멀리 걸어갔다. 한 번 넘어지고, 다시 일어나고, 혼잣말을 하고, 웃고 욕설을 하더니 사라졌다.

더글러스는 협곡 가장자리에 앉아서 울었다. 한참 후에 그는 코를 풀었다. 그리고 톰을 바라보았다.

"톰, 이제 늦었어. 아빠가 우리를 찾으러 나오실 거야. 집에 가야 할 시간이 한 시간이나 지났어. 워싱턴 거리를 따라 뛰어가서 아빠를 만나거든 이리로 모시고 와."

"저 협곡으로 내려갈 건 아니지?"

"이제 그녀는 시의 재산이야. 쓰레기 더미 위에 있으니까, 어떻게 하든 아무도 상관하지 않을 거야. 블랙 씨조차 상관하지 않을 거야. 아빠께 왜 이리로 오셔야 하는지 말씀 드려. 인형을 함께 옮기시지는 않아도 된다고 말씀 드려. 뒷길로 인형을 가져가려고 하거든. 그러면 아무도 모를 거야."

"이제 그 인형은 형에게 아무 소용없어. 다 망가졌는걸."

"비를 맞게 밖에 둘 순 없잖아, 알겠지?"

"그래."

톰은 천천히 움직였다.

더글러스는 언덕을 내려가 흙더미와 휴지와 깡통 사이를 걸어다녔다. 반쯤 가다 멈추어 서서 그는 유심히 귀를 기울였다. 아래서 여러 색이 뒤섞인 흙더미가 흘러내리는 소리가 어렴풋이 들렸다.

"마담 타로?"

그는 거의 속삭이듯 말했다.

"마담 타로?"

언덕 바닥의 달빛 속에서 그녀의 하얀 왁스 손이 움직이는 것 같았다. 하얀 종이 조각이 바람에 흔들린 것이었다. 하지만 어쨌든 그는 마담 타로를 향해 갔다……

시내의 시계가 자정을 알렸다. 주변의 집들은 대부분 불이 꺼져 있었다. 차고에 두 소년과 한 남자가 마녀에게서 거리를 두고 서 있었다. 마녀는 다시 매무새를 가다듬은 뒤 낡은 버드나무 의자에 평화롭게 앉아 있었다. 앞에는 기름 헝겊으로 덮은 탁자가 있고 그 위에는 멋진 부챗살 모양으로 교황, 광대, 추기경, 죽음, 태양, 유성이 펼쳐져 있었다. 왁스로 만든 그녀의 손이 타로 카드들을 만지고 있었다.

아버지가 말했다.

"……어떻게 된 일인지 알겠어. 내가 소년이었을 때 서커스가 마을을 떠나자 사방으로 뛰어다니며 포스터를 엄청 모았지. 그 후에는 토끼를 기르거나 마술을 배웠단다. 난 다락방에서 환상을 키운 후 환상을 거기 가두어 놓았지."

아버지는 마녀를 보고 고개를 끄덕였다.

"오, 옛날, 30년 전에 마녀가 운수를 봐 준 게 기억나. 자, 마녀를 청소하고 나서 자자. 토요일에는 그녀를 위해 특별 상자를 만들자."

차고 문을 열던 아버지가 더글러스의 조용한 말에 멈추었다.

"아빠, 고마워요. 집으로 올 때 함께 와 주신 거요. 고마워요."

"됐어."라고 아버지는 말하고 가 버렸다.

마녀와 함께 두 소년만 남아 서로를 바라보았다.

"세상에, 우리가 중앙로를 걸어왔어. 우리 네 사람, 형, 나, 아빠, 마녀! 아빤 정말 대단해!"

"내일 시내에 가서 블랙 씨에게 10달러를 주고 나머지 부품을 살 거야. 그렇게 하지 않으면 그가 부품들을 내다 버릴 거야."

더글러스가 말했다.

"그래."

톰이 버드나무 의자에 앉아 있는 늙은 여자를 바라보았다.

"야, 정말 살아 있는 것처럼 보여. 안에 뭐가 들어 있는지 궁금해."

"작은 새의 뼈가 들어 있어. 나폴레옹 이후 마담 타로에게 남은 건 그것뿐이야……."

"부품은 전혀 없어? 지금 잘라 보자."

"시간은 충분히 있어, 톰."

"언제?"

"일이 년 후에. 내가 열네 살이나 열다섯 살이 되면 그때 그렇게 하자. 지금 당장은 그녀가 여기 있다는 사실만 알면 돼. 내일은 그녀가 영원히 도망갈 수 있는 마법을 연구해야 해. 언젠가는 밤에 낯선 이탈리아 미인이 시내에서 여름옷을 입고 동양으로 가는 표를 샀다는 소리가 들릴 거야. 그녀가 역에 서 있다가 기차를 타고 떠나는 걸 모두 볼 거야. 그리고 모두 이 세상에서 가장 아름다운 미인이라고 말할 거야. 그런 말을 들으면, 톰, 그녀야. 날 믿어, 소문은 빨리 퍼질 거야! 아무도 그녀가 어디서 와서 어디로 가는지 모를 거야. 그런 말을 들으면, 내가 마술을 풀어 줘서 그녀가 자유의 몸이 된 걸로 알면 돼. 그러고 나서 내 말대로 지금부터 일이 년 후에, 기차가 떠난 날 밤에 왁스 인형을 갈라서 속을 보면 돼. 그녀가 사라진 다음이라 작은 톱니바퀴들과 헝겊 조각만 남아 있을 거야. 그렇게 될 거야."

더글러스는 마녀의 손을 들어 그 손이 삶의 춤, 하얀 뼈, 죽음의 모임, 날짜와 운명, 운명과 어리석음 위로 움직이게 했다. 그녀의 닳은 손

톰이 그 카드들을 치고, 만지고, 쓰다듬었다. 그녀의 얼굴은 약간 한쪽으로 기울었으면서도 균형이 잡혀 있었다. 소년들을 바라보는 그녀의 눈이 밝게 빛났다. 그녀는 환한 전구 빛에도 눈을 깜박이지 않았다.

"너의 운명을 말해 줄까?"

더글러스가 조용히 물었다.

"그래."

카드 하나가 마녀의 넓은 옷소매에서 떨어졌다.

"톰, 봤지? 카드 하나를 숨겨 놓았다가 이제야 우리에게 던져 주는 거야!"

더글러스가 카드를 불빛에 비춰 보았다.

"빈 카드야. 이걸 밤새 화학 약품이 차 있는 성냥갑에 넣어 두었다가, 내일 아침 성냥갑을 열어 보면 메시지가 보일 거야!"

"뭐라고 씌어 있을까?"

더글러스는 그 단어들을 좀 더 잘 보기 위해 눈을 감았다.

"이렇게 씌어 있을 거야. '당신의 보잘것없는 하인이자 고마워하는 친구가 감사를 표시합니다. 마담 플로리스탄 마리아니 타로, 손금 보는 사람, 영혼 치료사, 운명과 복수의 여신의 예언자.'"

톰은 웃으면서 형의 팔을 흔들었다.

"더 해 봐, 더그 형. 다른 건, 다른 건?"

"보자……. 그리고 이렇게 씌어 있을 거야. '헤이, 아니, 아니야!……춤추고 노래하는 건 멋지지 않아?…… 죽음의 종이 울릴 때…… 그리고 발꿈치를 들고…… 그리고 노래를 해. 헤이, 아니, 아니야!' 그리고 이렇게 씌어 있을 거야. '톰과 더글러스 스폴딩, 평생 너희가 바라는 걸 모두 얻을 것이다…….' 그리고 우린 영원히 살 거라고, 너와 나. 톰, 우린 영원히 살 거라고 씌어 있을 거야……."

"이 카드 한 장에 그게 다 씌어 있어?"

"그게 다, 일일이 다 씌어 있어, 톰."

전구의 불빛을 받으며 그들은 고개를 숙였다. 두 소년도, 마녀도 고개를 숙이고 아무것도 씌어 있지 않지만 약속으로 가득 찬 아름다운 카드를 보고 또 보았다. 그들은 눈을 빛냈다. 곧 희미한 망각을 뚫고 솟아 나올 숨겨진 멋진 단어들을 모두 볼 수 있을 것만 같았다.

"헤이."

톰이 아주 부드러운 목소리로 말했다.

그리고 더글러스는 눈을 빛내며 다시 그 말을 속삭였다.

"헤이……."

35

활활 타는 듯한 정오의 초록빛 나무 아래서 그 목소리가 희미하게 들렸다.

"…… 아홉, 열, 열하나, 열둘…….”

더글러스는 잔디밭 위를 천천히 걸었다.

"톰, 너 뭘 세고 있니?"

"……열셋, 열넷, 조용히 해. 열여섯, 열일곱, 매미, 열여덟, 열아홉……!"

"매미?"

"오, 빌어먹을!"

톰이 눈살을 찌푸렸다.

"빌어먹을, 빌어먹을, 빌어먹을!"

"다른 사람이 들으면 어쩌려고 그래."

"빌어먹을, 빌어먹을, 지옥(영어에서 'hell'은 '지옥'과 '빌어먹을'이라는 두 가지 뜻이 있음.—옮긴이)은 장소야!"

톰이 소리쳤다.

"이제 다시 시작해야 해. 매미가 15초 동안 얼마나 우는지 세고 있었어."

그는 2달러짜리 시계를 쳐들었다.

"15초 동안 얼마나 우는지 잰 다음 서른아홉을 더해. 그러면 그 순간의 온도를 알 수 있어."

그는 한쪽 눈을 감고 시계를 보고, 고개를 숙인 후 다시 속삭였다.

"하나, 둘, 셋……!"

더글러스는 천천히 나무 위를 쳐다보았다. 불타는 하얀 하늘 어디선가 커다란 구리 전선이 윙윙거리며 흔들렸다. 다시, 또 다시 나무에서 귀를 찌르는 금속성 진동이 전류처럼 떨어져 온몸이 마비될 정도였다.

톰이 계속 셌다.

"일곱, 여덟……."

더글러스는 천천히 현관 계단 위로 올라가 낑낑대며 집 안을 들여다보았다. 그는 잠시 거기 있더니 천천히 돌아와서 조그만 소리로 톰을 불렀다.

"정확하게 화씨 87도야."

"스물일곱, 스물여덟……."

"헤이, 톰. 내 말 들려?"

"듣고 있어. 서른, 서른하나! 저리 가! 둘, 셋, 서른넷!"

"이제 그만 세도 돼. 집 안의 낡은 온도계로도 87도야. 여치 소리 아니어도 온도는 올라가고 있어."

"매미야! 서른아홉, 마흔! 여치가 아니야! 마흔둘!"

"87도라고. 알고 싶은 게 그거잖아."

"마흔다섯. 그건 집 안 온도지, 바깥 온도는 아니야! 마흔아홉, 쉰, 쉰 하나! 쉰둘, 쉰셋! 쉰셋 더하기 서른아홉은…… 92도!"

"누가 그래?"

"내가! 화씨 87도가 아니야! 92도야, 형!"

"너하고 또 누구?"

톰은 펄쩍 뛰었다. 그는 벌개진 얼굴로 태양을 바라보며 서 있었다.

"나와 매미가 그래! 나와 매미가! 87도보다 높아! 92, 92, 92도란 말야, 형, 어!"

둘 다 카메라처럼 구름 한 점 없는 무자비한 하늘을 바라보았다. 그들은 땀을 뻘뻘 흘리며 셔터가 활짝 열린 고장 난 카메라처럼 죽어 가는 마을, 지쳐서 꼼짝도 하지 않는 지친 마을을 멍하게 바라보았다.

더글러스는 눈을 감았다. 분홍빛 반투명 눈꺼풀 안쪽에서 바보처럼 왔다 갔다 하는 태양 두 개가 보였다.

"하나…… 둘…… 셋……."

더글러스는 입술이 움직이는 걸 느꼈다.

"……넷…… 다섯…… 여섯……."

이번에는 매미가 더 빨리 울었다.

＊36＊

 정오부터 해가 질 때까지, 자정에서 해가 뜰 때까지, 한 남자가 말을 맨 마차 하나를 끌고 다녔다. 일리노이 주 그린타운의 2만 6349명 주민 모두 그를 알고 있었다.
 정오 무렵 뚜렷한 이유 없이 아이들이 가만히 멈춰 서서 말했다.
 "저기 조너스 씨가 오네!"
 "저기 네드가 오네!"
 "저기 마차가 오네!"
 나이 든 어른들은 동서남북 어디를 둘러보아도 조너스란 사람도, 네드라는 말도, 마차도 보이지 않았다. 마차는 초원을 헤치고 황야까지도 갈 수 있는 대형 포장마차였다.
 하지만 개의 귀를 빌려 와 쫑긋 세우면 마을에서 몇 킬로미터나 떨어진 곳에서 고향 잃은 랍비나 탑에 갇힌 회교도의 노래처럼 누군가의 노랫소리가 들렸다. 조너스 씨는 나타나기 전에 늘 목소리가 먼저 들렸다. 그리고 그의 마차가 나타날 즈음에는, 아이들이 행진이라도 하는 양 길가에 늘어서 있었다.

그러면 마차가 도착했다. 감빛 우산을 쓰고 부드러운 손길로 물줄기처럼 고삐를 쥐고 조너스 씨가 노래하고 있었다.

고물! 고물!
아니에요, 선생님, 고물이 아니에요!
고물! 고물!
아니에요, 사모님, 고물이 아니에요!
잡동사니들, 부스러기들!
뜨개질바늘, 작은 장식품!
겉만 번지르르한 쓸모없는 물건! 골동품!
여자 옷! 까미오 조가비!
하지만…… 고물!
아니에요, 선생님, 아니에요…… 고물!

길을 지나다 우연히 조너스 씨의 노래를 들은 사람이면 누구나 알 수 있듯 조너스 씨는 평범한 고물상이 아니었다. 그는 좀먹은 누더기 코르덴 옷에다, 마닐라 전쟁 이전의 대통령 유세 때 쓰던 배지를 단 펠트 모자를 쓰고 있었다. 하지만 외모만 이상한 게 아니었다. 그는 낮뿐 아니라 달빛에 젖은 밤에 떠돌아다니기도 했다. 그는 밤이면 섬, 즉 평생 알아 온 사람들이 사는 구역을 빙글빙글 돈다. 그 마차 안에는 여기저기서 주운 물건들이 실려 있다. 누군가가 원해서 필요하다고 할 때까지, 그는 하루고 한 주고, 일 년이고 그런 물건을 싣고 다닌다. 사람들은 이렇게 말만 하면 된다.

"난 그 시계가 필요해요." 아니면, "이 매트리스 가져도 돼요?"

그러면 조너스는 물건을 건네준 후, 돈은 받지 않고 마차를 몰아 가버린다. 다른 곡에 붙일 가사를 생각하며.

그래서 종종 새벽 3시의 그린타운에서 깨어 있는 사람이라곤 그 혼자뿐일 때도 있었다. 가끔 머리 아픈 사람들이 혹시 아스피린을 가지고 있는지 보러 나가면, 물론 그는 가지고 있었다. 새벽 4시에 태어나는 아이를 받아 준 적도 있었다. 그리고 그때서야 사람들은 그의 손과 손톱이 얼마나 깨끗한지 눈치 챘다……. 어디선가 그들이 추측할 수 없는 삶, 지금과는 다른 삶을 산 부자의 손이었다. 그는 때때로 시내로 출근하는 사람들을 태워 주거나, 현관으로 시가를 가지고 와 잠들지 못하는 사람들과 앉아 새벽까지 담배를 피우며 이야기를 나누기도 했다.

그가 누구든, 무슨 일을 하든, 보통 사람과는 아주 다르고 이상해 보여도 미친 사람은 아니었다. 종종 그의 점잖은 설명대로 오래전에 시카고에서 사업을 하다 싫증이 나 여생을 어떻게 보낼지 생각하다 이 일을 하게 되었다고 한다. 그는 교회의 사상은 이해했지만 교회는 견딜 수 없어 했다. 그래도 지식을 알리고 퍼뜨리고 싶었던 그는 한쪽에선 버리는 물건이 있고 한쪽에선 줍는 물건이 있다는 것을 알고, 말과 마차를 사서 그 일을 하기로 했다. 그는 자신을 하나의 과정, 삼투 과정으로 보았다. 도시 안의 다양한 문화가 그를 통해 교류되었다. 그는 쓰레기를 견딜 수 없었다. 한 사람의 쓰레기는 다른 사람의 호사품임을 알고 있어서였다.

그래서 어른들이나, 특히 아이들은 마차 뒤쪽에 있는 거대한 보물 더미를 들여다보고 싶어했다.

"자, 기억해."

조너스 씨는 말했다.

"정말 원하면 가져도 돼. 정말 원하는지 스스로에게 묻는 시험만 통과하면 돼. '내가 정말 진심으로 이 물건을 원하나? 이 물건 없이도 살 수 있을까?' 하고 묻고 나서 해 질 무렵에 죽을 것 같으면 그 물건을 움켜쥐고 뛰어가렴. 뭘 가져가도 돼."

그러면 아이들은 엄청난 양피지 뭉치, 비단, 둘둘 만 벽지, 대리석 재떨이, 조끼, 롤러스케이트, 속이 너무 꽉 찬 의자, 작은 탁자, 수정 샹들리에가 쌓여 있는 거대한 더미를 뒤졌다. 잠시 동안 속삭이는 소리, 딸가닥거리는 소리, 딸랑대는 소리만 들렸다. 조너스 씨는 그런 아이들을 지켜보며 편안하게 담배를 피웠고, 아이들은 그가 지켜보는 걸 알았다. 때로는 아이들이 장기나 구슬 목걸이나 낡은 의자에 손을 뻗었다. 그런 물건에 손이 닿는 순간 그들이 올려다보면 조너스 씨가 말없이 눈으로 묻고 있었다. 그러면 아이들은 거기서 손을 떼고 다른 물건을 뒤지기 시작했다. 마침내 각자 한 가지씩 물건을 잡고 나서 아이들은 가만히 조너스 씨를 올려다보았는데, 그들의 얼굴이 너무나 환해서 그는 웃을 수밖에 없었다. 그는 마치 눈이 부신 것처럼 잠시 손으로 눈을 가렸다. 그가 이렇게 하면, 아이들은 고맙다고 소리치며 롤러스케이트나, 진흙 타일이나, 박쥐우산을 움켜쥐고 마차에서 뛰어내린 후 마구 달려갔다.

그리고 곧 그 아이들은 손에 물건을 들고 돌아왔다. 이제는 싫증 난 인형이나 게임, 단물 빠진 껌처럼 재미가 없는 물건이었다. 그런 물건을 다른 마을에 넘겨줄 때가 된 것이었다. 그곳에선 그 물건이 처음이기 때문에 되살아나 다른 사람에게 활기를 불어넣을 것이다. 이 물건들이 수줍어하며 마차 너머로 가면 어마어마한 가치를 지니게 된다. 그러고 나면 빙빙 도는 거대한 해바라기 같은 마차 바퀴가 번쩍이며 계속 굴러 가고, 조너스 씨는 다시 노래를 부른다…….

고물! 고물!
아니에요, 선생님, 고물이 아니에요!
아니에요, 사모님, 고물이 아니에요!

그는 보이지 않고 깊은 나무 그늘 아래에 있는 개들만 광야의 랍비의 말에 꼬리를 흔들며 응답했다.
"……고물…….''
사라짐.
"……고물…….''
속삭임.
"……고물…….''
사라져 버림.
그리고 개들은 잠들었다.

✴37✴

먼지 유령들이 밤새 보도를 점령했다. 용광로처럼 타는 바람에 이리저리 휩쓸려 다니던 먼지 유령들이 열기가 좀 식어 잔디밭 위에 앉았다. 늦은 밤 산책객들이 걸어가면 나무들이 흔들리고 많은 먼지가 떨어져 내렸다. 자정부터, 시내 뒤쪽 화산의 시뻘건 재가 사방으로 쏟아져 깨어 있는 야경꾼과 신경질적인 개들을 뒤덮는 것 같았다. 모든 집이 새벽 3시면 연기에 휩싸인 노란 다락방이 되었다.

그리고 새벽이 되면 사물들은 완전히 달라졌다. 공기는 소리 없이 어딘지 모를 곳으로 온천물처럼 흘러갔다. 호수는 아주 조용하고 깊은 물안개가 되어 물고기가 사는 계곡을 감쌌다. 그 고요한 물안개 아래에는 달구어진 모래가 있었다. 길에 부은 타르는 감초가 되었고, 빨간 벽돌은 놋쇠와 금이 되었으며 지붕은 청동 옷을 입었다. 고압선에는 계속 번개가 쳐 활활 타올라 잠들지 않은 집들을 영원히 위협했다.

매미는 더 크게, 더욱 더 크게 울었다.

태양은 떠오르는 게 아니고 흘러넘쳤다.

더글러스는 자신의 방에서 땀으로 얼굴이 뒤범벅된 채 거의 녹초가 되었다.

"와우. 저, 더그 형. 하루 종일 강에서 놀려고 하는데."

톰이 들어오며 말했다.

더글러스는 숨을 내쉬었다. 더글러스는 숨을 들이마셨다. 그의 목에 송골송골 땀이 맺혔다.

"형, 깼어?"

더글러스는 고개를 약간 끄덕였다.

"기분이 안 좋지, 어? 자, 오늘 집이 다 타 버릴 거야."

톰은 더글러스의 이마에 손을 갖다 댔다. 그의 이마는 달구어진 난로 뚜껑 같았다. 톰은 놀라서 얼른 손을 떼고는 돌아서서 아래층으로 내려갔다.

"엄마, 더그 형이 진짜 아파요."

어머니가 아이스박스에서 계란을 꺼내다 말고 손을 멈추었다.

어머니의 얼굴에 순간 걱정의 빛이 스쳐 갔다. 그녀는 계란을 다시 아이스박스 안에 넣고 톰을 따라 이 층으로 올라왔다.

더글러스는 손 하나 까딱하지 못했다.

매미는 이제 비명을 지르고 있었다.

정오가 되자 태양이 때려눕히려고 쫓아가는 것처럼 의사가 숨 가쁘게 뛰어왔다. 의사는 앞 현관에 멈추어 서서 숨을 헐떡거렸다. 그의 눈은 이미 지쳐 있었다. 그는 톰에게 가방을 넘겨주었다.

1시에 고개를 저으며 의사가 집을 나섰다. 톰과 어머니는 현관문 뒤에 서 있었다. 의사가 조용히 "모르겠군, 모르겠군."이라고 몇 번이나 반복했다. 의사는 파나마모자를 쓰며 햇빛의 공격에 시들어 가는 나무들을 바라보았다. 그는 지옥의 가장자리에서 뛰어내리려는 사람처럼 망설였다. 그가 떠난 후에도 5분 동안이나 그의 차에서 나온 푸른 연기가 요동치는 대기를 뒤덮었다.

톰은 부엌에서 얼음주머니를 가져와 얼음을 500그램쯤 채운 뒤 이층으로 가져갔다. 어머니는 침대 곁에 앉아 있었다. 방 안에서 들리는 소리라고는 더글러스가 공기를 빨아들이고 불을 내뿜는 소리뿐이었다. 그들은 더그의 얼굴과 몸에 손수건으로 싼 얼음주머니를 갖다 댔다. 그리고 셰이드를 내려 방을 동굴처럼 만들었다. 그들은 2시까지 침실에 앉아 있었고 얼음을 더 많이 가지고 왔다. 그러고 나서 다시 더글러스의 이마를 만졌는데, 밤새도록 탄 램프 같았다. 뼈까지 다 타지는 않았나 확인하기 위해서 손가락을 살펴보아야 할 정도였다. 어머니는 무슨 말인가를 하려고 입을 움직였다. 하지만 매미가 너무 크게 울어대는 바람에 천장에서 먼지가 떨어져 내렸다.

온 세상이 벌겋고 아무것도 보이지 않는 상태에서 더글러스는 자신의 심장 소리와 끈적끈적한 피가 팔다리로 몰려왔다 빠져나가는 소리를 들었다.

입술이 무거워 움직일 수가 없었다. 생각도 무거워 모래시계에서 조그만 모래가 하나씩 간신히 떨어지는 것처럼 천천히 떨어졌다. 톡.

빛나는 철로 모퉁이에서 전차가 흔들리고 있었다. 번쩍이는 불꽃이 부서지는 파도처럼 밀려왔다. 전차의 종소리가 수만 번 시끄럽게 울리더니 매미 소리와 뒤섞였다. 트리든 씨가 손을 흔들었다. 전차는 대포 소리 같은 굉음을 내며 모퉁이를 돌아 사라져 버렸다. 트리든 씨!

톡. 모래가 떨어졌다. 톡.

"청, 어, 청, 딩! 우 우 우!"

지붕 위에 소년이 하나 올라가 있었다. 그 소년은 보이지 않는 호루라기 줄을 당기더니 굳어서 조각상이 되었다.

"존! 존 허프, 너구나! 미워, 존! 존, 우린 친구야! 아니, 널 미워하지 않아."

존은 여름 우물 속으로 끝없이 떨어지는 사람처럼, 느릅나무 가로수 길 사이로 떨어지더니 점점 작아졌다.

톡. 존 허프. 톡. 모래가 떨어졌다. 톡. 존…….

더글러스는 고개를 이리저리 돌리다 소름 끼칠 정도로 새하얀, 하얀 베개에 파묻었다.

초록 기계에 탄 숙녀들이 옆으로 지나갔다. 검은 물개 소리를 내며 그녀들은 비둘기처럼 하얀 손을 들고 있었다. 그들은 깊은 잔디 바다 속으로 가라앉았다. 잔디 속으로 가라앉으면서도 그녀들은 여전히 그를 향해 장갑 낀 손을 흔들었다…….

편 할머니! 로버타 할머니!

그리고 곧이어 길 건너 창문에서 프리라이 대령이 시계처럼 둥근 얼굴을 내밀었다. 길에선 버펄로가 일으키는 먼지가 솟아올랐다. 프리라이 대령이 튀어나와 뭐라고 말했다. 그의 턱이 벌어졌고 혀 대신 태엽이 나와 공중에 매달렸다. 문턱에 서 있던 그가 꼭두각시처럼 떨어졌다. 여전히 한쪽 팔을 흔들면서…….

아우프만 씨가 전차처럼 빛나는 초록색 전기 기구를 타고 지나갔다. 그것이 지나간 자리에 빛나는 구름이 남았다. 눈이 확 튀어나오는 기계였다.

"아우프만 씨 그걸 발명하셨어요?"

그가 소리를 질렀다.

"마침내 행복 기계를 만드셨군요?"

그러나 그 기계에는 바닥이 없었다. 아우프만 씨는 그 무거운 기계를 어깨에 짊어진 채 달리고 있었다.

"행복, 더그야, 여기 행복이 간다!"

그러고 나서 그도 철로처럼, 존 허프처럼, 비둘기처럼, 하얀 손을 한 숙녀들처럼 사라졌다.

지붕 위에서는 망치 소리가 들렸다. 탭, 랩, 뱅. 멈춤. 탭, 랩, 뱅. 못과 망치였다. 망치와 못이었다. 새들의 노래, 그리고 할머니가 따스한 목소리로 가느다랗게 노래했다.

그래, 우린 강에 모일 거야…… 강에…… 강에……

그래, 우린 강에 모일 거야……

하느님의 옥좌 옆을 흐르는 강에…….

"할머니! 증조할머니!"

탭, 조용히, 탭. 탭, 조용히, 탭.

"……강에…… 강에……."

새들이 작은 다리를 들어 날다가 다시 지붕 위에 내려앉으며 내는 소리였다. 딸그락, 딸그락. 찍. 핍, 핍. 조용히, 조용히.

"……강에……."

더글러스는 숨을 들이쉰 후 길게 한 번에 내쉬었다.

어머니가 방으로 달려 들어오는 소리가 그에게는 들리지 않았다.

타는 담뱃재처럼 파리 한 마리가 그의 무감각한 손에 앉아서 뒤뚱대더니 날아가 버렸다.

오후 4시. 차도에 파리들이 죽어 있었다. 개집에서는 개들이 침을 흘리고 있었다. 나무 아래 그림자들이 모여 있었다. 시내 가게는 문을 닫고 자물쇠를 채웠다. 호숫가에는 아무도 없었고 따뜻한 호수 속에는 많은 사람이 기분 좋게 몸을 담그고 있었다.

4시 15분. 시내의 벽돌 길을 따라서 고물 마차가 움직였다. 마차 위에서 조너스 씨가 노래를 하고 있었다.

까맣게 탄 더글러스의 얼굴을 보던 톰이 밖으로 뛰쳐나와 천천히 모퉁이를 돌고 있는데, 그 마차가 멈추었다.

"안녕하세요, 조너스 씨."

"안녕, 톰."

길에는 톰과 조너스 씨밖에 없었다. 마차에 그득한 그 아름다운 고물을 두 사람 모두 외면했다. 조너스 씨는 아무 말도 하지 않고 그냥 파이프에 불을 붙이고 담배를 피웠다. 그는 묻기도 전에 뭐가 잘못되었는지 안다는 듯이 고개를 끄덕였다.

"톰?"

그가 말했다.

"우리 더그 형이요."

톰이 말했다.

조너스 씨는 집을 올려다보았다.

"형이 아파요, 죽어 가고 있어요!"

"오, 지금, 그럴 리가 없어."

조너스 씨가 말했다. 그는 얼굴을 찌푸리고 현실 세계를 둘러보았다. 이렇게 고요한 날 죽음같이 모호한 게 끼어들 순 없었다.

"형이 죽어 가고 있어요."

톰이 말했다.

"그리고 의사 선생님은 무슨 병인지도 몰라요. 열이 나는 것뿐이라고 하세요. 그럴 수도 있나요, 조너스 씨? 열 때문에 캄캄한 방에서 죽을 수도 있나요?"

"자."

조너스 씨가 말을 멈추었다.

톰은 이제 울고 있었다.

"난 늘 형이 싫다고 생각했어요…… 그렇게 생각했어요…… 우리는 거의 반은 싸우다시피 했어요…… 아마 내가 형을 미워해서였을 거예요…… 때로는…… 하지만 지금은…… 지금은. 오, 조너스 씨, 만일……."

"만일 뭐, 얘야?"

"만일 이 마차에 도움이 될 만한 게 있으면, 형이 나을 수 있는 약이 있다면……."

톰은 다시 울었다.

조너스 씨는 빨간 바둑무늬 손수건을 꺼내 톰에게 건넸다. 톰은 그 손수건으로 눈과 코를 닦았다.

"올 여름은 형에게 정말 힘들었어요."

톰이 말했다.

"더그 형에게 많은 일이 일어났어요."

"내게 말해 보렴."

그 고물 장수가 말했다.

"음."

톰은 흐느끼고 허덕대면서 말했다.

"우선 제일 친한 친구를 잃었어요. 둘도 없는 단짝이었어요. 게다가 야구 장갑을 도둑맞았어요. 95달러짜리였어요. 게다가 형이 화석과 조개껍질을 찰리 우드먼의 진흙 타잔과 바꾸었는데 잘못되었어요. 왜 마카로니 상자에 있는 것을 모아 보내면 주는 타잔 말이에요. 그 타잔을 다음 날로 길에서 떨어뜨리고 말았거든요."

"정말 안됐구나."

고물 장수는 말하면서 정말로 시멘트 위의 그 조각들을 보았다.

"그다음엔 생일 선물로 마술 책을 받길 바랬는데 대신 바지와 셔츠를 받았어요. 그것만 해도 여름을 망칠 충분한 이유가 돼요."

"부모님들은 가끔 잊어버리지."

조너스 씨가 말했다.

"물론이에요."

톰이 나지막하게 계속 말했다.

"그러고 나서 더그 형이 진짜 런던탑 수갑을 가지고 있었는데 밤새

밖에다 두었더니 녹이 슬었어요. 그리고 가장 나쁜 일은 제가 3센티미터나 자라 키가 형과 거의 같아졌다는 거예요."

"그게 다니?"

그 고물 장수는 조용히 물었다.

"그 정도나 그보다 더 나쁜 일을 수백 개나 더 말할 수 있어요. 여름 중 어떤 때는 그렇게 재수 없기도 해요. 만화책을 한 곳에 쌓아 놓았는데 좀이 슬고 방학하고 새로 산 운동화에 곰팡이가 피기도 했어요."

"나도 그런 때가 있었어."

고물 장수가 말했다.

그는 하늘을 보았다. 지나간 세월을 떠올렸다.

"그래요, 조너스 씨. 그거예요. 형이 죽어 가고 있는 이유가……."

톰은 말을 멈추고 멀리 바라보았다.

"생각 좀 해 보자."

조너스 씨가 말했다.

"도와주실 수 있으시죠, 조너스 씨? 그럴 수 있으시죠?"

조너스는 낡은 커다란 마차 속을 깊숙이 들여다보고 고개를 저었다. 이제, 햇빛이 비친 그의 얼굴은 피곤해 보였다. 그는 땀을 흘리기 시작했다. 그리고 병이 쌓인 곳과 군데군데 벗겨진 전등갓과 대리석 요정과 청동 반인반수상을 들여다보았다. 그는 한숨을 쉬고 돌아서서 고삐를 잡더니 가볍게 흔들었다. 말의 등을 보면서 "톰." 하고 그가 불렀다.

"톰, 나중에 보자. 내게 계획이 있어. 한 바퀴 돌아야 하니까 저녁 식사 후에 다시 오마. 그때쯤이면, 누가 아니?" 그는 손을 깊숙이 넣어 유리로 된 작은 일본식 풍경을 꺼냈다.

"이걸 이 층 창문에 달렴. 아주 멋지고 시원한 소리가 들릴 거야!"

톰은 유리로 된 풍경을 손에 들고 서 있었다. 마차는 멀리 사라졌다. 그는 여전히 풍경을 들고 서 있었다. 그러나 바람이 불지 않아 풍경에서는 아무 소리도 나지 않았다.

7시였다. 도시는 거대한 난로 같았다. 거기다가 서쪽에서 다시 열기가 몰려왔다. 집집마다 목탄 색의 긴 나무 그림자들이 흔들리고 있었다. 붉은 머리를 한 남자가 밑에서 움직였다. 아직도 사납게 타고 있는 저무는 태양 아래 그의 모습이 빛나고 있었다. 당당하게 다가오는 횃불, 불타는 여우, 그리고 행진하는 악마가 톰에게 보였다.

7시 30분에 스폴딩 부인이 수박 껍질을 쓰레기통에 버리려고 뒷문으로 나오다 거기 서 있는 조너스 씨를 보았다.

"아인 어때요?"

조너스 씨가 물었다.

스폴딩 부인은 잠깐 그 자리에 멈추어 서서 입술만 떨 뿐 대답을 하지 못했다.

"제가 좀 봐도 될까요?"

아직도 그녀는 아무 말도 못했다.

"난 개를 잘 알아요."

조너스 씨가 말했다.

"걔가 밖에 나와 걸어 다니기 시작할 때부터 매일 보다시피 했죠. 마차 안에 개한테 줄 게 있어요."

"그애는……."

부인은 "의식이 없어요."라고 말할 뻔했다.

하지만 그녀는 말했다.

"깨어나지 않아요. 애가 깨어나지 않아요, 조너스 씨. 의사 말로는 건드리면 안 된대요. 뭐가 잘못된 건지 모르겠어요!"

"아이가 의식이 없어도 이야기를 하고 싶군요. 때로는 꿈속에서 들은 이야기가 더 중요할 수도 있어요. 더 잘 들리고 더 잘 이해될 수도 있어요."

"미안합니다, 조너스 씨. 모험을 할 수가 없네요."

스폴딩 부인은 현관문의 손잡이를 꼭 잡았다.

"고마워요, 어쨌든 와 주셔서 고마워요."

"그래요, 부인."

조너스 씨가 말했다. 그는 움직이지 않았다. 그는 서서 위층 창문을 쳐다보았다. 스폴딩 부인은 집 안으로 들어가 현관문을 닫았다.

이 층의 침대에서 더글러스가 숨 쉬고 있었다.

날카로운 칼날이 칼집에 들어갔다 나왔다 하는 소리가 났다.

8시에 의사가 다녀갔다. 그는 고개를 저으면서 외투를 벗고 타이를 풀었다. 하루 사이에 의사의 몸무게가 15킬로그램은 준 것 같았다. 9시에 톰과 어머니와 아버지가 간이침대를 마당의 사과나무 아래로 옮긴 후 더글러스를 거기에 뉘었다. 바람이 부는 나무 그늘이 그 끔찍한 이층보다는 더 서늘할 것 같아서였다. 그러고 나서 그들은 11시까지 거기를 왔다 갔다 했다. 그리고 자명종을 3시에 맞추어 놓았다. 그때 일어나서 얼음을 쪼개 얼음주머니에 넣기 위해서였다.

마침내 집은 어두워지고 조용해졌다. 그들은 잠들었다.

12시 35분에 더글러스가 눈을 깜박거렸다. 달이 떠오르기 시작했다.

그리고 멀리서 누군가가 노래를 부르기 시작했다. 맑고 조화로운 선율이었다. 가사는 알아들을 수 없었다.

호숫가에 뜬 달이 일리노이 주 그린타운을 굽어보며 모든 것을 보고 모든 것을 비추어 주었다. 모든 집 위에, 모든 나무 위에, 선사 시대를 기억하는, 꿈을 꾸며 씰룩대는 모든 개 위에 달이 비쳤다.

달이 높이 뜰수록 노랫소리도 점점 커졌다.

열에 시달리는 더글러스는 몸을 뒤척이며 한숨을 쉬었다.

아마도 한 시간, 아니 한 시간도 채 안 되어 온 세상이 달빛으로 가득 찰 것 같았다. 이제 그 소리는 점점 더 다가와 심장 고동 소리처럼 들렸다. 하지만 사실 그것은 무더운 날 벽돌 길에 부딪치는 둔탁한 말발굽 소리로, 빽빽한 나뭇잎 사이를 통과하면서 그런 소리를 내는 것이었다.

그리고 가끔 문이 열리고, 닫히고, 삐걱거리고, 끽끽대는 소리가 들렸다. 마차 소리였다.

환한 달빛을 받으며 마차가 다가왔다. 마차의 높은 의자에는 여윈 조너스 씨가 편안하고 태평스럽게 앉아 있었다. 그는 마치 아직도 쨍쨍 내리쬐는 한여름 햇볕을 받는 것처럼 모자를 쓰고는 대기가 흐르는 물길인 양 고삐를 잡고 움직였다. 마차는 아주 천천히 길을 따라 내려갔고 조너스 씨는 노래를 불렀다. 잠든 더글러스가 잠시 숨을 멈추고 그의 노래를 듣는 듯했다.

"공기, 공기…… 누가 이 공기를 사겠어…… 물 같은 공기 그리고 얼음 같은 공기…… 이걸 한 번 사면 두 번 사게 될 거야……. 여기 4월의 공기가 있어……. 여기 가을 바람이 있어……. 여기 앤틸리스에서 온 파파야 바람이 있어……. 공기, 공기, 달콤한 공기…… 아름답고…… 희귀한…… 어디에나 있고…… 병에 넣고 타임 향을 첨가한 공기, 원하는 모든 걸 담은 공기가 10센트!"

노래가 끝나자 마차는 모퉁이에 멈추었다. 그리고 마당에 누군가가 자기 그림자를 밟은 채로 고양이 눈처럼 빛나는 초록색 병 두 개를 들고 서 있었다. 조너스 씨는 마당에 놓인 간이침대를 보고 조용히 소년의 이름을 한 번, 두 번, 세 번 불렀다. 조너스 씨는 어떻게 할까 망설이다가 가져온 병을 보고 결정을 내렸다. 그는 앞으로 살금살금 다가와서 잔디 위에 앉은 다음 거대한 여름의 무게에 짓눌린 아이를 바라보았다.

"더그, 가만히 누워만 있어. 아무 말 안 해도 돼. 눈은 안 떠도 돼. 들린다는 표시를 할 필요도 없어. 하지만 거기서 마음속으로 내 말을 듣고 있는 걸 알아. 나야, 친구인 조너스 영감이야. 친구야."

그는 그 말을 되풀이하며 고개를 끄덕였다.

그는 손을 위로 뻗어 나무에서 사과를 하나 땄다. 그것을 손 안에 굴리더니 한 입 베어 물고 씹으며 계속 말했다.

"아주 어려서부터 슬픔에 잠기는 사람도 있단다. 별 특별한 이유가 없는데도 말이야. 그저 운명적으로 그렇게 되는 거지. 그런 사람들은 더 쉽게 멍들고, 더 빨리 피곤해지고, 더 빨리 울고, 더 오래 기억하고, 더 어려서부터 슬픔에 잠겨. 난 알아. 나도 그런 사람이거든."

그는 사과를 한 입 더 깨물더니 씹었다.

"자 이제, 어디까지 했지?"

그가 물었다.

"더운 밤이지. 바람 한 점 없군, 8월인데."

그는 스스로 대답했다.

"살인적인 더위야. 여름이 너무 긴 데다, 너무 여러 사건이 일어났지, 음? 너무 여러 사건이. 그리고 1시가 다 되었는데도 바람이 불거나 비가 올 기미도 안 보이는구나. 난 금방 일어나 갈 거야. 하지만 내가 가면 이걸 기억해. 여기 침대 위에 병 두 개를 놓고 갈 테니, 잠시 기다렸다가 천천히 눈을 뜨고 일어나 이 병을 들고 마셔. 아니, 입으로 마시라는 게 아니야. 코로 마셔. 병을 기울이고, 뚜껑을 연 다음, 그 안에 든 게 직접 머리로 들어가도록 해. 물론 먼저 상표를 읽어 봐야지. 하지만 내가 대신 읽어 줄게."

그는 병 하나를 들어 올려 달빛에 비추어 보았다.

"초록빛 석양, 꿈 같은 청정 북극 공기."

그가 읽었다.

"'1900년 봄 하얀 북극의 대기에서 수집하여 1910년 4월 허드슨 계곡 상류의 바람과 혼합한 것으로, 석양이 지는 어느 날의 그린넬 근처 초원에서 빛나던 먼지를 포함하고 있음. 그때 호수와 작은 시내와 천연 샘에서 시원한 공기가 솟아났음.' 이제 작은 글씨로 씌어 있는 걸 읽어 보자."

그가 눈을 가늘게 떴다.

"'또한 박하와 라임, 파파야와 수박, 다른 시원한 과일과 장미 나무, 노루발풀 약초와 데스플레인 강에서 생겨난 바람의 숨결을 포함하고 있음. 최고로 신선하고 시원함을 보장함. 여름에 체온이 90도 이상 올랐을 때 복용할 것.'"

그는 다른 병을 들어 올렸다.

"이 병도 마찬가지야. 애란 섬에서 바람을 수집하고 더블린 만의 소금기 있는 바람과 아이슬란드 해변의 자욱한 안개를 수집해서 넣은 점만 다를 뿐이야."

그는 병 두 개를 침대 위에 놓았다.

"마지막 지침."

그는 간이침대 옆에서 몸을 숙이고 조용히 말했다.

"이걸 마실 때 기억해. 친구가 병에 넣었다는 사실을. S. J. 조너스 병 회사, 일리노이 주 그린타운. 1928년 8월. 와인을 만들던 해야. 애야…… 와인을 만들던 해야."

잠시 후에 달빛 속에서 말 채찍 소리가 들렸다. 마차가 덜거덕거리며 아래로 내려가더니 멀리 사라져 버렸다.

잠시 후에 더글러스가 눈을 찌푸리고 천천히 눈을 떴다.

"어머니!"

톰이 속삭였다.

"아빠! 더그 형, 더그 형이요! 더그가 나으려고 해요. 이제 막 내려가서 봤는데……. 이리로 오세요!"

톰은 집 밖으로 뛰어갔다. 엄마와 아빠도 따라 뛰어나갔다. 그들이 다가갔을 때 더글러스는 잠들어 있었다. 톰은 마구 웃으면서 부모에게 손짓했다. 그들은 간이침대 위로 고개를 숙였다.

세 사람이 고개를 숙였을 때, 더글러스는 숨을 한 번 내쉬다 멈추고, 다시 한 번 숨을 내쉬었다.

더글러스는 입을 조금 벌렸다. 그의 입과 코에서는 서늘한 밤과 서늘한 물과 서늘한 흰 눈과 서늘한 초록 이끼 냄새가 났다. 고요한 강바닥의 은빛 조약돌에 비친 서늘한 달빛과 흰 조약돌이 깔린 샘에서 솟아난 서늘하고 깨끗한 물 냄새가 났다.

마치 사과 향기가 나는 솟아나는 샘물을 향해 잠시 고개를 숙이고 그 냄새를 맡은 것 같았다. 그 샘물이 공기 중으로 솟아올라 그들의 얼굴을 씻겨 주는 것 같았다.

그들은 오랫동안 움직일 수가 없었다.

38

 그 다음 날 아침엔 애벌레들이 사라졌다. 초록빛 나뭇잎과 떨리는 풀잎 위를 기던 검은 털 애벌레와 갈색 털 애벌레 무리로 득실대던 세상이 갑자기 텅 비어 버렸다. 아무 소리도 아닌 그 소리, 수십억 개의 애벌레들이 자신들의 우주에서 춤추던 소리가 사라졌다. 아주 가끔이긴 하지만 그 소리를 들을 수 있다고 톰은 장담하곤 했다. 그런 그가 깜짝 놀라 도시를 바라보았다. 새 한 마리 지저귀지 않았고, 매미 소리 역시 뚝 끊겼다.
 그런 고요를 뚫고 후드득하는 소리가 크게 들리기 시작했다. 그러자 왜 갑자기 애벌레가 사라지고 매미가 조용해졌는지 알게 되었다.
 여름 비 때문이었다.
 그 비는 가볍게 시작되어 차츰 빗줄기가 굵어지더니 폭우가 되었다. 비는 보도와 지붕에 떨어져 후드득 소리를 냈다.

그리고 이 층에서는 다시 침대에 눈처럼 누워 있던 더글러스가 머리를 돌리고 눈을 떠 새롭게 드리워진 하늘을 바라보았다. 그는 노란 메모지첩과 노란 연필을 향해 천천히 팔을 뻗었다…….

39

 누군가가 도착하자 온 집안이 야단법석이 되었다. 어디선가 트럼펫이 울렸다. 방마다 오후 차를 마시는 하숙생과 이웃으로 우글댔다. 도착한 사람은 고모로 이름은 로즈였다. 그녀의 목소리는 여러 사람들 사이에 섞여 있어도 클라리온처럼 낭랑하게 들렸다. 그녀의 목소리를 들으면 그녀가 앉는 곳마다 꽉 들어차는 거대한 온실 장미가 연상됐다. 하지만 지금 당장 더글러스에게는 그 목소리도 소동도 아무것도 아니었다. 그는 집에서 나와, 지금 할머니 집 부엌문 밖에 서 있었다. 할머니는 이제 막 시끌벅적한 응접실에서 나와 재빨리 자신의 영토로 들어가서 저녁 식사를 준비하기 시작했다. 더글러스가 거기 서 있는 걸 보자, 할머니는 들어오라며 현관문을 열어 주었다. 그녀는 그의 이마에 입을 맞추고 눈을 가리고 있는 흩어진 머리카락을 쓸어 올려 준 후, 얼굴을 유심히 살피더니 열이 완전히 내렸다는 걸 확인했다. 그녀는 노래를 부르며 계속 일했다.

그는 종종 할머니에게 묻고 싶었다. 여기가 바로 세상이 시작된 곳인가요? 분명히 세상은 여기서 시작된 게 분명해요. 부엌은 틀림없이 천지 창조의 중심이에요. 모든 게 이 주위를 돌고 있는 걸요. 이곳이야말로 신전을 떠받치고 있는 기둥이에요.

그는 냄새를 맡기 위해 눈을 감은 후 숨을 깊이 들이마셨다. 그는 지옥의 불에서 나오는 증기로 가득 찬 망 가운데 갑자기 몰아친 베이킹 파우더 폭풍 속을 뚫고 나아갔다. 그곳에서 인도인의 눈매와 따뜻한 암탉 두 마리를 품은 듯한 몸집의 할머니, 수천 개의 팔을 지닌 할머니가 흔들고, 휘젓고, 두들기고, 갈고, 다지고, 껍질을 벗기고, 껍질을 싸고, 소금을 뿌리고, 젓고 있었다.

더글러스는 앞이 안 보여 손으로 더듬으며 식료품 창고까지 갔다. 응접실에서는 웃음소리와 찻잔 부딪치는 소리가 났다. 하지만 그는 계속 시원한 개암이 있는 초록색 물속으로 들어갔다. 거기서는 크림 색 바나나가 주렁주렁 매달려 조용히 익어 가고 있었다. 그가 바나나에 머리를 부딪치자 모기들이 그의 귀와 식초병 근처에서 화난 것처럼 윙윙댔다.

그는 눈을 떴다. 빵이 따뜻한 여름 구름처럼, 도너츠 먹기 게임의 도너츠처럼 잘라지길 기다리고 있었다. 그의 뺨을 타고 수돗물이 흐르다 멈추다 했다. 여기 자두나무 그늘 아래서, 더운 바람이 계곡을 지나 단풍잎 사이를 지나 창문을 통해 흘러 들어오는 이곳에서, 그는 향료 상자의 이름을 읽었다.

조너스 씨에게 어떻게 고마움을 표시할 수 있을까? 어떻게 그에게 감사하고 보답할 수 있을까? 아니, 절대로 아니야. 단지 보답하는 것만으로는 안 돼. 그러면 뭘? 뭘? 그 고마움을 어떻게든 다른 사람에게 전해야 해. 누군가 다른 사람에게 전해야 해. 이 고리가 계속 연결되어야 해. 주위를 돌아보고 누군가에게 그것을 전해 주어야 해. 그것만이 유일한 방법이야…….

"고춧가루, 박하, 계피."

이제는 잊혀진 전설적인 도시의 이름들 사이로 향료들이 피어올랐다 사라졌다.

그는 검은 대륙에서 온 클로브를 흔들어 보았다. 아마 이것은 먼 옛날 감초 같은 손을 한 아이들을 위해 우윳빛 대리석에 뿌려졌으리라.

그리고 병에 붙어 있는 상표 하나를 보자, 비밀스러운 올 여름의 어느 날로 돌아가는 느낌이었다. 그날 그는 세상이 빙빙 돌고 있으며 그 중심에 자신이 있음을 알게 되었다.

병에 써 있는 단어는 '즐겨라'였다.

그는 자신이 살기로 결심한 게 기뻤다.

즐겨라! 하얀 뚜껑의 병 속에 꽉 찬 달콤한 다진 오이 피클의 이름으로는 얼마나 특별한 이름인가. 그 이름을 지은 사람은 대단한 사람인 게 틀림없었다. 그는 소리를 지르고 이리저리 뛰어다니면서 가장 큰 환희를 맛본 후 그 환희를 병에 넣어 '즐겨라!'라고 소리치고는 큰 글씨로 병에 써넣었는지도 모르겠다. 바로 그 소리는 자신만만한 밤색 말과 함께 달콤한 들판을 뒹구는 것을 의미했다. 입에는 풀잎을 잔뜩 묻힌 채 머리를 물속에 깊이 넣었을 때 바닷물이 마구 쏟아져 들어오는 걸 의미했다. 즐겨라!

그는 손을 내밀었다. 그리고 거기 있었다…… 세이버리.

"할머니, 오늘 저녁에는 무슨 요리를 하세요?"

오후의 응접실이라는 현실 세계에서 로즈 고모의 목소리가 들렸다.

"할머니 요리가 무엇인지는 아무도 몰라."

할아버지가 말했다. 그는 이 어마어마한 꽃을 보기 위해 일찍 퇴근한 참이었다.

"식사를 시작할 때나 되어야 알지. 늘 수수께끼야, 늘 긴장이 돼."

"자, 난 늘 뭘 먹을지 알고 싶은걸요."

로즈 고모는 소리 높여 웃었다. 식당 샹들리에의 유리들이 고통스럽게 딸랑거렸다.

더글러스는 식품 창고의 더 깊은 어둠 속으로 들어갔다.

"세이버리…… 이거 멋진 단어군. 베질과 베텔, 고춧가루, 카레. 모두 멋져. 하지만 즐겨라. 이제 대문자 'R'로 시작하는 즐겨라가 있군. 말할 것도 없이 이게 최고야."

뚜껑이 덮인 요리를 든 할머니가 증기 베일을 끌면서 부엌에서 식탁 사이를 왔다 갔다 했다. 그동안 모인 사람들은 침묵하며 기다렸다. 누구도 음식을 보려고 뚜껑을 열진 않았다. 마침내 할머니가 오고 할아버지의 기도가 끝나자마자 공중의 메뚜기 떼처럼 은 식기가 날아다녔다.

모든 사람의 입 안에 기적이 가득 찼을 때 할머니가 뒤로 물러나 앉으며 말했다.

"자, 음식이 괜찮아요?"

그리고 로즈 고모를 포함한 친척들과 하숙생들은 맛있는 요리를 입 안 가득 넣은 순간, 심한 딜레마에 빠졌다. 마법이 깨지더라도 말을 할 것인가? 아니면, 입 안에서 신의 음식이 녹는 영광을 누릴 것인가? 그들은 마치 웃어야 하나 울어야 하나 하는 잔인한 딜레마에 빠진 것 같았다. 그들은 영원히 거기 앉아서 불이 나거나, 지진이 일어나거나, 길거리에서 총격전이 벌어지거나, 무고한 사람들을 마당에서 대학살한다고 해도 불멸의 약속을 지키기 위해 꼼짝도 안 할 것처럼 보였다. 연한 허브와 달콤한 셀러리와 촉촉한 뿌리가 눈앞에 펼쳐져 있는 이 순간에는 어떤 악당이라도 천진난만해진다. 음식이 차려진 식탁에서 눈길을 뗄 수 없었다. 프리카세, 샐머건디, 오크라 수프, 새로 만든 콩 요리, 차우더와 스튜 요리가 있었다. 부엌에서 나는 부글대는 원초적인 소리와 시침이 아닌 초침 소리 같은 포크 소리밖에 들리지 않았다.

로즈 고모는 깊이 숨을 들이마시면서 무적의 건강과 힘을 모았다. 그리고 공중에 포크로 균형을 잡고 거기 멈추어 있는 수수께끼를 바라보면서 호들갑스럽게 소리를 질렀다.

"오, 이건 정말 맛있네요. 그런데 지금 먹고 있는 이 요리의 이름이 뭐예요?"

레모네이드는 서리 낀 유리잔 속에서 반짝이기를 멈추었다. 포크들은 공중에서 번쩍이다 말고 식탁 위로 내려왔다.

로즈 고모를 향해 더글러스는 총 맞은 사슴이 죽기 전 사냥꾼을 향해 짓는 듯한 표정을 지었다. 쭉 앉아 있던 사람들 모두가 놀라고 상처 입은 표정을 지었다. 음식 자체로 설명이 되지 않나? 그것은 그 자체가 철학이고 스스로 묻고 스스로 대답하는 것이었다. 이 음식의 희귀한 향이 피어오르는 순간 우리의 몸과 피가 더 이상 묻지 않는 것으로 충분하지 않은가?

"정말, 아무도 내 질문이 들리지 않나 봐요."

로즈 고모가 말했다.

마침내 할머니가 질문에 대답하기 위해 입을 약간 벌렸다.

"난 이걸 목요일 특식이라고 하는데. 목요일마다 먹거든."

그건 거짓말이었다.

그들은 일 년 내내 한 번도 같은 음식을 먹은 적이 없었다. 심해에서 잡은 것인가? 푸른 여름 하늘에 총을 쏘아 잡은 것인가? 해물인가 조류인가? 피가 흐르는 것인가 아니면 엽록소가 흐르는 것인가? 땅 위를 걷는 것인가 아니면 태양을 향해 나는 것인가? 어떤 것인지 아무도 몰랐다. 아무도 묻지 않았고 신경 쓰지도 않았다.

사람들은 대부분 부엌문에 서 있거나 베이킹파우더가 폭발하는 걸 보거나, 기계가 마구 돌아가는 공장에서 나는 땡땡, 덜커덕, 쾅쾅 소리를 즐겼다. 거기서 할머니가 반쯤 눈을 감고 둘러보면 손가락이 알아서 양철통과 그릇 사이를 더듬거리며 다녔다.

할머니가 자신의 재능을 의식하고 있었을까? 거의 그렇지 않았다. 요리에 대해서 물어보면 할머니는 그냥 손을 내려다보았다. 빛나는 본능으로 그 손을 밀가루 속에 넣거나 칠면조들의 영혼을 찾아 손목까지 깊이 칠면조 속에 넣었다. 그녀의 회색 눈은 40년 동안 오븐의 폭발을 보느라 깜박거렸고 후추와 세이지로 양념을 하느라 흐릿해졌다. 그래도 그녀는 때때로 스테이크에 전분을 뿌려 놀라울 정도로 연하고 촉촉하게 만들었다! 그리고 때때로 요리법을 싹 무시하고 미트 로프에 살구를 넣은 후 고기, 약초, 과일, 채소를 아무 선입견 없이 마구 뒤섞었다. 음식들 사이의 공통점이라고는 음식을 나르는 마지막 순간, 입에

군침이 돌고 가슴이 뛴다는 것뿐이었다. 예전 증조할머니의 손처럼 할머니의 손도 신비이자 기쁨이자 생명이었다. 그녀는 놀라며 손을 바라보고 손이 원하는 대로 했다.

하지만 지금, 오랜 세월이 흐른 후 처음으로 건방진 사람, 질문을 던지는 사람, 실험실 과학자 같은 사람이 나타났다. 그녀는 침묵이 미덕인 곳에서 나서서 말했다.

"그래요, 그래요. 그런데 이 목요일 특식 안에 뭘 넣었어요?"

"왜?"

할머니가 피하듯이 말했다.

"네가 보기에는 무슨 맛이 나니?"

로즈 고모는 포크로 들고 있는 조각에 코를 가져다 댔다.

"소고기인가, 아니면 양고긴가? 생강인가, 아니면 계피인가? 햄 소스인가? 빌베리인가? 비스킷을 좀 넣었나? 골파인가? 아몬드인가?"

"바로 그거야."

할머니가 말했다.

"다들 더 먹을래?"

환호성이 이어졌다. 접시 부딪치는 소리, 팔끼리 부딪치는 소리, 사람들 목소리. 이 모두가 불경스러운 질문을 영원히 잠재우려는 것 같았다. 더글러스는 다른 사람보다 더 큰 소리로 떠들고 더 활발하게 움직였다. 하지만 그들은 자신들의 세계가 흔들리고 있으며 자신들의 행복이 위태롭다는 것을 알고 있는 내색을 감출 수 없었다. 그들은 저녁 식사 종소리가 홀에서 한 번만 울려도 일하거나 놀기를 멈추고 바로 달려올 사람들이었다. 일단 식당에 들어오면 미친 듯이 의자를 끌어당졌다. 그들은 지금까지 굶주린 채 독방에 갇혀 있던 사람처럼 하얀 냅킨을 흔들며 음식을 덮쳤다. 그들은 식사 종이 울리기만을 기다리다 종이 울리면 서로 밀치고 식탁으로 몰려왔다. 이제 그들은 신경질적으로 고음을 내고 하나 마나 한 뻔한 농담을 하면서 로즈 고모를 바라보았다. 마치 그녀의 풍만한 가슴에 폭탄이 들어 있고 그 폭탄이 계속 째깍거리고 있는 것 같았다.

로즈 고모는 침묵이야말로 축복인 걸 감지하고 묵묵히 세 접시나 먹고 코르셋을 풀기 위해서 이 층으로 올라갔다.

"할머니." 하고 로즈 고모가 다시 내려와서 말했다.
"오, 부엌이 이게 뭐예요. 정말 엉망진창이네요. 병과 접시와 상자가 사방에 널려 있고 상표는 거의 다 떨어져 있잖아요. 이러니 뭘 어떻게 쓰는지 모르시죠. 제가 여기 있는 동안 정리해 드리지 못하면 죄책감이 들 거예요. 소매를 걷어붙이고 도와 드릴게요."
"아니, 괜찮아."
할머니가 말했다.
더글러스는 서재 벽을 통해 그들의 말을 들었다. 그의 가슴이 벌렁거렸다.
"여기 있으면 터키탕에 있는 것 같아요."
로즈 고모가 말했다.
"우선 창문을 열고, 이 셰이드를 올리세요. 그러면 우리가 뭘 하는지 보일 거예요."
"빛이 들어오면 눈이 아픈데……."

할머니가 말했다.

"제가 여길 쓸고 접시를 닦아서 말끔하게 정리해 놓을게요. 제가 도와 드릴게요, 가만히만 계세요."

"가서 앉아 있어라."

"왜요, 할머니? 그렇게 하면 요리하기가 얼마나 편해질 텐데요. 할머니는 훌륭한 요리사이시기는 해요. 하지만 정말 이렇게 엉망진창인 가운데서도 요리를 잘 하시는데, 모든 게 정리되어 손이 닿는 곳에 물건이 딱딱 있으면 얼마나 요리를 더 잘 하시겠어요?"

"그런 건 생각해 본 적이 없는데……."

할머니가 말했다.

"생각해 보세요, 그럼. 말하자면 현대적인 부엌 체계를 이용하면 10퍼센트나 15퍼센트만 요리하면 돼요. 남자들은 식탁에 앉으면 그 순간 짐승이 되잖아요. 다음 주면 과식해서 파리 떼처럼 죽을 거예요. 너무 예쁘고 맛있는 음식을 보고 포크와 나이프를 내려놓지 못할 거예요."

"정말 그렇게 생각하니?"

할머니가 흥미를 보이면서 말했다.

'할머니, 넘어가지 마세요!'

더글러스가 서재 벽에 대고 속삭였다.

하지만 쓸고, 먼지를 털고, 반쯤 비어 있는 자루를 쏟아 붓고, 깡통에 새 이름표를 붙이고, 수년 동안 텅 비어 있던 찬장 안으로 접시와 팬과 냄비를 넣는 끔찍한 소리가 들렸다. 부엌 식탁에 은어처럼 놓여 있던 칼들도 상자 속으로 들어갔다.

할아버지도 더글러스 뒤에서 5분은 족히 그 이야기를 듣고 있었다.

그는 다소 불편해하면서 턱을 긁었다.

"이제 생각해 보니 부엌이 아주 엉망이긴 해. 좀 정리가 필요하긴 해. 그리고 로즈 고모가 주장하는 게 사실이라면, 더그야, 내일 저녁에는 색다른 경험을 하겠구나."

"그래요, 할아버지. 색다른 경험이겠죠."

"그게 뭐니?"

할머니가 물었다.

로즈 고모는 등 뒤에서 포장된 선물을 내밀었다.

할머니는 그것을 풀어 보았다.

"요리책이네!"

할머니가 소리쳤다. 그녀는 그것을 식탁 위에 던졌다.

"난 이런 것 필요 없는데! 이것 조금, 저것 조금, 손톱만큼씩만 섞어 넣으면 되는데……."

"제가 물건 사는 걸 도와 드릴게요."

로즈 고모가 말했다.

"그리고 여기 있으면서 할머니 안경을 유심히 보았어요. 요즘 온갖 흠투성이인 안경을 쓰고 여기저기 돌아다니시죠? 그런 안경을 쓰고 밀가루 통에 걸려 넘어지지 않는 게 다행이에요. 당장 저랑 새 안경을 맞추러 가세요."

그리고 그들은 나갔다. 여름날 오후에 할머니는 어쩔 줄 몰라 하며 로즈 고모의 팔에 기대어 외출을 했다.

그들은 식료품과 새 안경과 할머니를 위한 머리 용품을 사서 돌아왔다. 할머니는 시내를 온통 헤매고 온 사람처럼 보였다. 로즈 고모의 부축을 받으며 집 안으로 들어온 할머니는 헐떡였다.

"자 할머니. 이제 할머니께 필요한 건 다 있어요. 이제 또렷하게 보실 수 있어요!"

"이리 와 봐라, 더그야."

할아버지가 말했다.

"입맛을 돋우기 위해 한 블록쯤 산책을 하자꾸나. 역사적인 저녁 식사가 될 것 같구나. 가장 멋진 식사가 될 수도 있고 아니면 배를 곯을 수도 있을 거야."

저녁 식사 시간.

웃던 사람들이 웃음을 멈추었다. 더글러스는 한 입 넣은 음식을 3분 동안이나 씹었다. 그러고 나서 입을 닦는 척하면서 냅킨에 싸서 버렸다. 둘러보니 톰과 아빠도 똑같은 행동을 하고 있었다. 사람들은 음식을 한쪽으로 밀어 길과 무늬를 만들고, 고깃국에 그림을 그리고 감자로 성을 만들었으며, 고깃덩어리를 몰래 개에게 주었다.

할아버지가 먼저 일어나며 말했다.

"다 먹었다."

창백해진 하숙생 모두 아무 말도 하지 않았다.

할머니는 신경질적으로 자기 접시를 두들겼다.

"멋진 식사 아닌가요?"

로즈 고모는 모든 사람에게 물었다.

"또 30분이나 일찍 차렸잖아요!"

그러나 일요일 다음에 월요일이 오고, 월요일 다음에 화요일이 오고, 그런 식으로 일주일 내내 슬픈 아침 식사, 우울한 점심, 장례식 같은 저녁 식사가 이어지리라는 생각이 들었다. 몇 분도 안 되어 식당이 텅 비었다. 이 층에서는 하숙생들이 우울해하며 방에 처박혀 있었다.

할머니는 멍해져서 천천히 부엌으로 갔다.

"이건, 너무하구나!"

할아버지가 계단 아래로 내려가 먼지 낀 햇빛이 쏟아지는 이 층을 향해 소리쳤다.

"다 내려와라!"

하숙생들이 웅얼거렸다. 모두 어두침침하고 편안한 서재에 모였다. 할아버지가 조용히 모자를 돌렸다.

"모금을 하자."

말한 다음 그의 무거운 손을 더글러스의 어깨에 올렸다.

"더글러스, 네가 중요한 일을 해야겠다. 자 들어 봐……."

할아버지는 더글러스의 귀에 대고 말했다. 할아버지의 숨결이 친절하고 따뜻하게 느껴졌다.

다음날 오후 로즈 고모가 혼자 정원에서 꽃을 자르고 있었다.

"로즈 고모."

더글러스가 심각하게 말했다.

"지금 산책하실래요? 제가 저쪽 협곡을 보여 드릴게요."

그들은 함께 시내를 빙 돌았다. 그녀를 쳐다보지도 않은 채 더글러스는 빠른 어조로 불안하게 말했다. 법원 시계 소리가 들렸다. 집을 향해 더운 여름 느릅나무 아래로 걸어오다 말고 로즈 고모가 갑자기 숨을 헐떡거리더니 손을 목에 가져다 댔다.

현관 계단 바닥에 그녀의 짐이 단정하게 꾸려져 있었다. 가방 위의 분홍색 기차표가 바람에 팔랑거리고 있었다.

하숙생 열 명이 모두 굳은 표정으로 현관에 앉아 있었다. 할아버지는 기차 승무원이나 시장처럼 엄숙하게 계단을 내려왔다.

"로즈, 네게 할 말이 있단다."

그가 그녀의 손을 잡고 위아래로 흔들면서 말했다.

"뭐예요?"

로즈 고모가 말했다.

"로즈, 잘 가거라."

그들은 늦은 오후에 기차가 멀리 사라지는 소리를 들었다. 현관은 비었고 짐은 사라졌다. 이제 로즈 고모 방에는 아무도 없었다. 할아버지는 웃으면서 에드거 앨런 포(1809~1849. 미국의 단편 소설 작가·시인 ― 옮긴이) 뒤에 숨겨 놓은 작은 병을 꺼냈다.

할머니는 혼자 시내에 나가 시장을 보고 돌아왔다.

"로즈는 어디 있어요?"

"역에서 작별 인사를 했어."

할아버지는 말했다.

"우리 모두 울었지. 그녀도 떠나고 싶어 하지 않았어. 당신에게 사랑한다는 말을 전해 달래. 그리고 12년 후에나 다시 오겠대."

할아버지는 순금 시계를 꺼냈다.

"그리고 우리 모두 서재로 가서 할머니가 놀라운 식사를 준비하는 동안 셰리주나 한 잔씩 하자."

할머니는 집 뒤편으로 걸어갔다.

모든 사람, 하숙생들, 할아버지, 더글러스가 이야기하고, 웃고, 부엌에서 나는 조용한 소리를 들었다. 할머니가 종을 치자 그들은 서로 밀쳐 가며 식당으로 몰려갔다.

모두 크게 한 입을 먹었다.

할머니는 하숙생들의 얼굴을 보았다. 그들은 음식을 씹지 않고 입에 문 채 말없이 접시와 무릎 위의 손만 바라보았다.

"난 감각을 잃었어!"

할머니가 말했다.

"음식에 대한 감각이 없어졌어……."

그리고 그녀는 울기 시작했다.

할머니는 일어나 깨끗하게 정리되고 이름표가 붙어 있는 부엌을 왔다 갔다 하며 손을 움직여 보았지만 아무 소용 없었다.

하숙생들은 굶주린 채 잠자리에 들었다.

더글러스는 법원 시계가 10시 30분, 11시, 그리고 자정을 알리는 소리를 들었다. 달빛 비치는 거대한 집의 지붕 아래 침대에서 하숙생들이 파도처럼 뒤척이는 소리가 들렸다. 그들도 모두 깨어 있고 슬픔에 잠겨 있었다. 더글러스는 잠시 후 침대에서 일어나 앉았고, 이어 벽에 걸린 거울을 보고 웃기 시작했다. 문을 열고 살금살금 계단을 내려가면서도 웃었다. 응접실에서는 어둡고 낡고 외로운 냄새가 났다. 그는 숨을 멈추었다.

그는 더듬거리며 부엌으로 가 잠시 서 있었다.

그는 베이킹파우더를 깨끗한 새 통에서 꺼내 예전처럼 밀가루 푸대에 넣었다. 그리고 헌 과자 항아리에 밀가루 범벅을 해 놓았다. 설탕이라고 써 있는 금속 통에서 설탕을 꺼내서 양념, 나이프와 포크, 줄 등의 이름표가 붙어 있는 낯익은 작은 통 위에다 살살 뿌렸다. 그는 정향 향료를 예전 방식으로 놓아둔 후 예닐곱 개의 서랍 바닥을 어지럽혀 놓았다. 접시와 칼과 포크와 숟가락을 다시 식탁 위에 아무렇게나 늘어놓았다.

그는 응접실 난롯가에 놓여 있는 할머니의 새 안경을 지하실에 숨겨 버렸다. 새 요리책을 불쏘시개로 써서 헌 스토브에 불을 지폈다. 조용한 새벽 1시에 검은 난로 연통에서 씩씩거리는 소리가 났다. 온 집안이 잠들어 있었더라도 다 깨어날 정도로 사납게 으르렁댔다. 그는 할머니가 슬리퍼를 끌고 아래층으로 내려오는 소리를 들었다. 그녀는 눈을 깜빡이며 서서 엉망진창이 되어 있는 부엌을 바라보았다. 더글러스는 식품 창고 뒤에 숨어 있었다.

깊고 어두운 여름밤 1시 30분에 요리하는 냄새가 바람결에 복도까지 풍겼다. 여자들은 머리를 푼 채 그리고 남자들은 목욕 가운을 입은 채, 층계를 내려와 발꿈치로 살살 걸어와서는 부엌 안을 들여다보았다……. 불빛이라고는 씩씩대는 난로에서 간헐적으로 솟는 붉은빛밖에 없었다. 그리고 그 더운 여름날 새벽 2시에 컴컴한 부엌에서 할머니가 유령처럼 떠다니고 있었다. 그녀는 다시 반은 눈먼 상태에서 부딪치고 딸그락거렸다. 그녀의 손가락은 본능적으로 어둠 속을 더듬거리며 부글대는 냄비와 끓는 주전자에다 양념을 뿌렸다. 그녀가 그 숭고

한 음식 냄비들을 잡고 젓고 부을 때 붉은 불빛에 비친 그녀의 얼굴은 마법에 걸린 표정이었다.

조용히, 조용히, 하숙생들은 가장 좋은 냅킨을 깔고 반짝이는 은 식기를 차리고 마법이 깨질까 봐 전등 대신 촛불을 켰다.

인쇄소에서 야근을 마치고 도착한 할아버지는 촛불이 켜진 식당에서 기도 소리가 들리자 깜짝 놀랐다.

음식에 대해서는? 고기는 연하고 카레 소스로 맛을 냈으며, 야채에는 달콤한 버터가, 비스킷에는 꿀이 듬뿍 발라져 있었다. 모든 게 맛있고 촉촉할 뿐 아니라 놀라울 정도로 신선했다. 토끼풀을 보고 날뛰는 초원의 짐승 소리 같은 부드러운 신음소리가 여기저기서 터져 나왔다. 모든 사람이 배가 터질 지경이라며 고맙다고 큰 소리로 말했다.

일요일 새벽 3시 30분, 음식과 우정으로 훈훈해진 집에서 할아버지는 의자를 뒤로 한 다음 멋진 일을 했다. 그는 서재에서 셰익스피어를 한 권 가져왔다. 그 책을 접시 위에 얹은 뒤 아내에게 주었다.

"여보, 이 멋진 책으로 내일 저녁 식사를 요리해요. 우리 모두 내일 저녁 석양이 질 무렵 식탁에 올라올 때는 이 책이 갈색 가을 공작 가슴살처럼 촉촉하고 연한 요리가 되어 있으리라 믿소."

할아버지는 할머니의 손에 책을 쥐어 주면서 행복해하며 큰 소리로 말했다.

그들은 간단한 디저트와 앞마당에서 자란 민들레로 빚은 와인을 마시며 동이 틀 때까지 머무적거렸다. 그러고 나서 새가 깨어나고 태양이 동쪽 하늘을 물들일 무렵 모두 이 층으로 올라갔다. 멀리 부엌에서 난로가 식어 가는 소리가 들렸다. 곧이어 할머니가 침실로 가는 소리가 들렸다.

더글러스는 생각했다. 고물 장수인 조너스 씨, 어디에 계시든 감사합니다. 보답을 받으셨어요. 전 다른 사람에게 감사의 마음을 전했어요. 분명히 그랬어요. 난 그걸 전했어요…….

그는 잠들었고 꿈을 꾸었다.

꿈속에서 종이 울리고 모두 소리를 지르며 아침 식사를 하러 뛰어 내려갔다.

40

여름은 아주 갑자기 끝났다.

그는 시내를 걷다가 처음 깨달았다. 톰이 그의 손을 꼭 잡고 헐떡거리면서 구멍가게의 창문을 가리켰다. 그들은 꼼짝 않고 거기에 서 있었다. 그곳에는 다른 세상에서 온 물건들이 아주 단정하게, 아주 순진하게, 아주 무섭게 진열되어 있었다.

"연필이야, 더그 형. 연필이 만 개는 되겠는데!"

"오, 세상에!"

"1센트짜리 노트, 10센트짜리 메모지, 공책, 지우개, 수채화 물감, 자, 컴퍼스, 수십만 개나 있어!"

"보지 마. 어쩌면 신기루인지도 몰라."

"아니야."

톰이 절망에 차 외쳤다.

"학교를 가야 해. 곧 개학이야! 왜, 왜 구멍가게는 여름이 끝나기도 전에 저렇게 문구를 진열하는 거야! 방학이 반이나 남아 있는데 벌써부터 기분 잡치잖아!"

그들은 집을 향해 계속 걸었다. 할아버지가 혼자서 듬성듬성 메마른 잔디가 보이는 잔디밭에서 마지막 민들레를 뽑고 있었다. 그들은 할아버지와 함께 조용히 민들레를 뽑았다. 더글러스가 자신의 그림자 쪽으로 고개를 숙이고 말했다.

"톰, 만약에 올해가 이렇게 간다면 내년은 어떨까? 더 나쁠까 아니면 더 좋을까?"

"내게 묻지 마."

톰이 민들레 줄기로 피리 소리를 냈다.

"내가 세상을 만드는 건 아니니까."

그는 그것에 대해 생각해 보았다.

"어떤 때는 내가 세상을 만든다는 느낌이 들기도 했지만."

그는 흐뭇해하며 침을 뱉었다.

"이렇게 될 거 같아."

더글러스가 말했다.

"어떻게?"

"내년은 더 길어질 거야. 낮은 더 밝아지고, 밤은 더 길어지고 어두워질 거야. 아이들이 더 많이 태어나고 사람들은 더 많이 죽을 거야. 그리고 나는 그 모든 것의 중심에 있을 거야."

"형과 함께 끝없이 많은 사람이 있어, 더그 형, 기억해."

"오늘 같은 날에는 그게…… 바로 나라는 느낌이야!"

더글러스가 중얼거렸다.

"도움이 필요하면 그냥 소리를 질러."

톰이 말했다.

"열 살짜리 동생은 내년 여름이면 열한 살이 될 거야. 나는 아침마다 골프공 속에 있는 고무줄처럼 세상을 펼칠 거고, 밤마다 그걸 다시 말아 놓을 거야. 보고 싶으면 어떻게 하는지 보여 줄게."

"미쳤어."

"늘 그랬어."

톰은 눈을 찡긋하고 혀를 내밀었다.

"앞으로도 늘 그럴 거야."

더글러스는 웃었다. 그들은 할아버지와 함께 창고로 내려갔다. 할아버지가 꽃들을 짓누르고 있는 사이에, 움직이지 않고 병에 담겨 빛나는 여름, 즉 민들레 와인 병을 바라보았다. 1에서 90 몇까지 번호가 매겨진 케첩 병은 이제 대부분 채워졌다. 그 병들이 불타며 석양의 창고에 늘어서 있었다. 한 병, 한 병이 살아 있는 여름날이었다.

"형, 이거야말로 6월, 7월, 8월을 저장하는 멋진 방법이지. 정말 실용적인 방법이야."

톰이 말했다.

할아버지가 올려다보고 그 말에 대해 잠시 생각해 본 후 웃었다.

"쓰지도 않을 물건을 다락에 두는 것보다야 낫지. 이런 식으로 겨울까지 여름을 1, 2분씩이라도 되살려 보는 거란다. 그리고 이 병들이 비워지면, 여름도 영원히 사라지는 거지. 앞으로 40년간은 후회할 일도 감상에 빠질 일도 없을 거야. 깨끗하고 연기가 나지 않고, 효과적인 것,

그게 민들레 와인이야."

두 소년은 와인 병들이 늘어서 있는 곳을 가리켰다.

"여름의 첫날이 있네."

"운동화를 처음 산 날이 있네."

"그래! 그리고 초록 기계가 있네!"

"버펄로 먼지와 칭 링 수가 있네!"

"타로 마녀! 외로운 남자네!"

"정말로 끝나지 않아."

톰이 말했다.

"결코 끝나지 않을 거야. 난 올해 매일 매일 일어난 일을 영원히 기억할 거야."

"시작도 하기 전에 끝났단다."

할아버지가 와인 압착기를 풀면서 말했다.

"깎을 필요가 없는 새로운 품종의 잔디가 나왔다는 것만 기억나는구나. 다른 것은 하나도 기억이 안 나는구나."

"농담하고 계신 거죠!"

"아니란다. 더그, 톰, 너희도 늙으면 지나간 날들이 흐릿해져서…… 어젠지 오늘인지 구분이 안 간단다……."

"하지만, 참."

톰이 말했다.

"이번 주 월요일에는 일렉트릭 파크에서 롤러스케이트를 탔고, 화요일에는 초콜릿 케이크를 먹었고, 수요일에는 냇물에 빠졌고, 목요일에는 흔들리는 포도나무 가지에서 떨어졌어요. 이번 주는 그런 사건이 너무 많았어요! 그리고 오늘, 오늘을 기억할 거예요. 밖에 있는 나뭇잎들이 울긋불긋해졌기 때문이에요. 머지않아 낙엽이 잔디밭을 뒤덮을 거고 우리는 낙엽 더미 위에서 뛰어 놀고 낙엽을 태우겠죠. 난 오늘을 잊지 않을 거예요! 늘 기억할 거예요!"

할아버지는 식품 창고 창문을 통해 서늘한 늦여름 나무들이 흔들리는 것을 보았다.

"물론 넌 그럴 거야, 톰."

할아버지가 말했다.

"물론, 넌 그럴 거야."

그리고 그들은 민들레 와인의 부드러운 빛을 뒤로하고 여름의 마지막 의식을 행하기 위해 이 층으로 갔다. 그들은 이제 마지막 낮, 마지막 밤이 다가오는 것을 느꼈다. 날이 저물자, 이제 이틀이나 사흘 밤만 지나면 현관이 텅 비어 버리리라는 것을 깨달았다. 전과 달리 공기에서는 더 건조한 냄새가 났다. 할머니는 아이스티 대신 뜨거운 커피 이야기를 했다. 흰 커튼을 펄럭이며 열려 있던 큰 방 창문이 닫히고 있었다. 모기들도 현관에서 사라졌다. 모기들이 싸움을 포기했을 때는 정말로 시간과의 싸움이 끝난 게 분명했다. 인간이 전쟁터를 떠나는 일만 남았다.

이제 톰과 더글러스와 할아버지가 석 달 전처럼 서 있었다. 파도가 드센 밤, 정박해 있는 배처럼 삐걱대던 앞 현관에 서 있던 것이 어쩌면 석 달이 아니라 3세기 전이었는지도 모르겠다. 그리고 그들은 대기의 냄새를 맡았다. 올해 초에는 초록색 민트나 감초 막대 같던 소년들 몸 안의 뼈가 분필과 상아가 된 느낌이었다. 하지만 새로운 한기는 우선 할아버지의 뼈에 스며들었다. 그것은 식당에 있는 피아노의 누런 저음 건반을 치는 거친 손길 같았다.

할아버지가 컴퍼스처럼 북쪽을 향해 돌며 생각에 잠겨 말했다.
"아마 우리 모두 앞으론 현관에 나오지 않을 것 같구나."

그리고 세 사람은 현관 천장 고리에 매달려 흔들리는 사슬을 떼어 낸 후 낡은 관이라도 나르는 양 그네를 차고로 가져갔다. 이어서 최초의 낙엽이 날아왔다. 안에서는 할머니가 서재 난로를 지피는 소리가 들렸다. 갑작스런 돌풍에 창문이 흔들렸다.

더글러스는 그 전날 밤 할머니와 할아버지 방 위의 둥근 천장 아래 다락방에서 자면서 메모지에 이렇게 썼다.

"이제 모든 것이 거꾸로 간다. 때때로 조조 영화에서 사람들이 물에서 튀어나와 다이빙 보드로 올라가는 것처럼. 오는 9월에는 밀어 올려 두었던 창문을 다시 내리고, 신던 운동화를 벗고 지난 6월에 팽개쳐 둔 딱딱한 구두를 신어야 한다. 사람들은 시계 안에서 뒤로 가는 새처럼 이제 집 안에서 달린다. 한순간 현관에 사람들이 가득 차고 열두어 명이 모두 떠들다가 다음 순간 문이 쾅 닫히고, 말이 끊기고, 나뭇잎들은 미친 듯이 나무에서 떨어질 것이다."

그는 높은 창문에서 땅을 내려다보았다. 거기에는 도랑에 말린 무화과처럼 귀뚜라미들이 흩어져 있었다. 하늘을 보았다. 하늘에는 이제 남쪽으로 가는 가을 물새들이 울고 있었다. 나무들은 아름다운 색깔로 활활 타며 금속 빛 구름 위로 올라가고 있었다. 먼 시골에서는 호박들이 익어 가고 있었다. 할로윈이 오면 그 호박에 칼로 세모눈을 파고 촛불을 넣을 것이다. 여기 이 도시에서는 굴뚝에서 처음으로 연기가 모락모락 피어올랐다. 멀리서 희미하게 떨리며 트럭이 나타나고 관을 따라 검은 석탄이 강물처럼 흘러나와 석탄 더미가 창고 높이 쌓였다.

밤이 점점 더 깊어 가고 있었다.

더글러스는 시내를 굽어보는 높고 둥근 천장 다락방에서 손을 움직였다.

"모두, 옷을 벗어라!"

그는 기다렸다. 바람이 불자 창틀이 서늘해졌다.

"이를 닦아라."

그는 다시 기다렸다.

"이제 불을 꺼라!"

마침내 그가 말했다.

그가 눈을 깜박거리자 법원 시계가 10시, 10시 30분, 11시를 쳤다. 시계가 졸리운 듯 자정을 치자 시내 여기저기서 사람들이 잠자리에 들기 위해 불을 껐다.

"자, 마지막 불들을 꺼라. 이제…… 저기…… 저기…….."

그는 침대에 누웠다. 그의 주변 도시는 잠들었다. 협곡은 어두웠고 호숫가에서는 물이 살랑댔다. 모두들, 그의 가족, 그의 친구, 노인과 젊은이들이 이쪽 길과 저쪽 길에서, 이 집과 저 집에서 잠들었다. 아니면 멀리 있는 시골 교회에서 잠들었다.

그는 눈을 감았다.

6월의 새벽, 7월의 정오, 8월의 저녁이 끝나가고 끝났으며 영원히 사라졌다. 그의 머릿속에 느낌만 남긴 채. 이제 가을 전체가, 하얀 겨울이, 시원한 초록빛 봄이 지난여름을 결산할 것이다. 그리고 만일 그가 잊더라도 민들레 와인은 창고에 있을 것이다. 큰 글씨로 번호 매겨진 나날을 간직한 채. 그는 종종 창고에 가서 더 이상 볼 수 없을 때까지 태양을 들여다보고, 눈을 감은 후 타 버린 부분을 생각할 것이다. 그의 따뜻해진 눈덩이 위로 스쳐 가는 상처는 춤추며 남아 있을 것이다. 불꽃과 무늬가 늘어섰다가 다시 늘어서기를 반복하면서, 마침내 그림자가 분명해질 것이다…….

그런 생각을 하면서, 그는 잠들었다.

그리고 그가 잠자는 동안 1928년 여름이 끝났다.

| 역자 후기 |

사라져 간 순간의 아름다움

　이 작품의 번역을 의뢰 받은 것은 극도로 섬세하게 존재의 문제와 대결하는 헨리 제임스의 『밝은 모퉁이 집』 번역으로 약간은 지친 상태에서 좀 더 시적 상상력으로 가득 찬 즐거운 작품을 번역하고 싶던 때였다. 기대대로 이 작품의 번역 과정은 즐거운 휴가 같았다. 새벽이 오는 것이 아니라 주인공이 하루를 깨우는 것으로 시작하는 독특한 감성은 동심원적으로 퍼져 나가서 주인공 자신뿐 아니라 주변의 사람과 사물에 독특한 상상의 옷을 입혔고 상상의 기쁨은 번역자에게도 스며드는 것 같았다.

　레이 브래드버리는 SF 작가로 유명하며 『화성연대기』, 『화씨 451』 등이 대표작으로 꼽힌다. 『민들레 와인』은 1957년에 쓰여진 반 자전적 소설로 작가가 어린 시절을 보낸 일리노이 주의 워키건이 모델인 상상의 도시 그린타운에서 1928년 여름에 생긴 일을 다루고 있다. 브래드버리 자신의 소년 시절을 재창조하고 있으며 실제 경험과 독특한 상상력이 어우러져 있다. 이 작품에 대한 평단과 독자의 호응은 열광적이었다. 2006년에는 『여름이여 안녕(Farewell Summer)』이라는 속편이 나왔고, 1971년 아폴로 15호가 달에 갔을 때 분화구 중 하나의 이름을 이 책의 이름을 따 〈민들레 분화구(Dandelion Crater)〉라고 붙일 정도였다. 이 작품이 독자들에게 얼마나 사랑받는지 보여 주는 사건으로 동시에 이 소설을 읽고 나면 달이라는 먼 상상의 나라의 분화구에 붙여지기에 적절한 이름이라는 생각이 들기도 한다.

더글러스 스폴딩의 내면 혹은 그의 주변 여러 이야기의 편린을 모아 놓은 이 작품의 일관된 주제는 민들레 와인 병 속에 담아둔 여름, 사라져 가는 시간, 사라지기 때문에 아름다운 순간을 포착하는 것이다. 그 핵심에는 12살의 주인공이 겪은 소년 시절의 마지막 여름날이 자리 잡고 있다. 그에게 이 여름은 새 운동화의 상쾌함, 온 가족이 함께하는 이불 털기의 즐거움, 민들레 와인을 만드는 날의 충만함, 하루하루가 새로운 날들로 열리는 싱그러움을 의미한다. 그에게는 살아 있음 자체가 곧 축복이다. 야생 포도를 따러 간 날, 대기 가득 느껴지고 점점 다가와 그를 휩쓸어 버린 것은 곧 살아 있음이 주는 행복감이었다.

그는 펄쩍 뛰고 싶었다. 숲 뒤에서 거대한 파도가 밀려왔다. 그 파도는 순식간에 그들을 덮쳐 영원히 삼켜 버릴 것이다…….

모든 것이, 모든 것이 완벽하게 거기에 있었다.
도리어 어마어마하게 큰 눈동자를 이제 막 떠 두리번대며 모든 것을 보려는 것처럼 세상이 그를 응시하고 있었다.

그는 자신을 덮치고 도망도 가지 않은 게 무엇인지 그 정체를 알았다.

난 살아 있어, 그는 생각했다.

그러나 동시에 이 모든 것은 사라져 가는 순간이기도 하다. 가장 절친한 친구인 존 허프와의 이별은 이러한 사라짐의 원형이며 주인공 자신이 반복적으로 되돌아가는 깊은 상처이기도 하다. 그는 '조각'이 되는 놀이로 존을 잡아 놓으려고 했으나 오히려 존 쪽에서 "조각"이라고 외치고 그를 꼼짝 못하게 한 채 사라져 버린다. 이러한 상실의 체험은 변형된 여러 형태로 주인공을 사로잡는다.

전차 여행은 아름답지만 더 이상 다니지 않는 전차를 타고 간 마지막 여행이다.

트리든 씨는 젊고 멋져 보였고 눈은 작은 전구처럼 파랗게 빛났다. 하루가 그저 무심하고 편하게 흘러갔다. 주위는 온통 숲이었다. 아무도 서두르지 않았고 태양은 정지해 버렸다. 트리든 씨의 목소리가 커졌다 작아졌다 했다. 엄청난 바늘이 공기 속에서 한 땀 한 땀 뜨고 또 떠서 보이지 않는 금빛 무늬를 수놓고 있었다. 벌이 윙윙대며 꽃에 앉았다. 전차는 마법에 걸린 증기 오르간처럼 서 있고 햇살 닿는 곳은 달아오르고 있었다. 청동 냄새를 풍기는 전차 곁에서 그들은 잘 익은 버찌를 먹었다. 그들의 옷에 스민 밝은 전차 냄새가 여름 바람에 퍼졌다.

이 평화롭고 한가한 시간은 흘러가는 시계의 시간 앞에서 시시각각 사라져 간다.

  사라짐에 대한 주인공의 애도는 주변 사람들의 이야기에도 반복된다. 프리라이 대령은 인간 타임머신이 되어 계속 남북 전쟁 시대로 되돌아간다. 과거에 고착된 그에게 현재는 무의미한 것이 된다. 벤틀리 부인의 이야기는 이러한 고착에서 빠져나오는 이야기다. 그녀는 고인이 된 남편과의 추억은 과거이며 사라져 간 순간의 사라짐을 인정하는 지혜를 배운다. 벤틀리 부인과는 달리 헬렌은 사라져 간 순간을 현재 속에 되살리는 모습, 기계적인 시간의 흐름을 넘어서는 모습을 보여 준다. 그녀와 포레스터가 함께 떠나는 과거로의 여행은 실제 과거보다 더 생생하고 아름다운 순간을 만들어 낸다. 아이스크림으로 시작되고 오후의 티타임이라는 안온한 이미지로 포장되어 있기는 하지만 그녀와 포레스터의 불가능한 사랑, 즉 현재의 시간이 사라져 간 순간을 아름답게 만드는 동력이다.

  공간의 불안정성은 시간의 흐름이 지닌 파괴적 힘의 이미지를 강화해 준다. 작가는 서론에서 자신이 싱클레어 루이스와 같은 도시 일리노이 주 워키건의 모습을 그리고 있지만 그와는 달리 이 도시의 아름다움을 그렸다고 한다. 그러나 이 공간 역시 끊임없이 소멸의 위협에 시달리는 공간이며 오히려 그러한 긴장으로 인해 이 도시가 더욱 아름답다. 브래드버리가 그린 상상 속의 그린타운이 아름답지만 공허하지 않은 이유는 소멸의 위협을 형상화한 협곡이 늘 가까이 있기 때문이다. 협곡은 이 도시가 얼마나 아슬아슬한 상태인지를, 그리고 언제든 사라질 수 있음을 보여 준다. 도시는 비에 휩쓸려 가는 작은 배이기도, 언제든 잡초의 원시적 힘이 덮쳐 버릴 수 있는 곳이기도 하다. 이 공간을 시간과 연결하는 고리는 죽음의 공포이다. 이 협곡에는 외로운 남자가 숨어 있고, 그는 언제든 우리를 죽일 수 있다. 실제로 엘리자베스의 시체가 발견된 살인 사건과 그것이 주는 공포가 다소 엽기적이기는 하지만, 작가는 이를 통해 아름다움 이면에 늘 도사리고 있는 죽음의 공포를 보여 준다.

기쁨과 상실이 교차되는 찬란한 여름날 주인공이 겪는 상처와 성장은 과거의 시간을 포착할 뿐 아니라 더욱 더 생생하고 아름다운 모습으로 되살려 낸다. 이 소설 전체가 모든 것을 사라지게 만드는 흘러가는 시간이라는 거대한 존재 앞에서 상상의 힘으로 그 사라져 가는 순간들을 포착하고 되살리려는 노력이다. 작가는 과거 자체보다 더 충만해진 과거의 순간이며, 겨울에 마시는 민들레 와인처럼 언제나 돌아갈 수 있는 기억의 지점인 찬란한 여름날을 성공적으로 형상화하고 있다. 이러한 분투는 결국 예술에 대한 은유이기도 하다. 브래드버리가 포착한 시간은 단지 멈춘 것이 아니고 새로운 시간으로 다시 태어나며 이것은 시간 그리고 죽음을 뛰어넘어 순간을 영원으로 만드는 예술의 힘을 보여 주는 것이다. 손해와 이익만 앙상하게 남은 공리주의가 삶의 지배적 양태가 된 현실 속에서도 그 너머에 황홀한 빛이 있음을 이야기로 혹은 그들의 삶으로 일깨워 주는 친구들, 그리고 이름 모를 여러분께 이 책이 작은 위안과 휴식이 되었으면 한다.

2009년 2월
조 애 리

옮긴이 | 조애리

서울대학교 인문대학 영문학과를 졸업하고 동 대학에서 석사 및 박사 과정을 마쳤다.
현재 카이스트 인문대학 교수로 재직 중이며 전문 번역가로 활동하고 있다.
『모험 소설』,『빌레뜨』,『설득』,『밝은 모퉁이 집』 등의 소설 작품과
『여성의 몸, 어떻게 읽을 것인가?』(공역),『문화코드, 어떻게 읽을 것인가?』(공역) 등의
사회학서를 우리말로 옮겼으며,『성·역사·소설』,『페미니즘과 소설 읽기』(공저)를 펴냈다.

환상문학전집 ● **13**

민들레 와인

1판 1쇄 펴냄 2009년 2월 6일
1판 4쇄 펴냄 2024년 6월 24일

지은이 | 레이 브래드버리
옮긴이 | 조애리
발행인 | 박근섭
편집인 | 김준혁
펴낸곳 | 황금가지

출판등록 | 2009. 10. 8 (제2009-000273호)
주소 | 06027 서울 강남구 도산대로 1길 62 강남출판문화센터 5층
전화 | **영업부** 515-2000 **편집부** 3446-8774 **팩시밀리** 515-2007
홈페이지 | www.goldenbough.co.kr

도서 파본 등의 이유로 반송이 필요할 경우에는 구매처에서 교환하시고
출판사 교환이 필요할 경우에는 아래 주소로 반송 사유를 적어 도서와 함께 보내주세요.
06027 서울 강남구 도산대로 1길 62 강남출판문화센터 6층 민음인 마케팅부

한국어판 ⓒ ㈜황금가지, 2009. Printed in Seoul, Korea
ISBN 978-89-6017-061-2 03840

㈜민음인은 민음사 출판 그룹의 자회사입니다.
황금가지는 ㈜민음인의 픽션 전문 출간 브랜드입니다.